キャラクター紹介

テオドロ・ルディーニ

フェルレッティ家に潜入している特殊工作員。常に冷静だがフェルレッティへの憎悪を隠しきれない一面も…？

ディーナ・フェルレッティ（ディーナ・トスカ）

田舎街のシスター見習い。元・悪徳貴族の幼当主。テオドロとの出会いで、彼に正体を隠したままフェルレッティ家に舞い戻ることになるが…

アウレリオ・フェルレッティ

フェルレッティ家現当主でディーナの異母兄。表向きはディーナと会えたことを喜んでいるが、真意が読めない。

ルカ・ベラッツィオ

アウレリオ直属の部下で薬物取引を管轄する幹部。テオドロへの当たりがキツい。

“サンジェナ島のディーナ”

“ディーナ・フェルレッティ”を名乗る、サンジェナ島から訪れた正体不明の女性。

ニコラ・テスターナ

フェルレッティ傘下のテスターナ家当主でディーナの母方の叔父。外部の統括担当の幹部。

ベルナルド・バッジオ

フェルレッティ家の専属医。毒や薬物の開発も行うフェルレッティ家の栄光の立役者の一人。

ラウラ・モンタルド

アウレリオの愛人。元はフェルレッティと関わりの深い家の令嬢だったが…？

ジュリオ・サルダーリ

故人。官僚だったがフェルレッティ家の協力者“外飼い”として動いていた。理由は不明。

フェルレッティ家　内部構造

幹部	各業務の責任者で、家の経営に関して具体的な所掌範囲があるポジション。実力主義であり結果がすべて。
側近	当主のそば近くにいる部下。主人から何かしらの権限を与えられていたり、代理を務めることもある。就任というより、実質的に「あの人が側近だ」とまわりに認識されるもの。何かの幹部を兼ねていたり、従僕が気に入られて側近となるケースも。主人に望まれて従僕になったテオドロはディーナの実質的な側近。
使用人	メイドや料理人など。なお、主人の世話のみを行う従僕は使用人と同等の扱いがなされる。
“外飼い”	普段は屋敷に寄り付かず、フェルレッティ家に協力する者たち。買収、脅迫、洗脳など協力に至る経緯はさまざま。

CONTENTS

偽装死した元マフィア令嬢、二度目の人生は絶対に生き延びます

～神様、どうかこの嘘だけは見逃してください～

あだち

第一章　蛇の迎え

「……祭壇のろうそく、消してない気がする」

同室のシスターはそれきりすこやかに寝息を立て始めたので、ディーナが代わりに飛び起きた。

「消してない気がする、で、なんで寝ちゃうのエヴァったら！　火事になったらどうするの！」

雨の降る中、女子修道院と教会をつなぐ小道を、小柄な影が駆け抜けていく。手には小さなカンテラ、被《かぶ》ったガウンからは長い赤毛を見え隠れさせながら。

水たまりを気にしながらも忙《せわ》しない足取りに、夜の闇への恐れはない。昼間の暑さを洗い流す強い雨が降っていても、道は短く、慣れ親しんだものだった。

ぷりぷり怒りながらも片付け当番のシスター・エヴァを叩《たた》き起こさなかったのは、古株でありながら十九歳と名乗るディーナの方が彼女より年下だからだ。この国では、二十歳前の女性は修道の誓いを立てられない。

手早く教会の通用口の鍵を開けて礼拝堂に入ると、ディーナはガウンを肩に落として周囲に視線を巡らせた。

しんと、闇が広がる空間。雨が打ち付ける音と、古い屋根から漏れてたらいに落ちる雫《しずく》の音が、規則正しく響く。

祭壇も含めて、見る限り、手元以外に光源はない。エヴァの思い過ごしだったようだ。

無駄足だったことに安堵《あんど》し、ディーナはきびすを返そうとした。

――のを、小さな物音が止めた。

（……今、ガチャ、って言った？）

振り返って、通用口とは逆の、外へとつながる正面扉を見つめる。夜間は鍵をかけているはずのそこから、錠が回る音が聞こえたのだ。

鍵を開けるということは、神父か、それとも他のシスターか。

でもそれなら、ディーナがしたように裏口を使うのが常だ。

そもそもこの時間はみな寝静まっている。

そして少なくとも、無断で表の扉を開けるような人間に心当たりはない。

（誰？）

背筋に冷たいものが走り、ディーナはカンテラの火を消し祭壇の裏に隠れた。

程なくして耳を打つのは、古い蝶番《ちょうつがい》の軋《きし》みと、外からのはっきりした雨音。また扉が閉じるまでの間に、細く開いた隙間から人影が身を滑り込ませてくるのを、ディーナは祭壇の隙間越しに信じられない気持ちで見ていた。

心臓の音がばくばくと耳の奥で騒ぐ。

――コツコツ。コツコツ。

（こっちに来る）

息をひそめ、音を立てず、来訪者へ意識を集中する。

コツコツ、……コツ、……コツ。

（……ふらふらしてる？）

靴音はところどころ乱れていた。とはいえ、身廊《しんろう》を進む客人は迷いなく自分が隠れている祭壇へと向かってきている。握りしめた手のひらが、じわりと汗に濡《ぬ》れる。

やがて音が止まった。祭壇を挟んだ、ディーナの目の前で立ち止まったのだ。

足元を見る限り、男だ。闇に慣れた目で、そう確信する。

盗人だろうか。街の端の、小さな教会をわざわざ狙うなんて。

盗むものなんてろくにないのは明白なのに、何を目当てに？

警備の薄さを見込んでのことだろうか。

侮られたのは悔しいが、見つかって殺されるかもしれないと思えばその場で固まることしかできなかった。

早く出ていって。

そう、手を組んで祈るように目を閉じたとき。

「夜分にすみません」

はっきりとした男の声。

凍りついたと思った心臓は、一瞬後に大きく拍動した。

ばれている。ここに、自分がいることが。

「……神の家に、なんのご用ですか」

意を決して答えたディーナの声が、礼拝堂で反響する。昔の癖か、恐怖で竦《すく》んでいるはずなのに、そうと感じさせないほど落ち着いた声が出た。

雨の音が遠ざかり始めている。夜闇に、雫がたらいを打つ音と、来訪者の返事が響いた。

男の声もまた、不思議なくらい穏やかだった。

「どうか、ここで祈りを捧《ささ》げていくことを、お許しいただきたい。……長くは、とどまりませんから」

話すうちに、男の声はひどくかすれ、息遣いが荒くなっていく。

恐怖をおして祭壇から少し身を乗り出してみると、男はゆっくりと床に膝をつき、俯《うつむ》いた。両手が、体の前で組まれていくのがかすかに見える。

こんな時間に？　そう、ディーナが訝《いぶか》しんだとき。

男は、そのまま床に倒れ伏し、ディーナは飛び上がって驚いた。

「ちょっと！」

駆け寄り、抱き起こした体は濡れていて、重い。

そして、血の匂いがした。

「怪我《けが》してるんですか!?　気をしっかり、今薬を――」

その瞬間、ディーナの視界が回った。どん、と大きな短い音。

気が付くと、ディーナは礼拝堂の床の上に仰《あおむ》向けに引き倒され、馬乗りになった男に口元を手で覆われていた。

罠《わな》だ。

背筋が凍ったときにはもう、口の中に小さな粒が転がり込んでいた。唇越しに感じたのは小瓶の冷たさ。男は口を押さえた手に小瓶を持ち、ディーナの口に中の錠剤を押し込んだのだ。

「怖がらないでシスター、少し眠るだけだ」

いつの間にか、雨が止《や》んでいた。

雲間から差し込んだ月の光が、薔薇窓《ばらまど》を通って男を照らす。

美しい男だった。

けれど見下ろす目は冷たく、濡れた髪は光を遮る暗い色だった。

そして、タイがほどけてシャツのボタンが外れ、あらわになった首筋には小さなコイン大の入れ墨。

「……！」


女の喉が飲み込むように動き、震えるまぶたが閉じてゆく。

それを見届けると、男は安堵し、口角を緩めた。

馬乗りになっていた相手の上からしりぞく。脱力した女の体をショールごと抱えると、緩慢な動作でベンチの上へと運び、横たえる。

乱れたショールの端を軽く整え。

それから、崩れるように床に倒れた。

雲が月を隠す。闇が、何事もなかったかのように再び礼拝堂を包み込む。

男が浅い呼吸で目を閉じる。

二分後、ディーナは音もなく、むくっと起き上がった。


「昨日はすごい雨だったねぇ、気付いたかいディーナ」

老婦人の言葉に、薬の蓋を閉めていたディーナが答える。

「そうみたいですね。雨漏り対策のたらいも、ずいぶんたまってました」

シスター服の袖を捲《めく》った腕で、ディーナはせっせと薬と包帯を片付けていく。

その傍らでは、家主である老婦人が椅子に掛けて煙草をふかしていた。その片足には真新しい包帯が巻かれている。

「王都《ディアランテ》の方も降ったのかねぇ。ディーナ知ってるかい？　あっちに住む貴族はみんな馬車で移動するから、靴の裏が汚れていなくてメイドの床掃除が楽なんだって」

塗り薬が籠《かご》の中で倒れないよう詰め方を試行錯誤しながら、ディーナは「まさか」と苦笑した。

話を聞き、相槌《あいづち》を打つ間も手は休めない。使った薬は一人分、白柳《しろやなぎ》からできる痛み止めのみ。埃《ほこり》避《よ》けの布を被せるまで、そう時間はかからなかった。

「本当だよ。ま、こんな田舎にずっといたら想像もつかないだろうね。ディーナも若いうちに一度くらい、ディアランテに行っておくといい。今はここからでも列車ですぐなんだから」

「……そうですね」

開け放った窓から、潮の匂いを含んだ風が吹き込む。かすかに雨の匂いも混ざったそれに、シスターベールから覗《のぞ》く赤い前髪を揺らされる。

仕上げに、ディーナは窓辺に虫よけのアロマを焚《た》いて、微笑んだ。

「でもわたし、王都にあんまり興味なくって」

そう言ってエプロンを外すディーナに、老婦人が呆《あき》れたように煙を吐く。

「やれやれ。二十歳前の若い娘が、こんな田舎で、老婆に薬塗ったり菓子焼いたりすることにかまけてちゃ、都会の男が泣いてるよ」

「なら向こうがレベルタまで来ればいいんです。ではご夫人、またお昼ごろに来ますから、くれぐれも無理に動き回らないでくださいね」

畳んだエプロンを薬や包帯の入った籠の中に戻すと、ディーナは老婦人の家を出た。

ジャスミンの花が咲くポーチを通り、蔓薔薇《つるばら》の巻きつく門をくぐって、二人のシスターと合流する。

「ご苦労さま、ディーナ。夫人の具合はどうでした?」

年配のシスターからの問いに、ディーナは「相変わらずお口は達者で」と少し笑って答えた。

「なら良かったです。お一人住まいで足を怪我したとなると、不便で気が滅入ってしまうでしょうから」

「だから言ったじゃないですか、シスター長。夫人なら心配ないですよぉ」

安堵のため息を吐《っ》くシスター長に、赴任して間もない新入りシスターのエヴァが笑いかける。

「ま、無責任なこと言うものじゃありませんよ、シスター・エヴァ。病院に入院できたならお話し相手も多いでしょうけど、自宅療養となるなら周囲が気を配らないと」

「はぁい。でも、入院は夫人がご自身で拒否したんじゃないですか？　ディーナがいるから平気だって」

「まぁ。言いたいことはわかるけど、ディーナだってお医者様じゃないから、あまりに専門的なことはねぇ」

シスター長が悩ましげに眉を寄せる。

――シヴォニア王国の西側、海沿いの街レベルタ。そこの教会に付属した女子修道院に住むシスターたちは、毎日のように民家や学校、病院での奉仕活動に手分けして従事している。ディーナは今日、怪我をした一人暮らしの老婦人のもとへ、朝食づくりとともに怪我の具合を診《み》てきたのだ。

ディーナは一部の薬の扱いに詳しかった。自分で作ることはできないが、使用方法や効果については、ほかの年配のシスターより長じていた。その理由を聞かれると、ディーナは『わからない。頭の中に残っていた』と誤魔化していた。

ディーナの生い立ちは、街のみんなが知っている。記憶喪失で見つかった少女のことを憐《あわ》れみ、誰も深く追及はせず、その知識を素直にありがたがった。

おかげで、ディーナの毎日は平和で、忙しなくて、順調だ。このあとは、合流した三人で街の学校に行き、シスター長が聖書の授業をするのをサポートする予定だった。

昼には教会のみんなの食事を作って、それからまたさっきの老婦人の元へ行き、午後は病院の慰問。

バザーのための針仕事は隙間時間で進めていかなくてはならない。

(……困ったわ。空き時間がない)

俯き、籠の中身を整理するふりをして考えこむディーナをよそに、シスター長とルームメイトのシスターは世間話を続ける。

「この街にも貴族の別荘が建つといいですよね。そうしたらディアランテみたいに寄付が潤沢に寄せられて、色々便利になるかもしれませんよ。あのほら、孤児院とか作るのに積極的な、あのなんとか伯爵家とか」

「なんですエヴァ。フェルレッティ伯爵家のことを言ってるの?」

ディーナの手が止まった。
フ、フ、フ、フェルレッティ。
「そうです! 病院や教育施設だけじゃなくて、大聖堂にもいっぱい寄付してるそうですし、きっとうちの教会の雨漏りも直してくれますよ」

「落ち着きなさい、もしも話で盛り上がりすぎですよ。まぁ、確かに慈善活動といえばあの家ですけど」

はしゃぐエヴァをたしなめたシスター長も、まんざらでもなさそうに呟《つぶや》いた。

「まあ夢のような話ね。こんな田舎、フェルレッティ家のフェの響きの気配もない。別の世界の人たちのことを考えても仕方ありません、私たちは今日やるべきことをやりますよ」

「はぁい」

エヴァの間延びした返事。ディーナは、うるさく鳴る心臓が鎮まるのを息をひそめて待っていた。

そんなディーナに、エヴァの怪訝《けげん》そうな声がかかる。

「ディーナ、もしかして、あなた具合が悪いの？」

えっ、と瞬くと、シスター長も同調するように「そういえば、朝からずっと上の空ね」と頷《うなず》いた。

「心なしか顔色も悪いし、朝ごはんもろくに食べてなかったでしょ。大丈夫なの？」

エヴァにさらに畳みかけられ、二人に見つめられ。

ディーナはとっさに答えていた。

「そ……そうなんです。ちょっと、いえ、その……実はかなり頭が痛くて」

「まぁ！」

「早く言いなさいな！」

驚きの表情になった二人は、眉を寄せて額を押さえたディーナに修道院へ戻っているよう強く言った。

「授業のお手伝いは気にしないで。買い物だってあたしが行ってくるし、休んでなさい」

「あ、ありがとう、シスター・エヴァ」

「いいのよ。それよりディーナ、あたし昨日何か言ってた？　なんか寝付く直前にやらなきゃいけないことがあったような気がしたんだけど」

「…………なにも？」

それから咳《せ》き込んでみせたディーナを、二人は「夏風邪はたちが悪いから、ゆっくり休んで」「神のご加護を」と労《いたわ》って学校へと向かう。

「……神様、この浅はかな嘘《うそ》をどうか、お許しください」

二人が角を曲がって見えなくなるのを確認すると、ディーナは脱兎《だっと》のごとく駆けだした。

街の片すみに、女子修道院と隣り合って並ぶ古い教会がある。昨夜の雨の影響というわけでもなく、この礼拝堂は神父やシスターたちがそれぞれの活動に出ている時間には、閑散として人気もない。街の人々が集まるのは日曜礼拝のときくらいだった。

そんな礼拝堂の端に、かんぬきの嵌《はま》った粗末な扉があった。ディーナは周囲に人がいないのを確認してから、早足でそこへ近付いた。手には、残しておいた朝食のトレーと薬箱。

扉の前でいったん薬箱を地面に置いたディーナは、片手で持つトレーが傾かないよう慎重にかんぬきを外す。薬箱を抱え直し、最後にもう一度周囲を確認してから扉の奥へ身を滑り込ませ、地下に続くなだらかな坂道を下りていく。早朝つけ直した壁の燭台《しょくだい》の火は、まだかろうじて残っていた。

嘘で奉仕活動をさぼるなんて、この十年間のディーナには考えられないことだった。

罪悪感と緊張を抱え、埃がスープに入らないよう気を配りながら、夏でもひやりとした地下室に降り立つ。

「……起きてますか？　朝ごはんは、食べられそう？」

かつて地下墓地として使われたそこは、今は物置である。そこに昨夜、ディーナは意識のない男を台車で運び込んでおいたのだ。

この街に来て初めて、仲間に抱えた大きな秘密。けれど、侵入者として通報する前に、どうしても確認しておきたいことがあった。

(……返事がない。まだ寝てる？)

奥へ進むと、手首を後ろで拘束された男が、昨夜ディーナが転がした体勢のまま、床に横たわっていた。燭台のほのかな明かりに、土に汚れた黒い髪が浮かび上がっている。

ディーナは体から力を抜いた。そして同時に、胸騒ぎも覚えた。万が一、容態が悪化して気を失っていたりしたら。

ディーナはトレーを古いベンチの上に置いて、薬箱だけを手に男のそばで膝をついた。そして、包帯を換えるにあたり、後ろ手の拘束をどうしようと固まり。

やがて、昨日床に引き倒されたことを思い出すと、結局戒めは解かずに男のシャツのボタンへと手を伸ばした。

「そういう趣味か、シスター」

「わっ！」

乱れた前髪の隙間から、突然アイスグレーの目が現れて、ディーナは飛びすさった。

逃げるように距離をとったディーナに構わず、男は不自由な両手のまま、難なく身を起こした。

「……お、起きてたなら、何か言ってください……」

「何するつもりか気になって。まさかそういう嗜好《しこう》とは思わなかった」

唸《うな》るディーナに、軽口とともに男が微笑む。拘束されているというのに、まるで緊張感のない様子だった。

だがディーナは、その灰色の目が油断なく自分やその周囲を観察していることに気付いていた。

「そんな遠くにいないで、こっちに来ればいい。見ての通り、縄を解かなきゃこっちからは何もできやしないよ」

「わ、わたしだって何もしません」

「どうだか」

腕を戒められたまま肩を竦める相手にディーナは近付かず、まずは最優先の目的を果たすことにした。

「……この教会に、何をしに来たんですか」

「雨宿りと、お祈りに決まってるだろう」

むかっときた。どこの宗派にシスター見習いを気絶させる祈りがあるというのか。

(……それとも、わたしの正体を知ってたから?)

二つ目の質問に際し、握りしめた手が汗ばんでくるのを感じた。

「……わたしを襲ったのは、なぜ?」

「僕が休むため。ちょっと疲れていたものだから」

「引き倒して薬を飲ませた理由を聞いてるんです」

「見られてると眠れない。繊細なんだ」

ふざけないで、と視線に非難を込める。

「……どうやって、教会の扉の鍵を手に入れたんですか?」

怪我を手当てしたとき、男の衣服の下からナイフや拳銃、錠剤の入った小瓶とともに、見慣れた薔薇と十字が彫られた鍵を見つけて仰天したのだ。もちろん回収してある。

男は悪びれることもなくあっさり答えた。

「拾った」

「そんなわけないじゃないですか！」

「本当だよ。昨夜僕に絡んできた男たちが落としていったから、拾っただけ」

絡んできた男たち？

不可解な答えに眉を寄せると、男が視線を合わせてきた。思わず身構えてしまう。

「今度は僕から聞いていいか。あなたこそ、なんのつもりでこんなことしてるのか」

「……もうじき警吏が到着します。引き渡す前に、気になることを聞いておくだけです」

というのは半分嘘だ。まだ誰も呼んでいない。

「確かに薬は飲ませたのに、どうやって先に起きた？　仲間に起こされた？　その細腕で、いつ目を覚ますかもわからない僕をここに運ぶなんて、一人でできたわけないね？　……仲間は何人だ」

気が付くと、ディーナは逆に尋問されていた。刺すような眼差しに晒《さら》されて、思わず素直に答える。

「どうやってって、く、薬を吐き出しただけです。ハンカチに吐いて、それをあなたの口に突っ込んでおけば、起きないと思って。眠るだけだって、あなたが言ってたし」

「……吐いて、それを？　ほんとに特殊な趣味だな、シスター」

「すっ、好きでやったわけないでしょ！　ちゃんと拭いたし、いえあの、だから協力者なんていないって言いたかったの！」

とっさに大きな声を出してから、青ざめて口を押さえた。

しまった。

『ディーナ？』

坂の上から聞こえてくるのは、菜園担当のシスターの声だ。

慌てて坂道中腹の燭台の火を吹き消し、男のもとに舞い戻って口をふさぐ。そうしている間に、地上の声はさらに増えた。

『あらシスター・ベルタ、どうかしましたか？』

『あら、戻りが早いわねシスター・エヴァ。ねぇさっき、人の声がしなかった？』

『忘れ物を取りに来たんです。……声なんて、あたしはなにも聞こえませんでしたけど』

『気のせいかしら』

良かった、エヴァが鈍感で。そう思った瞬間。

『あら、かんぬきが開いてる。あたしかしら、そそっかしいから』

鈍感なエヴァの声とともに、かちゃ、と金属の触れ合う音が響いた。

ディーナは暗闇の中、男にしがみついたまま凍りついた。

「閉められちゃった……！」

外からしか開けられないのに。呟いたディーナの心臓が焦りで逸《はや》る。

「ねぇ」

至近距離からくぐもった声がした。男にしがみついたままだったことに気が付いて、急いで離れる。

「ディーナって、あなたの名前？」

聞かれて、ディーナの背筋に冷たいものが走った。

「……ええ。ディーナ・トスカ。わたしの名前ですが」

ディーナが動揺を押し殺したことは伝わらなかったのか、男の様子は変わらない。

「この辺りには多い名前か？」

「それはもう、赤ちゃんからおばあさんまで」

「……失礼だけど、あなたは何歳？」

つくづく暗闇で助かった。ディーナはこわばった口元を相手に悟られないことに感謝した。

「十九歳です」

平静を装って答えると、じゃあ、といくぶん低くなった声がさらに尋ねてくる。

「ディーナという名で、同じくらいの年の、金髪の女性に心当たりはある？」

見えていないのも忘れてディーナが首を振る。男は気配で察したのか「そう」とそれ以上は突っ込んでこなかった。

「それより」

男の顔が坂に向いたのが、声の調子でわかった。予想以上にあっさり話題が逸《そ》れて、安堵と同時に拍子抜けする。

「いいのか。まだ今なら、大声を出せば開けてもらえると思うが」

「……あなたみたいな不審者を、ここのみんなと関わらせるわけにいきません」

それはまぎれもなく本音だったが、男が失笑する気配がした。

「不審者ね。鍵を持ってた男たちだって、相当な悪党だったけど」

「悪党って……その男たちって、いったい誰なんですか？」

「誰って、……」

身をよじっていた男が、突然黙った。

沈黙は、ディーナが違和感を覚えた直後に破られる。

「……寝てる間に、僕に何をした」

心当たりはそう多くなかった。戸惑いながら答える。

「腕とお腹《なか》の切り傷なら、消毒して包帯を巻いておきました。切り傷は浅かったから大丈夫だと思うけど、たくさんある痣《あざ》は、痕に残るかも……」

昨夜、脱がした男の体は傷だらけだった。血の滲《にじ》んだものから、塞がったばかりのようなもの、無数の古傷の痕まで。やたら多様性に富んでいて、ディーナは唖然《あぜん》としたのだ。

幸い、骨が折れた様子はないと見て、医者は呼ばなかったが。

男のいる位置から、ため息のような音が漏れる。

「わりと面白いこと言うね。僕は痕が残るのを気にしそうか」

「……血が止まっていても、食事はしないと体力が戻りませんよ」

「は？」

「だってあなた、食べ物持ってないでしょう。閉じ込めたのは、わたしだし」

そう言ってトレーを置いたベンチの方を見遣《みや》る。

不審者とはいえ、本意ではない結果にはしたくなかった。

それに、ここは教会で、自分は見習いとはいえ神に仕える者。あの状況でやるべきことは、決まっていた。──少なくとも、今の自分にとっては。

とはいえ、おかげで朝から食べていないディーナの腹がくうと鳴った。

「そう」

男の声と同時に、地下室の空気が動いた。気まずく思ってお腹を押さえていたディーナの前を、人の気配が通りすぎていく。

嘘。この男、拘束解いてる。

驚きのあまり硬直したディーナをよそに、男は迷いのない足取りで砂っぽい坂を上っていった。

「一つ聞くけど、鍵を外部の人間に渡したのは、あなたじゃない？」

「そ、そんなことするわけないじゃないですか」

「……じゃあもう一つ聞くけど」

外開きの戸に体重を預けたのか、木製の扉が金具とぶつかる音がした。

どういうつもりか。かんぬきが嵌っているのに。

「手、縛ったまま、僕どうやって朝ごはん食べればよかったの？」

今度はディーナが沈黙した。また、男が強く押したのか、扉が再び細い悲鳴を上げる。

「……す、スプーンを、こう……パンをちぎってこう……」

「拘束して世話する趣味？　ほんと倒錯的だな」

「好きでやるんじゃないったら!!」

「冗談だよ。シスター」

笑いを含んだ声から、先ほどまでの刃《やいば》をひそませたような恐ろしさは消えていた。また、扉の軋む音がする。

「……見習いだから、〝シスター〟じゃないです。不審者さん」

些細《ささい》なことを訂正したとき、ディーナの耳に、バキンと固い音が届き、地下室に光が差し込んだ。

「テオドロだよ。手当てと食事、ありがとう。……怖がらせて悪かった、ディーナ」

扉と壁の隙間を縫って入り込む陽光が徐々に太くなり、男の黒髪を茶色く照らす。

灰色と思った目が、一瞬青みを帯びる。

唖然とするディーナを階下に残して、テオドロと名乗った男はするりと外へ消えていく。

押し開けられた扉には、錆《さ》びて、古くなったかんぬきが力なくぶら下がっていた。


食器を片付けたディーナは、一人きり、礼拝堂で物思いに沈んでいた。膝の上の手の中には、ロザリオが一つ。

それは表から見れば通常の十字モチーフだが、裏から見るとはっきりと剣の形を模していた。剣《む》き出しの刃の部分には、巻きつく蛇の模様が彫られている。

（……とうとう来たと思ったのに、驚くほどあっさり立ち去っていった）

教会にも、修道院の中にも部外者の気配はない。テオドロはあのまま出ていったのだろう。

もしかしたら、入れ墨だと思ったものは暗がりで見間違えただけの痣か傷だったのかもしれない。

願望にすぎないとわかっていても、ついそうやって昨夜からの出来事を矮小化《わいしょうか》しようとする自分の浅ましさを、自覚せずにいられなかった。

ぎゅっと目を閉じてロザリオを握り込む。静かな礼拝堂に風が吹き込んできて、子どもたちの笑い声がかすかに聞こえてきた。

ここは、あの場所とは何もかも違う。何も知らない人々の街だ。ディーナを何も疑わないでいてくれる人々の、騒々しくて、平凡な営みがあるだけの街。

それが何よりも尊い街。

――たとえあれが見間違えでなくても、どうか。

（神様、どうかこの先も、平穏な日々をお守りください）

ディーナが祈りを深く捧げたとき、背後で扉がゆっくりと開く音がした。同時に、複数人の足音と衣擦《きぬず》れの気配が続く。

「おや、ディーナ。体調はもういいのかい？」

「おかえりなさい、神父様。……すみません、もう大丈夫です」

ならちょうどよかった、と言った老神父は、笑顔を消して眉をひそめ、不安げな顔つきになって足を早めてきた。

「今、修道院のみんなで話していたのだけど、実はさっき街で怖い話を聞いてね」

「怖い話？」

「運河で遺体が見つかったんだ。男性ばかり、三人も」

ディーナの鼓動が大きく乱れた。

「……誰なんです？」

「それがわからないんだよ。この辺りでは見たことのない方々だそうで。喧嘩《けんか》でもしたのか、体中傷だらけの痣だらけで、三人とも致命傷だったのは首の切り傷だと。なんて恐ろしいことだろう」

胸の内の、嫌な拍動がどんどん大きくなる。

凍りつく見習いシスターに、しかし互いに顔を見合わせる神父とシスターたちは気が付かない。

「それでも、引き上げたときにお一人はまだかろうじて息があったのだけどね。すぐにお亡くなりになったそうで」

「助けたジャンさんが言うには、その人、いまわの際でなにか呟いてたそうです。蛇、がどうとか」

――蛇。

「不吉なことだ。蛇に嚙《か》まれた傷でもないらしいのに」

「神父様、なにか怪しい薬物でも使っていたのかもしれませんよ。よそ者ですし、王都では若者の間でそういう危ないものが流行っていたりするらしいし」

ディーナは、途中から神父たちの話を聞いていなかった。

それより、震えそうになる膝に力を入れ、気を失わないようにするので、精一杯だった。

「それでね、しばらくはわたしたちも一人で外出しない方がいいって話になったから、あなたも気を付けるように」

言うだけ言って満足したのか、それきり神父たちの視線はディーナから逸れていく。

善良な彼らには、思いもよらないだろう。

死んだ男が口にした〝蛇〟を、ディーナも見ていただなんて。

己の尾を噛む蛇のしるし。それを、ディーナがあのテオドロと名乗った男の首で見つけていただなんて。――それより、ずっと前からその存在を知っていただなんて。

それが、この国の貴族〝フェルレッティ家〟に仕える者の証しであることだなんて。

慈善家として知られるその家が、人を殺して運河に捨てることに、なんの抵抗もない悪魔のような家だなんて。

その家の人間から渡された〝蛇と剣のロザリオ〟を、ディーナが十年間ずっと隠し持っているだなんて。

(……逃げなきゃ)

次の慈善バザーの打ち合わせに話題を移した神父たちを前に、ディーナは無言で決意を固めた。

――逃げなきゃ、またやってくる。次はこの人たちも、危険に巻き込まれるかもしれない。

何より、きっと自分は殺される。

ディーナ・フェルレッティがここにいると、ばれたら、また。

第二章　悪の敵

彼らは元々、ある都市国家に現れた医師・薬師の一族だった。

よほど腕が良かったのか、多くの有力者の家に出入りしては、各所でたいそう重用された。その功績は、ある家では、当主が、息絶える前に財産のすべてを彼らに託したほど。ある権力者が、彼らに己の実質的な権限のほとんどを委ねたほど。

それだけでなく、彼らは恵まれない人々にも手を差し伸べて、民衆からの尊敬も集めた。

やがて都市がシヴォニア王国によって統一されると、その王都ディアランテに大邸宅を構え、領地と伯爵位を持つことに異を唱える人間がいないほどの名家となっていた。

それがフェルレッティ家。

慈善と事業に精を出し、王の忠実な家来であると誓う由緒正しい大貴族。

の、一面。

その実、彼らは独自に作った中毒性の高い薬で有力者を骨抜きにし、金と権力を集め、誰にも手出しできない闇の支配者となっていた。

時代が下っても本質は変わらない。敵対者を殺し、薬を売り、代金を支払えなくなった客を売り、奪った財産で事業を広げ富を築いては、その余波で困窮した人々へ何食わぬ顔で慈善の手を差し伸べる。輝かしい名声。慈悲深きフェルレッティ家。彼らは美しい仮面で世間を欺き、君臨する。

傍らに、暴力と策略に秀でた、病的なほどに忠実な家来のごとき部下たちを従えて。

——金の髪の〝女王〟が生まれたのは、そういう家だった。

ディーナ・フェルレッティは、一族特有の金髪をたたえて、使用人たちとともに暮らしていた。

礼拝堂を備える広大な庭と、享楽的な絵画が掲げられた玄関広間を持つ、黒壁の豪邸。

そこではどんな豪華な衣装も高価な宝石も女王の望むまま集められた。

周りの大人は、誰もが幼い女主人の望みを叶《かな》えることに必死だった。中でも彼女の一番近くまで寄ることができる者は〝側近〟として、常に彼女の欲望を満たすことに腐心していた。

なぜなら、時折、使用人や側近たちは〝入れ替えられる〟からだ。彼らの首は女王の一言でいとも簡単に飛び、新しい人員に挿《す》げ替えられた。

女王には兄がいたが、別々に暮らしていれば、女王が兄のことを気にかける機会はろくになかった。

——もしかしたら、向こうはそうではなかったのかもしれないと本人が思い知ったのは、彼女が十歳になった晩秋の夜のこと。

『あなた様の望むものを、お渡しします』

仕える男にそう言われ、寝巻きのまま連れ出されたディーナは、海へつながる真っ黒な運河に放り込まれた。真夜中、急な流れ、小さな体。差し伸べる手はどこからも現れなかった。

驚くほどあっさり、女王は死んだ。

――翌日、ディアランテから遠く離れた海沿いの田舎街は騒然となった。全身ずぶ濡《ぬ》れで、砂浜で横たわる少女が見つかったからだ。

「気が付いた！」

「医者はまだか！」

「襟に刺繡《ししゅう》が、名前かしら……？　ねえあなた大丈夫？　何があったの？」

騒ぐ大人たちの下で、少女は目を細めて、太陽の昇った青空を見つめていた。

「……わたしは、つみぶかいへび……」

小さな青いくちびるの動きに、大人たちは気が付かない。

少女は首にかけたロザリオを持って、胸の上で冷たい手を組んでいた。彼女が持つにはビーズ部分が長すぎるそれを、冷たい手で、縋《すが》るように強く。

祈るときと同じように。

死んだときと同じように。

「……生まれ変わって……つぎはどうか、善良な人間に……」

乾き始めた頰に、涙が一筋伝っていく。

それきり、気絶した少女のもとに、医者が神父に先導されて駆けつけた。

「あの子です、あの赤毛の女の子――……」


金の髪の女王は死んだ。

同じころ、浜に打ち上げられていた赤毛の少女が、小さな教会に引き取られた。

深夜。修道院も、街の人間も寝静まった頃、ディーナは小さなかばん一つを抱えて、教会の表扉から滑り出た。

「神様、神父様、シスターのみんな。恩知らずなわたしをお許しください。……どうか、いつまでもお元気で」

小さく呟《つぶや》いて施錠し、来客対応用の覗《のぞ》き穴から鍵を中へと放り込むと、月明かりを頼りに夜の街へと駆け出した。

十年住んだこの地に、未練がないはずはない。菜園を耕し、街へ奉仕し、静かに祈る。ディーナの生活はそれで十分だった。記憶喪失のふりをするディーナを信じ、気遣い、受け入れてくれた人たちに、まだなんの恩返しもできないまま去ることが、辛《つら》くないはずがない。

でも今は一刻も早く、自分はここから消えなければならなかった。

フェルレッティの手の者が来た。理由はわかっている。自分だ。

殺したはずのディーナが生きていると知り、とどめを刺しにきたのだ。それ以外考えられない。

まさか慈善活動の一環でやってきたわけはないのだ。

運良くあのテオドロという男はやり過ごせたが、きっとこのあとも蛇の入れ墨の人間はこの街にやってくるだろう。

テオドロがどうしてディーナと無関係な三人の男を殺したのかはわからない。仲間割れをしたのか、敵対組織の人間だったのか。

真相はどうあれ、ここにとどまれば、ディーナの命はおろか修道院の人間にも危険が及ぶかもしれない。そんなことは、あってはならない。

〝ディーナ〟がよくある名前なのは本当だが、この街で、その名前で十九歳の女は自分だけだ。

――本当は二十歳なのだが、浜で助けられたとき、フェルレッティ家と結び付けられないためにと、とっさに年を一つごまかしたのだ。年齢だけを覚えている記憶喪失者の不自然さよりも、少しでも覚えていることがあることを喜んでくれる、そんな人ばかりの街だった。

ともかく、どんなによくある名前でも、レベルタに残る〝ディーナ〟は一桁年齢の子どもや老女しかいない。そうなれば、ひとまず彼らはこの街に興味をなくすはず。

自分は――追われるかもしれないけれど。

(大丈夫、昔の私を知ってる人間が、今のわたしを見ても、きっとわからない)

走りながら、赤い髪に触れる。

かつては念入りに染められ、金髪のふりをしていた髪に。

(フェルレッティ家の当主の身だしなみって言われて髪を染められていたけど、今はそれが役に立つのね)

行くあてなどない。でも巻き込みたくないなら、死にたくないなら行くしかない。

どこか、誰にも知られないところに――。

そう思ったディーナの足は、角を曲がったところで遭遇した人影に、止まった。


幼い頃の自分は、周囲に金髪であると偽っていた。些細《ささい》な見栄のようでいて、それはあの家では重要な意味を持っていたのだろう。肖像画に描かれていた歴代当主が、みな金髪だったように。

真実を知っていたのはごく一部だったから、染料が落ちた赤毛のこの姿を見ても、そうそう正体を見破られないのだと思っていた。

だがそれは、思い違いだったらしい。

「こいつが本当に、あのフェルレッティ家の関係者なんすか？　見るからに、ただの小娘って感じっすけど」

「さあな。別にどうでもいいだろ、俺たちの仕事は二十歳前後の〝ディーナ〟って名前の女を捕まえてくること。そのあとのことはアニキたちの領分だ」

そう。

〝ディーナ・フェルレッティを探せ〟と言われた人間の中には〝ターゲットは金髪である〟だなんて知らされていない末端の者もいるのだ。

拘束されて、箱馬車の床に転がされながら聞いた会話に、ディーナは己の認識の甘さを噛《か》み締めていた。

いつかこんな日が来るなら、名前を変えて暮らしていればよかった。だがこの街に漂着した時、ディーナは名前の刺繍が入った寝巻きを身に着けていた。記憶喪失のふりをして家名を隠しても、自分がベッドから起き上がれるようになる頃には〝海辺で見つかったかわいそうなディーナお嬢ちゃん〟の噂《うわさ》は街のすみずみまで広まっていたのだ。

口と手足を拘束されて、じっと固まるディーナの頭上で、男たちの会話はなおも続く。

「しかし、アニキも無茶言うっすよ。ディーナなんて名前掃いて捨てるほどいるってのに、ほんとにこいつで合ってるんすかね？　フェルレッティの当主一族は派手ぞろいって聞いたのに、こんな地味な女、なんかの間違いじゃ？」

「ごちゃごちゃうるせぇよ」

（この人たちは、フェルレッティ家の人間じゃなさそう）

十年も前に暗殺されたことになっている自分を、今さら探しに来たのは不可解だが、フェルレッティ家に見つかるよりはましかもしれない。今捕まえている女が、探している当人ではないと思わせられれば――。

「この際合ってるかどうかはいいんだよ。どうせ、ただの無関係な小娘だったら、殺すだけだ」

逃げ場はなかった。

ディーナは心音が男たちに聞こえていないかと怯《おび》えながら、〝どうかお助けを〟と神に祈った。

馬車が止まったのは、人気のない倉庫街だった。扉が開いて漂ってきた潮の香りに薄目を開ければ、建物の隙間から、ほのかな光を反射する黒い水面が果てしなく見える。

港だ。

それだけ確認すると、ディーナは目を閉じ、馬車の中と同様の気絶したふりを続けた。荷物のように、担がれ、入っていった倉庫の床に乱暴に落とされる痛みにも声を上げるのを耐える。

「アニキ、いますか。連れてきましたよ」

油くさい闇の中、誘拐犯の声がこだまする。返事の代わりに、建物の奥から、ゆっくりと靴音が響いてきた。音は、誘拐犯とその前で横たわるディーナのそばで止まった。

「ご苦労だったな」

靴音のした方から、若い男の声がした。誘拐犯たちよりも落ち着いていて余裕のある声に、ディーナは息を呑《の》む。

「……誰だテメエ」

「聞いてないのか。マルコは上から別の仕事を言いつけられたから、代わりに俺が来た。報酬はそこだ、しっかり確認していけ」

男は、立ち止まった場所から少し離れた場所に積まれた木箱の上を指し示したようだった。誘拐犯の一人が離れていく足音がする。

一方で、ディーナは、かがんだ〝マルコの代わり〟の男に顔を掴《つか》まれて上を向かせられた。

「じゃあ、こっちはこれで」

必死に意識のないふりをしていると、男のそんな言葉が降ってきて、顔から手が離れた。そしてすぐに腕を取られ、上体を引き上げられ、また担がれる。

――と同時に、カチャリと撃鉄を起こす音がした。馬車でディーナを連れてきた、誘拐犯の方からだ。

「なんのつもりだ」

ディーナを担ぎ上げた男は銃口を向けられているだろうに、なおも落ち着き払っていた。

「なにじゃねぇよ。初対面の人間に、仕事の横取りされちゃ敵《かな》わねぇ。アニキの代理だって証拠見せてもらおうか」

銃を構えた誘拐犯の声は、馬車の中にいる時より苛立《いらだ》っていたが、対する男はふっと肩を上下させた。苦笑いしたようだった。

「証拠？　お前ら下っ端に、金以外の何見せろって？」

「ウチのもんなら体のどこかにしるしの入れ墨いれてるはずだろ。見せてみろ」

ディーナは、自分の体がゆっくりと下ろされていくのを感じた。誘拐犯の銃が下ろされた気配はない。

「……合図したら、息止めて」

床に体がつく直前、鼓膜を震わせた囁《ささや》き。

ディーナは目を大きく見開いた。

一瞬後、ディーナは闇の中にもかかわらず、その男が誘拐犯の銃を掴み、腕をひねり上げて腹部を蹴るのを確かに見た。

誘拐犯が、声もなく床に崩れ落ちる。

「？　なん、……っ！」

銃が床にぶつかった音に、報酬を数えていたもう一人の不思議そうな声が重なる。それが、ガツンと痛々しい音で遮られたのは、すばやく距離を詰めた男に殴られたせいだろう。

そのとき、入ってきた倉庫の扉が勢いよく開く音がした。

「おい、その男誰っ……！」

誘拐犯が落とした銃が男に拾われ、扉に向かって発砲される。呻《うめ》き声とともに扉口で人が倒れる。

ディーナは、声を上げることもできなかった。

男はそんな女の背に腕を回して再び担ぎ上げると、倉庫から一目散に飛び出した。

「ネズミだ、捕まえろ!!」

途端に、建物の陰からわらわらと人影が姿を現す。人数を認識するより早く、銃声が響き渡る。

ディーナを担ぐ男は、一度も止まることなく倉庫の間をひた走った。ディーナの体には男の腕が苦しいほどに強く巻き付いていて、不安定さを感じることはない。

そもそも、体の揺れなど些末《さまつ》すぎて意識にも上らなかった。混乱で息すら忘れているディーナに、男が叫ぶ。

「吸って、――今、とめろ!!」

鋭い声。全身を包む浮遊感。

次の瞬間、ディーナは男ごと水の中に飛び込んでいた。十年前の懐かしい恐怖が呼び覚まされる。

冷たさが、重みが蘇《よみがえ》る。

ただ、前と違ったのは。

海上の月明かりに照らされた男と――テオドロと、目が合ったことだった。


『これを』

そう言って、その男は長いビーズの輪をディーナの細い首にかけ、小さな手にロザリオを握り込ませた。いやにとがった十字の先端が手のひらに食い込み、血の玉が皮膚に浮かび上がる。少女は痛みに顔をしかめたが、男は構わず、その手を自らのそれでさらに強く包み込んだ。

少女が、痛い、と文句を言おうとしたとき。

『さようなら、お嬢様。フェルレッティが生んだ罪深い蛇』

――どうか、生まれ変わって、今度は善良な人間に。

そう言って、男は小さなディーナを抱え上げて河に投げ込んだ。

男は、普段は屋敷に寄り付かない協力者、〝外飼い〟と呼ばれる一人だった。

もとからフェルレッティ邸において、幹部や使用人が側近によって、もしくは側近自身が主人によって〝入れ替えられる〟のは、さほど珍しくない。交代となった彼らの末路を自分は正確には知らなかったし気にしなかったが、中には始末された者もいたのだろう。

そう思ったのは、王都の情報がろくに入らない田舎街で目にした〝史上最年少フェルレッティ家当主、国王陛下に謁見〟の新聞記事を読んで、腑《ふ》に落ちたからだ。

自分がいなくなった瞬間、表舞台に出てきた兄。

――ああ、わたし《当主》も、この男の意思によって、入れ替えられたのだと。


何時間も海をさまよって疲労困憊《こんぱい》のディーナは、ほとんどされるがままに桟橋《さんばし》へ押し上げられた。

「……神様、この身を、おたすけ、くださり、……ありがとうございます……」

水中で、「着てると沈む」という理由でスカートを脱がされてしまい、あられもない姿を晒《さら》しているのだが、周囲の暗さもあって恥ずかしがるどころではない。

肩で息をしていると、背後でテオドロが水から上がってくる音がする。

「大丈夫か?」

「な、なんとか。……どこ、ここ」

はいこれ、と脱いでいたスカートがシュミーズのはりつく腰にかけられる。びしょ濡れのそれを、ディーナはのろのろと巻き付けた。

見渡せば、そこもまた街灯がぽつぽつと立つ港町だった。うわごとのような質問に、テオドロはレベルタとは異なる大きな港町の名前を口にした。

「そんな遠くに……？」

「陸路だとね。海岸に沿えば、そんな遠くない」

茫然《ぼうぜん》としていたディーナの体が浮いた。仰天し、抱き上げた男に抗議する。

「何するの⁉」

「じきに船乗りたちがやってくる、ここじゃ休めない」

「下ろして！」

「見てないよ、暗いし」

確かに、まだスカートのボタンを留めていないのも由々しき事態だが、そんなことよりこの男こそフェルレッティ家の人間だということがディーナには大問題だった。

暴れるディーナをテオドロはしばらくそのままにして歩いたが、建物の影に入ったところで突如地面に丁寧に下ろした。

「さっきの奴らが、僕らを探してるかもしれない。着替えるにも休むにも、まずはあいつらが入ってこられない場所に行く。ついてこられる？」

「それって、どこに……」

聞こうとした言葉は最後まで口にできなかった。テオドロが手を離した瞬間、ディーナはへなへなと膝が崩れてしまって、四つん這《ば》いのまま動けなくなってしまったのだ。

「もう一回聞くけど、ついてこられる？」

「……」

「暴れないでね」

結局、ディーナはスカートを押さえて大人しく抱き上げられるしかなかった。男はディーナと同じ時間海にいたにもかかわらず、足取りは平然としている。

衣服もほとんど乱れていない相手との差に、ディーナは遅まきながら頬が熱くなるのを感じた。

「しかし不運だね、人違いで狙われるとは」

「……人違い」

「ああ。ちょっとした界隈《かいわい》で、ディーナって名前の若い女は注目の的なんだ」

「……あなたも、それでレベルタに？　わたしの名前を、気にしてた」

「まあ……僕は、探しに、というよりは、いないことを確認しに来ただけだけど」

テオドロは迷いなく狭い路地を進み、連なる建物の壁に沿って並ぶ扉の一つを叩《たた》いた。誰何《すいか》に「テオドロ・ルディーニ」と答えたのを聞いて、そんな名前だったのかと思う。

「部屋と、それから着替えを」

夜明け前、しかも裏口からやってきたずぶ濡れの客に、中から出迎えた人間は何も聞いてこなかった。

「……いないことを確認しにって、あなたは、探す相手がレベルタにいないと知ってたの？」

鍵を手に階段を上るテオドロへ、ディーナは問いかけた。自分の声がひどくかすれているのを、ぼんやり不思議に思いながら。

「ああ。ディーナ・フェルレッティは、十年前に死んでる」

足取りと同じくらい迷いのない答え。

「フェルレッティ……」

「貴族だよ。または、この国に大昔から巣食ってきた悪魔」

自分を抱える腕のあたたかさとは裏腹に、声が冷たくなったのを感じる。

それなのに、ディーナは規則正しく揺れる腕の中で、自分のまぶたが下へ下へと向かっていくのを止められないでいた。

だめだ。

「なんで……」

フェルレッティの一味であるあなたがなぜそんな口ぶりで、と聞きたかったのだが、テオドロは勘違いしたらしい。

「なんで死人と人違いされてるかって？　ここ最近になって突然、アウレリオ・フェルレッティが、ディーナの生存を前提に行方を探し始めたからだ」

アウレリオ。新聞記事に載っていた、フェルレッティの現当主。

「ディーナ・フェルレッティは、そのアウレリオの妹の名前だ。公には、彼に妹なんていないとされているが、実際のところ十年前に死亡するまでは、妹の方が当主だった。幼さを理由に、国王への謁見はされずじまいだったけどね。そんなだから、十年前に妹が死んだのも、アウレリオの差し金だと思うけど」

だめだ。今寝てはいけない。

逃げないといけないのだ。フェルレッティからも、そのほかの組織からも、この男からも。

(そうよ、逃げないと)

「彼は妹が海につながる運河に落とされたことを踏まえて、潮の流れからレベルタへ手下を送り込んだ。身寄りのない、二十歳前後のディーナという女を探すために。……そのことが、厄介なことに他の組織にも、というか裏社会そのものに広まっているんだ」

(逃げ、ないと……)

「……フェルレッティは、表向きは由緒正しい貴族だが、実際には古くから闇の商売で財を成し地位を固めてきた悪徳の家だ。買収、恫喝《どうかつ》、人身売買に薬物取引、そして暗殺。そんなだから敵も多い。昨日、教会の鍵を持っていた奴らや、あなたを誘拐しようとした奴らは、ディーナ・フェルレッティをアウレリオより先に手に入れて利用したいと考えたんだろう」

(逃げ……)

「けど奴ら、どうやらディーナ・フェルレッティが金髪だということを知らないらしい。つまりこのままあなたが帰れば、また同じことが繰り返される。アウレリオ本人に、あなたが妹ではないと言わせるまで。だから、ここで少し休んだあとは……ディーナ？」

下り切ったディーナのまぶたは動かず、胸は規則正しく上下している。

腕の中の女が目覚めないよう、テオドロは慎重に客室の扉を開けた。


木々が葉を落とし始めた頃だった。少女が座る椅子の前に、壮年の男がひざまずく。

「お嬢様、こちらを」

男が見せたトレーには、大きなルビーのネックレス。

「おや、お忘れですか。先月、客人がこれをつけているのを見て、欲しいと仰《おっしゃ》っていたではありませんか」

言われるとそんな気がする。この男が言うならそうなのだろう。忘れていた。

「さすがに、我が主《あるじ》はお目が高い。これほどの物、二つとご用意できないでしょう。その御髪にも、実にお似合いです」

男がネックレスを少女の首に当てて、手鏡を見せる。

「この屋敷の女王がつけるに、実にふさわしい。新しくあつらえたドレスにも合わせてみましょう。ああ、その前に、この紙にお名前を。ええ、ここだけです」

男は手鏡をそばのテーブルに置くと、椅子の前にひざまずき、ペンと、幾枚もの書類を差し出した。

——こんなにいっぱい、いったいなんの書類なの？

少女の声に、控えたメイドたちが視線を交わし合う。

「お気になさらず」

――気になるわ。いつもわたし、何をさせられているの？

男が固まった次の瞬間、廊下から大きな足音がして、部屋に一人の若者が飛び込んできた。何時間にも渡って殴られたのか、全身ボロボロだった。

「どうか私の話を聞いてください!!　お嬢様、私は騙《だま》されたのですっ、この男に！」

「……お前たち、何をグズグズしている！　こいつをさっさと礼拝堂へ連れていけ!!」

喚《わめ》く若者を睨《にら》みつけ、壮年の男が廊下に向かって怒鳴りつける。すると何人もの男が次々部屋に入ってきて、若者を引きずっていこうとする。

――待って。

その男たちが、止まった。

――なんの香り？

ボロボロの若者が男たちの拘束を振り払う。椅子の前でひざまずき、つぶれかけた喉を振り絞って答える。

「と、東方の、珍しい木からできる香料です。昔から、わが家と懇意にしている商人が納めてくるものでして」

――わたしも欲しい。

「っ、すぐにご用意いたします！　来週、いえ三日後には」

――すぐがいい。

「……ええもちろん！　他にもたくさんの、珍しい楽器や美術品と一緒にお持ちいたします!!」

少女は微笑んで、手に持っていた書類をその若者に渡した。署名は既に済んでいる。

孤児院を建てる書類。貧民街の診療所を支援する書類。大聖堂への寄付の書類。

美術館の所蔵品を差し押さえる書類。違法薬物の売買に関する書類。債務者を売り飛ばす書類。

少女は言った。——明日から、楽しみだわ。

メイドたちは顔を見合わせると、ボロボロの若者のための薬箱を取りに動いた。

ネックレスを持ってきた男が蒼白《そうはく》になってわななくのに、ひざまずいたままの若者は勝ち誇った笑みを向けた。


——窓の外には雪が積もり始めていた。

「良い毛皮が手に入りましたわ、お嬢様。アーミンの一級品だそうで」

メイドが持ってきたコーヒーを手に、女が言う。最近よく部屋に来る女だ。とてもおしゃれだと、会ったときは思ったのだ。

「それにしてもあの男も愚かでしたわ。せっかくお嬢様の慈悲にあずかったのに、また横領ですって」

ペンを走らせる音。紙が擦《こす》れる音。少女は、ろくに中身を見もしないで署名していく。

できたわ、という言葉とともに完成する署名入りの書類。

——毛皮を見せて。

「仰《おお》せのままに、ディーナ様」

従順な側近の声は、どこか笑いを含んでいる。優越感に満ちた笑いを。

扉の向こうから、また足音がした。


——ガチャ。


「きゃあああああああ!!」

シーツから跳ね起きたディーナに、部屋に入ってきたテオドロは目を見開いて固まり、やや呆然《ぼうぜん》としながら後ろ手に扉を閉めた。

「……ごめん、驚かせたね」

「えっ、あっ」

紙袋と瓶を手に、戸の前で立ち尽くすその姿に、ディーナは自分が運ばれながら眠ってしまったことを思い出した。緊張したまま寝入ったせいか、ちょうど覚醒するタイミングに人の気配を感じてパニックになってしまったらしい。

「い、いえ、こっちこそごめんなさい……」

言いながら気持ちをなだめ、きょろきょろと辺りを見渡す。

ディーナが手をついているのは、真新しいシーツの敷かれたベッドだった。ほかにも、華やかな壁紙や照明、しみのない絨毯《じゅうたん》が敷かれた床。清潔なカーテンの隙間からは朝日が差し込んできている。

昨日入った建物は、宿屋だったのだろう。しかしずいぶん上等な部屋だと、ろくに旅行など行ったことのないディーナにも見当がついた。

そうして状況を理解するとともに、自分が見覚えのない服を着ていることにも気が付いた。ちっとも濡れていない。――下着も。

（……ロザリオは、見られていないわよね……？）

「……」

「なに？」

テオドロは涼しい顔だ。

「いえ、別に……」

着替えさせたのかと、面と向かって聞くのもはばかられて目を逸《そ》らせば、ベッドサイドテーブルの上に紙袋が置かれた。隣に並んだのは、ワインの瓶のようだった。

「ひと眠りして落ち着いたなら、食べるといい」

「……」

「何も混ぜてない」

そう言われても、目の前の男の首筋に刻まれた蛇の模様がためらわせる。服の下のロザリオが表を上にしているのを、思わず手で触って確かめた。

黙り込んだディーナに対し、テオドロはグラスを二つ瓶の横に並べ、椅子をベッドのそばに引き寄せてそこに腰を下ろした。

「食欲が湧かなくても、少し胃に入れてくれないか。泳ぎはしないが、できればすぐに出発したいから」

「出発？　……レベルタへ？」

「いや、王都」

王都、ディアランテ。あの生家がある場所。

グラスの一つにワインを注ぐ男を前に、ディーナは青ざめ、震える己を抱きしめた。

「い、嫌よ、なんでそんなところへ。人違いって言ってたじゃない、わたしは無関係なんでしょう？」

「そうもいかない。寝落ちする前に僕が言ったこと、覚えてる？」

首を振ったテオドロは同情するように眉を寄せている。

敵意の見えないその顔に、ディーナは自分を落ち着かせ、慎重に、自分の置かれた状況を正確に把握しようと努めた。あくまで、ディーナ・トスカとして。

「覚えてるわ。あくどい貴族の妹さんと勘違いされてるって」

本人だけど。

緊張するディーナを横目に、瓶を置いたテオドロは紙袋から小さな林檎《りんご》を取り、懐から出したナイフで器用に剝《む》き始めた。

——そのナイフ、もしや人を殺した凶器じゃなかろうか。

「そう、それも死人だ。本人の遺体はフェルレッティ邸に眠ってるのに、当主のアウレリオ・フェルレッティは認めない」

テオドロの言うことはもっともだが、今回はアウレリオが当たっている。身代わりの遺体があるという事実に、胸に重いものを感じてしまう。

それを口に出すこともできず、ディーナはテオドロの顔を見上げて、そしてゾッと背筋を凍らせた。灰色の目の、冷たいことといったら。

「奴が固執するせいで、裏社会でも奴に妹がいると噂が流れ始めた。ただ、昨夜言った通りディーナ・フェルレッティは金髪だったのに、そのことがあまり広まっていないようでね。いずれは知れ渡るだろうけど、それを待っている間にもまたあなたは危険な目に遭うだろう。こうなると、本物が名乗り出ようがない以上、あなたの安全を確保するには、もはやアウレリオ本人にディーナ・トスカは妹じゃないと宣言させるしかない」

「……それって」

「つまり、あなたがアウレリオ本人に会うのが一番手っ取り早いが」

絶対無理！　という絶叫が、喉元までせり上がった。

遺体が偽物だとわかっているなら、アウレリオはディーナが本物だということも見破るかもしれない。そうしたら身の破滅だ。

そしてもし偽物だと騙し通せたとしても、釈放してくれるとは限らない。誘拐犯ですら、人違いなら殺す気でいたのだから。

しかし、蒼白《そうはく》のディーナが言葉を尽くす必要はなかった。テオドロの灰色の瞳が、安心させるように細くなる。

「でもそんなことはさせない。あなたには、誰にも見つからないところにしばらく身を隠していてほしいんだ」

「見つからないところ？」

「ディアランテに、重大事件の関係者を保護するための施設がある。常に軍の護衛が付くし、末端の使用人まで王家が素性調査をしてる。そこへ匿《かくま》うよ」

ディーナは驚き、相手の端正な微笑みを見つめた。

「……あなた、なんでそんなところにわたしを連れて行けるの？　フェルレッティ家の関係者なのに」

つい口にしてしまってから、全身の血がさぁッと引いた。

しかしテオドロは、「ああ、これ？」と小さく笑って、首筋に手を当てた。ちょうど入れ墨の辺りだ。

「よく知ってるねシスター。案外、やんちゃな元恋人でもいた？　……僕は、フェルレッティ家の悪行を裁くために、王命であの家に潜入してる、軍の特殊部隊員なんだ」

予想外の言葉に、ディーナは目を剝いた。

「軍……王命⁉」

「王家はフェルレッティ家の正体に気が付いているが、奴らも慣れてるだけあって決定的なしっぽを摑ませないよう動いてる。だから、敵の懐に入って内情を探る人間が必要だと判断された」

にわかには信じられないが、それなら彼の言動にはつじつまが合う。正真正銘フェルレッティ家の手下なら、自分一人連れ去るのにこんな嘘《うそ》で安心させる必要はない。

「僕がレベルタに来たのは、それこそ〝妹を迎えに行ってこい〟というアウレリオの指示だった。いるはずないが、僕は表向き逆らえないし、それに誰かがディーナ・フェルレッティのふりをしているのかもしれない。他の組織も動いてたし、確認しないわけにはいかなかった」

「それで、あの街に」

「そう。街に着くなり他の組織のごろつきと鉢合わせて、ひと悶着《もんちゃく》あったけど」

しゃりしゃりと、林檎の皮が細く長く、テーブルで渦を巻く。

「あなたと別れたあと、誰が教会の鍵を奴らに渡したのか調べてたら、また別の組織の末端がうろうろしてるのを見たからさ」

そこで言葉を切られる。黙って聞いていたディーナは首を傾《かし》げた。

テオドロは教会でディーナを見て、別人だと判断した（本人だが）はず。それ以降の彼には、ディーナ・トスカに用はないように思える。

なら、港の倉庫に現れた理由は。

「……あの、あなた、わたしがさらわれたのを知って、わざわざ助けにきてくれたの？」

「そうだよ。死ぬとわかってて見捨てていい人間なんて、フェルレッティ家の人間くらいだし」

見捨てていい張本人だと言われて、ディーナはぐうと息が詰まりかけたが。

「巻き込まれた一市民を、むざむざ抗争のど真ん中に置き去りにしたりしない。不審者すら助けるほどのお人好しなら、なおさら」

「……」

「そういう人のために、命張るのが僕の仕事で、存在意義だから」

言葉を失ったディーナの目の前に、グラスが置かれる。中に綺麗《きれい》に切りそろえられた林檎が盛られていた。

迷っているうちに、男が林檎を自分で一切れ食べた。毒見のようなそれを横目に、ひとまずディーナはチーズとベーコンの香りが漂う紙袋に手を伸ばす。

焼きたてで買ったのであろうパニーニは少し冷めていたが、小声でお祈りの一節を唱えて一口かじると、二口目三口目は止まらなかった。しばらく無言でパンとワインを口に運ぶ。

その様子を見た男が、ほっとしたように息を吐いたのがわかった。それで、自分が心配されていたのだと気が付いた。

——そういえば、教会で彼の怪我《けが》を手当てしたとき、危険な持ち物は回収した。刃物もだ。

彼は、本当に運河の男たちを手にかけたのだろうか。

「その、今、林檎切ったナイフって……」

「気になる？　さっきそこで買った安物なんだよね、もともと持ってたやつは誰かさんに没収されちゃって」

嫌味を無視し、ディーナは林檎にも手を伸ばした。水気と甘さが、塩気の口にちょうど良かった。

数分後、空になった紙袋とグラスを前に、ディーナはがっついた自分が少し恥ずかしくなった。

「……ごちそうさま。助けてくれてありがとう、テオドロさん」

「テオでいい。それに、先に助けてくれたのはあなただよ、シスター・ディーナ。……ああ、見習いなんだっけ。シスター見習い・ディーナ？　ややこしいな」

テオドロは微笑んでから、かすかに眉を寄せて、また困ったように笑った。屈託のない笑顔を前に、ディーナもようやく頬を少し緩めることができた。

「わたしのことも、呼びやすいように呼んでくれていいわ。シスターでも、ディーナ、でも」

――彼が悪人ではないとわかれば、自分の正体について嘘《つ》を吐いていることを良心が咎《とが》めてくる。けれど、彼が過去のディーナを死んだものと思っているのなら、そうしておきたかった。

真実を知れば、シスター見習いを助けた彼の行いは、ただの善き行いではなくなってしまうから。

（……そう、これは、単純な保身じゃない。この人のためにもなるはず）

ディーナが少しの罪悪感とともに口を噤《つぐ》んでいると、テオドロは空になった紙袋を握り潰《つぶ》して立ち上がり、身支度を整え始めた。急いで出発するというのは本当のようだ。

――だがそこで、男の目つきが変わった。

「隠れて」

「え？」

「人が近付いてきてる」

それまでの穏やかな空気が一変していた。テオドロは、ディーナの腕を摑んで立たせると、壁際のクローゼットへと連れて行った。

空のそこに押し込められて、わけもわからず相手を見上げると、今までにない真剣な眼差しで見下ろされて息を吞む。

「ここはフェルレッティのアジトの一つなんだ。僕が開けるまでここから出てくるな、絶対に」

唖然《あぜん》としているうちにクローゼットの戸が閉められる。ほどなくして、廊下から複数人の足音が聞こえてきた。

（ここが、フェルレッティのアジト……ということは、この足音は）

——正真正銘、フェルレッティの人間のもの。

ディーナの背筋を冷たい汗が伝ったとき、ノックもなしに部屋の扉が開く音がした。壁に叩きつけるような、乱暴な開け方。

来た。

「……ようテオドロ、ここにいたのか。探したぜ」

男の声は若い。テオドロと同じくらいだ。

ディーナは息をひそめた。荒々しく開かれた扉、苛立ったような声音。——嫌な緊張感。

「ルカさんでしたか。お早いお戻りで」

明らかに不機嫌な様子のルカという男に、テオドロは丁寧な受け答えをしている。立場は向こうの方が上なのだろうか。

「ああ、おまえが海沿いにバカンスに向かったって聞いて、取り引きを巻いて急いで追ってきたんだよ」

「アウレリオ様の指示です」

「へぇ？　途中でシストとダンテを撒《ま》いたのも？」

「よせといったのに、屋台で妙なもの食べて腹を下したので置いていきました。急ぎの命令でしたので」

嘘だ、と思ったのはディーナだけではなかったらしかった。クローゼットの外側で、ゴッッ、と鈍い音が響く。ディーナはとっさに拳を口に当てて、悲鳴を飲み込んだ。

「おまえ勘違いしてるな。その二人はおまえの子分としてつけたんじゃなく、新入りが妙なことしないかの見張りなんだよ」

テオドロの返事がない理由を想像して、嚙み締めた拳が震えた。

「腕が立つのも知恵が回るのも認めるがよ。だがフェルレッティでやってくのに一番大事な要素は、上への従順さだ。それがない奴は、他がどんだけ優れてても、いや優れてれば優れてるだけ、邪魔なだけだ」

また鈍い音が、ルカの声とは少しずれたところからした。部屋には複数人入ってきたから、殴ったのは別の人間か。

(大丈夫、テオは強かった)

声と気配を必死に押し殺しながら、ディーナは心の中で自分の恐怖を宥《なだ》めた。

(今は、相手に従順なふりをしているだけ。彼らをここから追い払うか、反撃に出るか。この状況を、脱する算段があるはずよ)

だから今は耐えて、彼がこの戸を開けてくれるのを待つしかない。ディーナは自分にそう言い聞かせた。

そんなディーナの忍耐を、ルカの冷ややかな声が揺らがせる。

「命令違反の単独行動なんてもってのほかだ。その上､言いつけられたおつかいだってまともにやってねえじゃねぇか。レベルタには何しに行った？　ペッツェラーニ一家の下っ端を河に捨ててくることが〝急ぎの命令〟だったか？」

テオドロが小さく「……河？」と呟いたが、ルカは気に留めなかった。

「新人にしちゃ、おまえは気に入られてたろうが。勝手がすぎたな」

「……それがアウレリオ様の判断ですか？」

テオドロの声は、普段と変わらないように聞こえた。語尾が、何かに耐えるように震えたのを除けば。

大丈夫、大丈夫、大丈夫。彼が言った、開けるまで出るなと。

「おまえの上はアウレリオ様の前に、俺だよ。おいルキーノ、ヴァンニ」

――彼が。

「こいつを連れていけ。上客室は汚すとうるせえから、物置で」

「待ちなさい」

気が付くと、ディーナは固く握りしめていた拳を解き、その手でクローゼットの戸を内側から押していた。

「連れて行かないで。……神様は、すべて見ておられます」

飛び出したディーナが見たのは、テオドロの両腕を横から押さえる屈強な男二人と、その正面に立つ、茶色い髪に青い目の若い男だった。

「ディ……」

名を呼ぼうとした、テオドロの口の端が切れていた。灰色の目が、咎めるようにこちらを見ている。けれど直感していた。このまま待っていても、彼が連れていかれるだけ。そしてきっと、戻ってはこられない。

それをわかっていて、黙って見ていていいはずはない。神はすべて見ている。ディーナのことも。

「……彼に、乱暴しないで。わたしを助けてくれたのよ」

突然現れたディーナを、ルカの胡乱《うろん》気な視線が頭から足先までを往復する。それから背後のクローゼットに焦点を合わせると、呆《あき》れたように顔を歪《ゆが》めた。

「読めねぇ奴だと思っちゃいたが。せっかく広いベッドがあるのに、ずいぶん狭いとこ連れ込んだな」

ディーナの登場にほかの男二人が気色《けしき》ばんだのと比べても、ルカは不愉快そうに眉を寄せているだけだ。

ルカは顔だけ見るとテオドロどころか、ディーナと同じくらいの年齢にも思えた。しかし醸し出す威圧感は、見た目よりずっと上だ。顔をディーナから逸らしたときに、右耳の後ろにテオドロと同じ蛇の入れ墨が現れた。

フェルレッティのしるしを睨むように見据えて、ディーナは改めて声を低く発した。

「ルカ、と言ったわね。知らない名前だわ。最近うちに来たという意味では、新入りなのは、あなたも変わらないんじゃないの」

「……なんの話だお嬢さん」

「彼はアウレリオの遣いでレベルタに来た。そう言ったでしょう」

ディーナの声は、さっきまでの震えが幻だったかのように落ち着き払っていて、大きくもないのに部屋によく通った。雨の夜に、教会へ入ってきたテオドロと祭壇越しに相対した時と同じように。

「テオドロは役目を果たしてくれた。わたしを迎えに来たの、ディーナ・フェルレッティを」

「……クスリきめてんのか？　怖いもの知らずも限度があるぜ」

吐き捨てるルカがテオドロとディーナを順々に見遣《みや》る。その目の苛立ちの影に、かすかな当惑が浮かび始めている。

鵜《う》呑《の》みにはしないながら、完全には否定できないと思っているのだろう。

彼もテオドロ同様、ディーナ・フェルレッティが金髪だったと知っているのかもしれない。

けれど、目の前で名乗られて、嘘だと断じることもできない。アウレリオが指示した場所にいた、二十歳前後の身寄りのない〝ディーナ〟は、一人しかいないからだ。

何より、彼が何をどこまで知っていようと、今の自分がすべきことは決まっている。

「彼を離して。テオドロの上はあなたでも、その上はアウレリオであり、そして同時に、わたしのはずよ」

「……付け焼刃にしちゃ話を合わせるのが上手いな、女優か？　恋人のピンチに名乗り出た度胸は買うよ、バカだが俺好みのバカだ」

「嘘かどうかは、ディアランテでわかるわ」

よせ、とテオドロが言ったような気がした。けれどディーナはそれに従わなかった。

「兄に会いにいきます。急な誘いだったから迷っていたけど、ようやく決心がついた」

考える暇なんてなかった。これしかなかった。彼は〝役目〟を果たしたとみせかけるしか、この場を切り抜ける方法はない。

クローゼットに隠れていたときに比べたら、心臓はずっと規則的な音を立てている。

ルカとしばらく睨み合ってから、顔を歪めたままの彼が一つ息を吐く。着ていた上着の襟を正し、ディーナに向かって渋々と言った体《てい》で手を差し出してくる。

その手を前に、ディーナは険しい顔のまま言った。

「勘違いしているのね。わたしの迎えはテオよ」

舌打ちと同時に、テオドロの拘束が解かれた。


「……アウレリオ・フェルレッティは残酷な男だ。偽物だとばれたら、どんな理由があれ死は免れない」

「……」

「……王都のフェルレッティ邸には彼の他に何人もの幹部、そしてその手下がいる。使用人含めてろくな素性じゃないやつばかり。犯罪に一度も手を染めていない人間はまずいないと思っていい」

「……」

「あなたがこれから向かうのは、そういうところだ」

ルカとその手下が出ていった部屋の中。

濡れた布で腫れた頰を冷やしながら、テオドロは苦々しげな声で一方的に喋《しゃべ》っている。

黙り込んだまま、床に倒れ伏すようにして頭を抱えるディーナに向けて。

「……どうしよう」

「どうしようもない。今さら嘘だったなんて通らない。軍の仲間があなたを保護するのを待つことも、もうできない。こうなったら腹をくって、嘘を吐き通すしかないんだ」

「うう」

ああ。

どうしよう。

床に這《は》いつくばって呻くディーナは、自分の行動とそれがもたらした結果を脳で理解するに連れ、激しい後悔に苛《さいな》まれていた。

偽物だと思われたら死ぬ。なら全力で本物だとわかってもらえばいい。

でも本物のディーナ・フェルレッティは、そもそも十年前に殺されたことになっている。今回捜し出す理由が、実は生きていた自分にとどめを刺すためだとしたらどうしたらいい？

どうしてこんなことをしてしまったのか。そう思ったとき。

「……ありがとうディーナ、また助けられた」

その言葉が思いもかけず近いところから聞こえて、ディーナは顔を上げた。

見ると、さっきまで立って話していたテオドロが、横に膝をついてじっと見つめてきている。

そうだ。どうしてこんなことをしてしまったのかといえば、この人を助けるためだ。

単身ディーナを助けに来て、それを自分の存在意義だと語った男が死ぬのを、見過ごせなかったから。

「そもそも僕が浅はかだった。忙しくしているはずの幹部が、まさか自らここまで来ると思っていなかった。……すまない、結局あなたを巻き込んでしまった」

痛みに耐えるような、苦しそうな表情。さっきの苦々しい声は、ディーナを庇《かば》い切れなかった自分自身への怒りゆえだったのだろう。

「とにかくこうなった以上、引き返せない」

ディーナが言葉に迷っているうちに、灰色の目からは苦渋が払拭され、もっと鋭い覚悟の光が灯《とも》った。

「あなたの安全を確実に取り戻すには、あなたが別人だとアウレリオに思わせるだけじゃ足りない。今やフェルレッティ家を一刻も早く、完膚なきまでに潰すしかなくなった」

「フェルレッティ家を、潰す……」

そう、とテオドロが頷《うなず》く。

「あなたには『ディーナ・フェルレッティのふり』をしてほしい。僕がサポートする。すべて終わるまで、どんなときでも。あの教会に帰りつくまで、ディーナのことは、僕が絶対に守るから」

　絶対に。

「……ええ」

――彼は、ディーナを無関係な一般人だと信じている。

いや、それは事実だ。この世界のどこにもディーナ・フェルレッティはいない。なら、さっきの名乗りこそが嘘だ。

『嘘を吐き通すしかない』

――神様、どうか、この嘘は正当なものであると、お許しください。

そして、自分たちに、この勇敢で優しい人に、この上ない幸運と絶え間ないご加護をお授けくださ
さい。

床に座り込んで手を組むディーナを、テオドロの腕が包み込む。言葉の通り、守るようなぬくもりに、恐怖で冷え切っていた体へ熱が戻ってくるのを感じた。


翌日。王都までの移動のため、一行は列車へ乗り込んだ。

行き先だけでも憂鬱なのに、予想通り、ルカとその手下も同行している。

しかも、手下はコンパートメントの外の廊下に、ルカ本人に至ってはコンパートメントの中の、

隣の席にいる。

「ルカさん、お嬢様はお疲れです。席を外してもらえますか」

「それを通すようなら俺はここに来てねぇんだよ」

窓際に腰かけたディーナの向かいにいる、テオドロの言葉は容赦なくはねつけられる。ルカがテオドロを押し退《の》けてディーナの隣を陣取ったのは、二人の逃亡を阻止するためだろうが、ルカはさらに付け加えた。

「すでに他の組織に嗅ぎつけられてる可能性もある。襲撃されたらことだ」

一応、護衛の目的もあるらしい。アウレリオに会わせるまでは、逃がすのも死なせるのも禁物というわけだ。

「……テオがいれば平気よ。強いわ」

窓を見たまま小声で意見すると、部屋の空気が冷え込んだ気がした。ルカがさらに機嫌を悪化させたのはわかるが、昨日の今日だ。ディーナから親しむ気にはなれない。

「お言葉ですがねレディ・ディーナ、襲撃は騎士の決闘とはわけが違いましてね。ご丁寧に一人ずつ向かってきてくれるとは限らないのですよ。……で、その髪はどういうわけで？」

怒りを抑え込んだ低い声でルカが指摘した髪を、ディーナは内心の動揺を押し隠しながら払う。

「こっちがもともとの色よ。赤毛は私を探す周囲の目を欺くためだったけど、もう隠れる必要はなくなったから」

ディーナの夕日のような赤毛は、宿屋にいるうちに金色へと染められていた。テオドロの手によるものだ。

『ルカに怪しまれないかしら……』

『怪しまれても、アウレリオに会わせるまでは手出しできないはずだ』

『アウレリオに、もとは赤毛だったと告げ口されるかも……』

『本物がフェルレッティ家に殺されたことは事実なんだから、あなたはその追っ手を恐れて染めていたということにすればいい』

そんなわけで、ディーナは再び金髪の自分にあいまみえることとなった。

「……はぁ、なるほどね？」

含みのありそうなルカの視線を避けるように、かたくなに窓の外を見つめる。しばらく無言で、流れる車窓の眺めを見つめるだけの時間が過ぎた。

「……アウレリオは、なぜ急にわたしを捜し始めたの？　十年放っておいたのに」

列車の振動の間を縫って問いかけると、腕を組んで座っていたルカが口を開いた。

「それは、」

「あ、ごめんなさい、テオに聞いたの」

苛立つように脚を組み直したルカは見なかったふりをして、テオドロに顔を向ける。

テオドロは、あくまで仕える家の令嬢に接するように丁寧な口調で話し始めた。

「お嬢様がそうであるように、アウレリオ様にもご家族がいらっしゃいません。お母様も先代も、お早くお亡くなりになり、異母兄妹とはいえ唯一血を分けた妹君をおそばに置きたいとお考えになったようで」

「え、お母様が違うの？」

「……そう聞いております」

つい素直に反応すると、〝そうなんだよ〟と険しい目で言い聞かせられた気がして、ディーナは慌てて「そうだったかしら」とすまして取り繕った。だって本当に知らなかったのだ。

すると、そっぽを向いていたルカが低い声で付け足してきた。

「教えられてないんでしょう、愛人とその子どものことを。ディーナ様の母君はフェルレッティと結びつきの強い家から来た正妻で、アウレリオ様の母君は先代の愛人でした。いずれにしろ、どなたも早くに亡くなったそうですけどね」

殺されたのだろうか。

しようと思えばいくらでも悪い想像ができる。記憶の欠片もない母や愛人の末路に、ディーナはそっと手を組んだ。

「アウレリオ様は、お嬢様にお会いするのを楽しみにしておいでです。自分もおそばに控えますので、どうぞ気を楽に」

言葉とともに、テオドロの手がディーナのそれに重ねられる。

楽しみにしている、と言われても喜べないが、言いたいことの真意は後半だろう。宿で言われたことも脳裏に甦って、ディーナはどうにか微笑んだ。

「わかってる。……離れないでね、テオ」

直後、隣から聞こえてきた舌打ちに、びくりと体を震わせたのだった。


列車が山間に入り、いくつかのトンネルを抜けた頃。

ディーナは、コンパートメントに近付いてくる台車のガラガラという音に顔を上げた。

「ディーナ様？」

「……テオ、飲み物を買ってもいい？」

あいかわらず不機嫌そうなルカを横目で気にしながら答える。

テオドロは廊下に目を向けた後、手にした懐中時計を見てわずかに眉を寄せた。

「テオ？」

「すみません、もう少し我慢していただけますか」

戸惑っているうちに、テオドロは懐中時計を仕舞った手で拳銃を取り出した。ルカもいつの間にか、腰の拳銃に手を伸ばして扉を睨んでいる。

「車内販売には時間が早いし、他の個室で台車が止まっていません」

テオドロの密《ひそ》やかな言葉の後、コンパートメントの扉がノックされた。

「失礼しまーす、お飲み物や軽食はいかがですか？」

開けた扉から現れた販売員は、銃を体の陰に隠した男二人が放つ緊迫した空気も、廊下に立つ屈強な見張り二人の様子ももののともせず、にこにこ確認してくる。

「結構」

テオドロの冷たい物言いにも、販売員は「はい、失礼いたしましたー」と明るく応じた。ディーナが凍りついているうちに、再び個室の扉が閉められて、台車の音が遠ざかっていく。

「……な、何もなかったわ」

緊張していた体がほぐれる。ルカも腰の銃から手を離した。

けれど、返事をしないテオドロが手から力を抜いていないことにディーナが気が付いたとき、もう一度扉がノックされた。

「切符を拝見します」

扉が開く直前、列車がトンネルに入った。

「伏せろ！」

ルカが叫び、ディーナはテオドロに引っ張られて床に押さえつけられた。

けたたましい走行音の中、発砲音が立て続けに二回響く。窓と壁のランプが割れて、火のついたろうそくが床に落ちた。目の前で火が床材に燃え移るのを見て焦ったディーナは、直後、その火が扉側から倒れ込んできた何かによって押し潰されるのを間近で見た。

暗闇で、ジュっと小さな音がする。倒れてきたのは、見張りをしていたルカの部下の一人だった。

「ひっ！」

「ルキーノっ！　くそ！」

怒鳴るルカの声がした瞬間、複数人が個室になだれ込んできたのがわかった。

一方で、ディーナは三度目の銃声を窓側から聞いた。目が闇に慣れる間もなく、上半身が強い力で抱え込まれる。

「テオ！」

「窓に寄って」

鋭い声にわけもわからず従おうとしたが、恐怖感に手足が素早く動かせない。テオドロが強引に引き寄せようとしたとき、遅れた足首を後ろから掴む手があった。テオドロとは逆の方向に引っ張られ、床に引き戻される。「痛！」と声を上げて振り向いた。

そのとき、トンネル内の明かりがちょうど個室に差し込んだ。その一瞬が、ディーナの足を掴む襲撃者と、その手に握られたナイフを浮かび上がらせる。

ディーナは凍り付いた。テオドロが銃を構えた。けれどまた、視界が闇に沈む。

だが、痛みが訪れる前に、足首を掴む手が離れた。同時に、ディーナは暗がりから男の呻きと、かすかな悪態を聞いた。

「……っあ、ありが、むぐ」

逆方向に引っ張る力が消えた途端、テオドロに力任せに抱き上げられた。「怪我は⁉」と切羽詰まった声で問われて、礼拝堂の地下室のとき同様、暗闇なのに首を振ってしまう。今回も、それでテオドロには伝わったらしい。

車両がトンネルを抜けた。同時に、全身を風になぶられる感触がした。

気付けばディーナは抱えられたまま、割れた窓から走行する列車の外へと躍り出ていた。

「えっ、えっ⁉」

「静かに」

テオドロが、抱えたディーナごと外壁を伝って一気に車両の上へと乗り上がる。

されるがままのディーナは、列車の進行方向から襲いかかる容赦ない強風に、テオドロにしがみつくしかない。

「ここを離れるよ。立てる？」

「は、はいっ、いえ無理っ！」

「ごめん、立って」

弱音はあっさり却下された。引っ張られるように立たされて、テオドロにしがみつきながら車両の上を進んでいく。車窓から見れば心沸き立つ断崖絶壁も、今はただただ恐ろしい想像を呼ぶものでしかなかった。

ほどなくして、前の車両との連結部分をテオドロに抱えられて飛び越えたとき。

――ドンッ！

「きゃぁぁぁぁっ‼」

大きな音に悲鳴を上げる。足元のすぐそばに銃弾が打ち込まれていた。

振り返ると襲撃犯の一人が、自分たちがしたように車両の外壁を伝い上がってくるところだった。

銃口がこちらを向いている。

「ディーナ、こっちに」

右手で銃を構えたテオドロが左手でディーナを自分の背後に押しやる。そのすきに襲撃犯が車両上に上がり切った。

こんなところで銃撃戦になるなんて。

ディーナが思わずしゃがみこむと、銃をこちらに向けた襲撃者に飛びかかる影があった。

ルカだった。同じように車内から上がってきて、襲撃犯と揉《も》み合い始めたのだ。

ディーナは思わずほっとしてテオドロを見た。彼はまだ銃を下ろしてはいなかった。そして、その照準に気付いたディーナも、顔をこわばらせた。

「……あなた、ルカを狙ってるの？」

「どっちも。生き残った方を撃つ」

つまり、ルカが勝ったら、こちらにやってくる前に撃つということ。

「奴が連れてきた手下も殺された以上、そうすれば、あなたをフェルレッティ家に連れて行く必要がなくなる」

「ま、待って！」

ディーナはつい、恐怖も忘れて銃を持つ手に飛びつこうとした。

「ルカは助けてくれたのよ！　足を摑んだ男をわたしから引き剝《は》がしてくれた。今だって、」

だがディーナの手を予期していたように避《よ》けたテオドロは、二人から視線を外さず「それでもだよ」と返した。

「テオ！」

「そもそもルカは幹部だ。フェルレッティのために人間を壊す薬を売り捌《さば》きながら、もう何人も殺してきている。今さら救いなんてない」

幹部。その言葉に、ディーナは勢いをそがれた。

ルカはけして善意でディーナを守ったわけではないだろう。そしてテオドロ自身、港の宿屋でルカに殺されていたかもしれない。

それでも、こんな形で裏切るのはあまりに非情すぎはしないか。彼はディーナのために、裁きを受ける前に殺されることになる。

ディーナが納得していないのを見透かしてか、テオドロはさらに言葉を重ねた。

「シスター、あなたは理解しなくていい。この世に、神の慈悲に与《あずか》る資格もない悪人が大勢いるってことなんて」

悔い改める、ということを真っ向から否定する言い分に、ディーナはとっさに反論しようとしたが。

「でも、僕の邪魔をするな」

凍《い》てついたその声に、唐突に、思い知らされる。

憎んでいる。この人は、軍人としての義務感や正義感よりももっと根深い理由で、フェルレッティ家に怒り、そして憎悪している。出会ったばかりのディーナが何を言っても、彼を止められはしないのだろう。

ディーナは完全に沈黙して俯《うつむ》いた。テオドロは銃を構え直し、揉み合う二人を数秒睨む。

だが、恐れた銃声は響かなかった。

「……わかったよ」

ため息交じりの声のあと、祈りの形に組まれたディーナの両手に、テオドロの左手が重ねられた。

「どうせ、外すように祈ってるんだろ。やめてよ、そういうのに限って効くんだから」

ディーナが顔を上げると、テオドロは困ったような笑みを浮かべていた。

柔らかな灰色の目と視線が合って、ディーナの肩から力が抜ける。

――次の瞬間、テオドロの右手から無情な銃声が轟《とどろ》いた。


販売員も襲撃犯の一味だった。偵察も兼ねて油断させたところで、トンネルの暗闇に乗じて暗殺者が乱入する流れだったという。

空室に遺体と生け捕りにした敵を収容してきたルカから、説明の終わり際「飲み物です」とワインのグラスを渡される。受け取るディーナの手は震えていた。

「運行会社にはフェルレッティからの資金が入っています。後のことは気になさらずとも大丈夫ですんで」

まったく慰めにならない言葉を残したルカが、隣室の物音でコンパートメントを出ていく。

そうすると、個室にテオドロと二人きりになった。数分前に、襲撃犯へ向けて引き金を引いた手が、グラスを持つディーナの手に重ねられる。思わずびくりと震えてしまったディーナに、テオドロが低く語りかける。

「……あなたの前ではなるべく慎むよ。あなたは、罪人のために祈る人だものね」

なんのことなのか、すぐにわかった。彼は巻き込まれただけの、哀れなシスター見習いの気持ちをおもんぱかってくれている。伝わるぬくもりは、宿屋での抱擁と同じもののはず。

それなのに、小さな震えは止まらなかった。

「……大丈夫、ここで奴を生かしても生かさなくても結果は同じ。フェルレッティの人間は、誰一人逃さない」

ディーナの手を握る力が強くなる。きっと自分を周囲から守る盾になっているつもりだろう。それが囚人を捕らえる枷《かせ》のように感じられるのは、ディーナ自身のうしろめたさのせいなのだ。

囁かれた言葉は彼自身の任務への決意で、ディーナ・トスカへの励ましで――ディーナ・フェルレッティへの宣戦布告だ。

「ディーナ。すべてが終わるまで、僕を信じてて」

「……ええ」

ディーナは目を合わせられなかった。ワインをこぼさないようにするので、精一杯だった。

一瞬、本当にルカを撃ったと思った。ディーナに邪魔させないために、譲歩したふりをしたのだと。今回は、シスター見習いの気持ちを汲《く》んだ。けれどおそらく、彼は必要とあらば誰の願いもはねつける。フェルレッティ家を、完膚なきまでに潰すために。

――当時を知る人がほとんどいないフェルレッティ邸で、まずはこの自分が本物のディーナ・フェルレッティだとわかってもらわなくてはいけないけれど。

『死ぬとわかってて見捨てていい人間なんて、フェルレッティ家の人間くらいだし』

本当に本物だとばれたときもまた、絶体絶命なのだ。

改心したなんて言っても、きっと彼は認めない。テオドロの手の冷たさに、十年前の水の冷たさが重なった。

（保身のための嘘は悪。わかってる。わかってるけど……）

怖い。また死ぬのは、怖い。

――神様、どうか、この罪深い嘘をお許しください。

服の下に隠した、フェルレッティのロザリオがずしりと重く感じた。

第三章　はじめまして、兄妹

玄関広間に入って、すぐ目の前の大階段。中央踊り場の、大昔の王と家臣たちの宴会を描いた油彩。宝石をぶら下げたかのようなシャンデリア。大きな窓。大理石の床。

十年ぶりに見る生家に、特別な感慨は湧かない。

あるのは、二度と見ることはないはずだったのにという絶望に似た気持ちだけだった。

「アウレリオ様とは晩餐《ばんさん》で顔を合わせることになるんで、それまでに支度を。……この屋敷のしきたりは、もちろんご存じですね？」

「十年前と変わってないならね」

客間まで案内したルカのわざとらしい確認に、ディーナは平静を装いながら答える。

この屋敷にいた頃、ディーナがアウレリオに会うことは一度もなかった。どんな男なのか聞いたこともないし、絵姿を見たことすらない。

自分を殺して当主の椅子に座った男との晩餐なんて、果たして明日を無事に迎えられる気がしなかった。

不安を払拭したくて、入り口付近で立ち止まったテオドロの方を見る。彼は微笑んでディーナに一礼してみせた。

「では、自分はこれにて」

「えっ、テオはどこに行くの？」

てっきりずっとそばにいてくれると思っていただけに、部屋にルカと二人残されるのかと慌てて問いかける。青ざめたディーナに、苛立《いらだ》たしげな様子のルカが答えた。

「彼はアウレリオ様のご命令で、あくまで迎えに行ったにすぎないんで。身の回りの護衛や世話は、改めて」

「そんな、テオがいいわ！」

「……アウレリオ様がお伝えするはずで」

「テオがいいわ！」

「……」

「………テオがいいわ」

列車での一件で、ディーナの中にはテオドロを恐れる気持ちが生じている。

けれど、ディーナ・トスカも、ディーナ・フェルレッティも両方殺すかもしれないフェルレッティ家において、少なくとも前者は守ってくれるテオドロだけが、結局は信じられる相手だった。

「お嬢様、ルカさんも僕も他の仕事に向かいます。着替えはメイドが手伝いますが、すぐにまたお会いできますよ」

視線で射殺さんばかりのルカに代わって、テオドロが言う。ルカも一緒に部屋を出ていくというので、この場では引き下がるしかない。

「……なら、また後でね、テオ」

メイドが入浴を手伝おうとするのを死にものぐるいで固辞したディーナは、一人きりの浴室で港町の宿での夜を思い出していた。

——赤毛を金色に染められながら、ディーナはドレッサーの鏡に映るテオドロの根っから黒い髪を見つめながら問いかけた。

「フェルレッティの屋敷では、わたしはどうしたらいいと思う？」

「ひたすら、アウレリオに妹だと信じさせる。と言っても、十年前の兄妹に面識はなかったし、むしろ友好的な方が不自然だから、適度によそよそしくしてていいんだ。ただ、堂々としていて」

返ってきた答えに、ディーナは少し迷ってから抗議した。

「それだけじゃなくて、あなたが任務を達成するために何ができるのかってことよ」

「それは考えなくていい。僕に関しては、必要な時に使う護衛以上には気にしないこと」

「そんなわけには」

「危険だ。妙な動きをしていると察知されたら、実の妹であっても殺されるかもしれない」

ぞくりとした。それはそうだ。

それに、素人の自分にできることなどほとんどないだろう。勝手をすれば、彼の邪魔になるのはわかる。

が。

「でも、アウレリオのいち手下であるテオより、きっとわたしの方が機密情報に楽に近寄れる」

「ディーナ」

こめかみから髪を梳《す》く櫛《くし》を止めたテオドロが、鏡越しに睨《にら》んでくる。ディーナはそれを受け止めて、しかし退《ひ》かなかった。

「どうせ、時間がかかればわたしが死ぬ確率は高くなるもの。一蓮托生《いちれんたくしょう》じゃない、使えるものは、なんでも使って。わたし含めて」

本音だった。フェルレッティに長く深く関われば、死はそのぶん距離を詰めてくる。しかもディーナの場合、危機は二方向から迫って来るのだ。アウレリオ・フェルレッティからも——このテオドロ・ルディーニからも。

テオドロはしばらく渋い顔で鏡越しにディーナを見ていたが、視線を髪に戻して低い声で話し始めた。

「……フェルレッティ潰《つぶ》しにあたって最大の難関は、関係者を起訴しても有罪にできないところにある」

櫛が耳の後ろを滑っていく。冷気がうなじを震わせた。

「もちろん今まで何もしてこなかったわけじゃない。でも、苦労して証拠を押さえてもいつの間にかそれが消える。証人は突然証言を拒否するし、悪いと失踪する。裁判官は異様なほど被告人寄りの判断を下す。国の中枢のあらゆるところに、フェルレッティの協力者が紛れ込んでいるからだ」

「さ、裁判官にも……？」

「そういう者たちは普段屋敷の外にいることから〝外飼い〟と呼ばれている。買収された者もいるだろうし、脅されている者、洗脳されながら育てられた子飼いの外飼いもいるだろう」

長い指が髪を掬《すく》い上げて、塗り残しがないかを入念に確認していく。櫛が薬剤の入った皿に立てかけられる音がした。

「だからまず、協力者が誰なのかを完全に把握する必要がある」

テオドロが外した薄い手袋も、皿の上に置かれる。あとは所定の時間放置して、洗い流すのだ。

「協力者のリストがあればいいのね」

「そう。そして同時に、奴らを確実に裁くための物的証拠がいる。表に出せない取引の詳細を記した帳簿だとかが」

「わかった。探してみるわ」

ディーナが言うと、テオドロは苦笑いし、「探さなくていい。意味不明な書類を見ても、片っ端から捨てないようにしてくれれば」と釘《くぎ》を差してきた。

「……あと一つ、前提として、僕がアウレリオや他の幹部に何かされていても、あなたはいちいち気にしないこと」

ディーナは目を丸くした。

「昼間みたいな場面で黙ってろって言うの？」

「ディーナ・フェルレッティなら気にしない」

すぐには二の句が継げなかった。

断言されたことに唖然《あぜん》とする。まるで直接見聞きしたかのようだ。軍では、十年前に死んだ少女の人柄まで調べ尽くされているのだろうか。

「……でも、彼女は十歳までしか屋敷にいなかったんでしょう。十年経《た》ったら、人は変わるわ」

テオドロは表情を変えず、淡々と道具を片付け続ける。ディーナはさらに食い下がった。

「ディーナ・フェルレッティだってもし生きてたら、屋敷に行くのを警戒しそうじゃない？　それでも行く決意をするとしたら、迎えに来た人を信用したからよ」

椅子から立ち上がって、目を合わせない男の前に回る。

自分は嘘吐《うそつ》きだし、保身ばかり考えている。

けれど、彼を見捨てるのに抵抗がないと思われたくなかった。

「そういう相手が大変な目に遭ってたら、止めに入るわ、きっと」

二人の間に短い沈黙が流れた。

「……それに、わたしが屋敷に着くなりあなたに冷たくし始めたら、それこそルカに変だと思われる」

苦し紛れに言ったことが、とどめになったのか。

テオドロは、一つ重い息を吐いて、伏せていた目をディーナに向けた。

「心配しなくても、任務を遂行するまでは、僕もそう簡単にはくたばらない。これでも、一年近くフェルレッティの幹部と渡り合ってきてるんだから。……三十分経ったら洗髪しよう」

話を逸《そ》らされたと感じていたが、表向きディーナは硬い顔で頷《うなず》くしかなかった。

彼のためにできるのは、任務の邪魔にならないことだけ。

テオドロの任務において、自分は予定外の存在なのだから。

(早くここから脱出するためにも、帳簿とリストを探し出さなきゃ)

体を拭き、最低限の下着まで自力で身に着けてから、ディーナはメイドを呼んだ。

やってきたのは知らない顔のメイドだ。ここに来て、顔を見知っている人間を一人も見ていない。

みんな入れ替えられたのだろうか。

『ディーナ・フェルレッティなら気にしない』

その言葉を否定したかったのは、ショックだったからだ。

——十年前の自分は、本当にそうだったかもしれない。

自分は、もともと、身近な人間がどうなろうと、何も思わない人間だったかもしれない。

だけど今は違う。そう伝えたくてついむきになってしまった。改悛《かいしゅん》する人間もいると、テオドロにはわかってもらいたかったのだ。たとえ、自分が実例だと、教える機会がなくても。

(……列車での様子見る限り、絶対わかってもらえなさそう)

すん、と青ざめたディーナに、メイドが「湯冷めなさいましたか?」と不思議そうに聞いてきた。

晩餐の支度ができたと告げに来たのはルカだった。テオドロの行方を聞いたが無視され、食堂へと案内される。

シャンデリアの下、艶《つや》のあるクロスで覆われた長方形の食卓には、三人分の皿とカトラリーが準備されていた。一番奥の、暖炉を背にした主人の席には、すでに男が座っている。

二十代半ばと見られる男は、横に立つ屈強な使用人が話すことへ、「うん」「ふうん」と相槌《あいづち》を打っていた。

「ああ、あの男。……食後に、少し話があるからそのままで。礼拝堂にはその後に」

「承知しました、旦那様」

旦那様。フェルレッティ邸の主人。

一目瞭然ではあったが、やはりこの男がアウレリオ・フェルレッティ。

どくん、と一際大きく心臓が震えた。

そして同時に、あることに戸惑った。

ディーナの内心などお構いなしで、主人のタイミングを見計らっていたルカが「お連れしました」と声をかける。

アウレリオと視線が合う。息が止まる。

凍り付いて挨拶もできない〝妹〟に対し、〝兄〟は目を瞬かせ、花がほころぶように微笑んだ。

「やぁ、ようこそ！」

そう言うと、アウレリオは立ち上がって歩み寄ってきた。縫い付けられたように動けないでいたディーナはどうすることもできず、目の前まで、あっという間に距離を詰められる。

白く、きめの整った肌。細身の体。貴族らしい、労働を知らなげな男。

「アウレリオ・フェルレッティ、不思議なことに君の兄ながら、はじめましてだ」

「……ディーナ・フェルレッティよ。ご存知でしょうけど」

微笑みまで含めて、見るからに優雅な貴族の男だが、なめらかな弧を描く目元と口元が、威厳や冷たさよりも柔和な印象をかたちづくっている。銀色の髪も艶やかだが、やわらかそうだ。

――そう、歴代当主がおしなべて金髪というフェルレッティ家の、現当主たる男は、銀髪だった。

（……わ、わたしだけなのかしら、染められてたのって）

再び蜂蜜のような金髪になった自分の毛先を、思わず見下ろしてしまう。

「急な招きに応じてくれてありがとう。それ、綺麗《きれい》だね。よく似合う」

固まったままのディーナの手を取って口づけたアウレリオが、さらに目を細める。言われたことの意味するところがわからなくてついルカを見たが、「お似合いです」と同じ言葉を繰り返しただけだった。服のことかと、されるがままに着せられた赤いイブニングドレスをおもむろに摘《つま》んでみる。

そんなディーナを、アウレリオは笑顔で見つめていた。

「ここからいなくなったときは十歳と聞いていたから、今は二十歳か。呼んでおいて今さらなんだが、夫や恋人に反対されなかったかい？」

反対されていたら、来なくてもよかったとでも言うのだろうか。

「……いえ、そんな人いないもの」

「レベルタの男は見る目がないな。私には幸運だったわけだけど」

歌うように再会を喜び、主人の席に戻っていくアウレリオは、いやに上機嫌だ。これが、この男には当たり前の姿なのだろうか。

さっきまで話していた部下には、もっとそっけない態度を取っていたような気がしたけれど。

「で、待たせついでにもう一人、紹介したい人がいるのだけど」

アウレリオの目が空席に向く。椅子に座ったディーナもつられてそちらを見たところで、男が「あ、来た」と声を弾《はず》ませた。

食堂の出入り口を見れば、赤茶の髪をきれいにカールさせた若い女性が、濃い青のドレスに身を包んでこちらにやって来るところだった。

誰、と思ったそのとき、アウレリオが立ち上がって女性のもとに近寄っていった。

「待っていたよ、ずいぶんめかしこんできたね」

そのまま、アウレリオは女性の腰に手を回して抱き寄せ、赤い唇に口づけた。

ディーナは、今度は驚きに固まった。見てはいけないと焦りながら、しかしあまりの衝撃に目も逸《そ》らせない。

――口づけは、明らかに挨拶の範疇《はんちゅう》を超えた、深くて長いものだった。

呆《ほう》けて凝視するしかないディーナが我に返ったのは、当のアウレリオが女性からゆっくり離れて、心底楽しそうな笑顔を向けてきてからだ。

「ラウラだ。私の恋人」

恋人。そんなものが。いや、そうでないなら困る時間だったが。

濃厚な一場面をくらった余波からなんとか立ち直ろうとしたディーナは、「はじめまして」と、ラウラに微笑みかけたが。

「ラウラ・モンタルドよ。アウレリオの愛人。あなたが本物のディーナ様なら、ぜひ仲良くしてね」

にこりともしない美しい顔から、返す言葉に困る訂正をされ。

「本物でも私抜きで仲良くしないでくれ」

さらに反応に困る言葉が、アウレリオから飛んでくる。

「あら、いがみ合うよりいいでしょう。女同士の喧嘩《けんか》は厄介よ」

「家主をさしおいて結託される方が嫌だよ。女の子って怖いんだから」

「まぁ、どの口が」

席に着いた二人の軽口に固まっているうちに、食前酒が注がれ始める。晩餐が始まったのだ。

ディーナは癖で両手を組みかけて思いとどまったが、アウレリオが明るい声をかけてくる。

「ああ、食事の前のお祈り？　いいよ、ほらラウラもして」

そうして、三人ともが手を組んだ。、アウレリオの口から、よどみなく祈りの文句が出てくる。

――もっと血の凍るような緊張感があると思っていた。食堂に向かう廊下では何度も足が止まりかけた。

だが、いざ会ってみると、剣呑《けんのん》な気配はどこにもない。

静かな祈りの間に、ディーナは視線だけで周囲を見渡した。

ルカも出ていった食堂には給仕の使用人が控えるだけで、やはりテオドロの姿はどこにも見当たらなかった。


「へえ。じゃあ、レベルタで目を覚ましたときは、記憶喪失になっていたのか」

アウレリオは、聞かれるがままに話すディーナの半生にところどころ相槌を打ち、水を飲み下してから頷いた。

食事をしながら話した内容は、もちろんテオドロと打ち合わせしたものだ。ラウラはというと、食事が始まってからずっと黙って食べるばかりで、話になんの反応も示さない。

――供されるメニューが兄妹とラウラで異なる意味を、ディーナは必死に考えないようにした。

「それはさぞ不安だったろうね。テオドロの入れ墨を見て記憶が戻るなら、もっと早く迎えを送れていればよかった」

「……いいえ、それにはおよばないわ」

平穏が早くに切り上げられただけだから、勘弁してほしい。

そんなディーナの本音が透けて見えているのかいないのか、口元を拭ったアウレリオは組んだ手の上に顎を乗せ、困ったような、相手の機嫌をとるような笑みをしてみせた。

「そんなにかしこまらないでほしい。せっかく会えた二人きりの兄妹なんだから」

ディーナも手を止めた。相手の様子を窺《うかが》いつつも目は合わないように、とテーブルの上をさまよわせていた視線を、おそるおそるアウレリオの顔へ向ける。

母が違う兄。髪の色を抜きにしても、その美しい顔立ちは自分とずいぶん違う気がした。

上品なしぐさやほのかな笑みを浮かべた様子からは、悪人だとはとてもわからない。むしろ聖職者と言われても信じそうだ。

「なんて言っても、難しいか。だって普通は来たくないものだからな、自分を殺そうとしたかもしれない兄のいる屋敷になんて」

飲んだワインが喉のおかしなところに入って、ディーナは咳《せ》き込みそうになるのを必死に堪《こら》えた。

アウレリオは「あ、」と構わず話を続ける。

「もしかして、迎えに脅されたりしたのか？　手荒な真似は禁じていたんだが」

「いえっ、そんな、ことは」

「そのあたりをわきまえられるよう、ルカかニコラに行かせようかと思っていたのに、タイミングが悪かった。結局テオドロに行かせたんだが、あいつはどうだった？」

ディーナはワイングラスを揺らして自分を落ち着かせようとした。わきまえてルカなの？　とは思っても黙っておく。

「どうって、普通だったわ。……け、喧嘩が強いのね」

自分でも妙なコメントだとは思ったが、アウレリオは「そうだな」と細めた目でディーナを見るだけだ。

その視線が、いつの間にか手元に移っていることに気が付いた一瞬後。

「――食事の作法は、ちゃんと覚えてるんだな」

その言葉に、ディーナの体に緊張が走った。グラスが小さな音を立ててテーブルに着地する。

ラウラの目がディーナに向き、それからアウレリオにも向いた。

「……もちろん。毎日繰り返したお作法だもの」

「それもそうだけど。でもよかった」

よかった、と言われて背筋を冷たい汗が伝う。

おかしなことは何も言っていないはずだ。実際に十歳まで、ディーナは〝作法〟を徹底的に教え込まれたし、宿屋でもテオドロに真剣な顔で言い含められたのだ。

『フェルレッティの当主は幼い頃から、食事に毒を盛られて過ごすんだ』

真顔になって固まったディーナに、テオドロは表情を変えないまま『ただし』と付け加えた。

『毒同士で互いの効果を打ち消し合うものが必ずテーブルに出されている。だから食べる順番さえ正しければ、毒は体に回る前に別の毒によって中和される。逆に一つでも口に入れる順を間違えれば、死ぬ。解毒薬入りの料理はない。あくまで、食べ方でしか毒を打ち消せないように計算されてるんだ』

だから食前酒からデザートまで、水も含めて、順番を決して間違えないで。テオドロはそう続けた。

ディーナも食事の作法がいやに厳しかったのはよく覚えていた。その理由も。

恐ろしいことに、昔はそれを疑問に思わなかったのだ。当たり前すぎて。

その習慣がまだ続いていたことに慄《おのの》くディーナの前に、まっさらな紙が置かれる。

『もともとは毒に耐性をつけさせるための習慣だったのと同時に、同じメニューを食べる客人だけを狙う暗殺方法だったんだろう。昔は宴会でも大皿から取り分けて食べてたわけだから、同じ皿に盛られたものを食べているフェルレッティ家にターゲットは油断するし、後から料理に毒が入っていたとも思われない』

話しながら、テオドロは紙に料理名や食材名と毒の名前を並べて書き、そして料理同士を矢印で結んでいく。ディーナにとっては十年ぶりの確認作業だった。

『アウレリオは、あなたが本物かどうかを見極めるのに、おそらくこの〝順番〟を知っているかどうかを試してくる。失敗したら正体がばれるうえ、解毒のためにもすぐに屋敷から逃げないといけなくなるから、くれぐれも忘れないでくれ』

正体がばれたら殺される、とは言わないのは、守ると誓ったからだろう。

（よかった、っていうのは、やっぱり毒が仕込まれてるからよね）

そう思うと、毒のない食生活に慣れたディーナには、フォークを向けるのが怖くなる。ラウラとメニューが違うのは毒の有無によるものだと、確信してしまった。

いや、大丈夫だ。古い記憶だけなら不安も残るが、テオドロが改めてちゃんと教えてくれた。

ディーナは、震えそうな手で無理やり仔牛肉《こうし》を口元に近付けた。

苦笑が聞こえてきたのは、そのときだ。

「そんなに怖がらなくても、今日の料理には何も入れさせてないけど」

「……え？」

「せっかく探し出した妹に、危ないものを食べさせるわけないじゃないか。ラウラのメニューは、彼女の好き嫌いを反映してるだけ。いい年してわがままなんだから」

言われたことの真意を測りかねて、ディーナは固まった。アウレリオは不機嫌そうに眉を寄せた恋人の方をいたずらっぽく見て、肩を竦《すく》めている。

ディーナからすれば、本物の妹だと確信されているのも、その妹との対面を心底望んでいたかのような物言いをされるのも解せない。会ったことはないはずだし、そもそもディーナをこの屋敷から放逐したのは目の前の男の意図したものではないのか。

よほどわかりやすい表情をしていたのか、アウレリオは後者の疑念にはすぐに答えを示した。

「ディーナはきっと、私のことをとても恐ろしい人間だと思ってるんだろうね」

立ち上がったアウレリオが、フォークを手にしたままのディーナへと歩み寄る。

「でも私は、君がここからいなくなるまで、静かな田舎街で貴族教育も何も受けずにひっそり暮らしてた、ただの少年だった。父の名前も、むろん妹がいるなんてこともここに連れてこられるまで知らなかったし、もちろん妹を追い出したり、ましてや殺したりするよう指示などしてない。むしろ君に手を下した実行犯を罰したくらいだ」

アウレリオの手がディーナの金色の髪を梳く。その手で、硬直したディーナの手から流れるようにフォークを取り上げ、口に運び損ねていた肉のひとかけらを自分の口に入れた。

『肉料理を口に入れたら、必ずワインを二口以上飲むこと。肉の後に水は絶対に飲まないで、毒が広がるから』

記憶の中のテオドロが話し終えるより早く、アウレリオは同じくディーナの前に置かれていた水のグラスを手に取った。止める間もなく、口元で傾けられて、喉仏が上下する。

「だ、だめっ‼」

ディーナはとっさに腰を浮かせて、ワインのグラスを手に取った。相手の口元へと持ち上げようとした動きを、手首を摑《つか》まれて阻まれる。

「だめっ、これを飲んで」

「座って」

「ソースの毒が回る前に、ワインを飲んで‼」

「座れ。行儀が悪いぞ」

強い言葉と同時に冷ややかな一瞥《いちべつ》を受け、ひゅっと息が詰まる。

そのすきにアウレリオはディーナの手からグラスも取り上げ、音もたてずテーブルへ戻した。空いたその手がディーナの肩に触れる。押さえつけるというほどの力も込められていなかったが、ディーナは呆然《ぼうぜん》としながら、操られるように腰を下ろした。

そのまま、二人は声もなく視線を交わしていたが。

「ほら、大丈夫だろう?」

呼吸を忘れて青ざめていたディーナの前で、アウレリオは目を細めて口角を吊《つ》り上げた。

——本当に、何も入っていない？　本当に、妹と単純に会いたかったというの？

震えを隠すこともできないまま、ディーナはテーブルに並んだ皿とグラスを順々に見比べた。

「アウレリオ、今一番行儀が悪いのはあなたよ」

ラウラの冷たい声に、アウレリオが「はいはい」と席へ戻る。その様子からも、とても服毒したとは思えなかっった。

「そういえば、テオドロの話に戻るが。ルカが見つけたとき、きみはクローゼットの中にしまわれていたというじゃないか」

おかしそうに言われた言葉にディーナは虚を突かれた。知らなかったらしいラウラが不可解そうに「クローゼット？」と繰り返す。

隠れていた、と思われるのは、やましいことの裏返しと取られかねないが、隠れてやり過ごそうとした以外に弁解のしようがない。

「あれは……しまわれたというか、わたしがまだ家に戻ることを決心できてなかったから、動転してつい」

「でも結局来たんだろう？」

「……居場所を把握されているとわかっていて、そのまま何もせず生活していくのは気分が悪いわ。監視されそうで。だから結局、戻ってきたの」

「ほう」

アウレリオの相槌に含みを感じて、ディーナは胸騒ぎを覚えた。

「てっきりルカに詰められたテオドロのために、ここへ来るのを承諾したのかと。身の回りの世話もテオドロにやらせたいとごねたらしいね？　ルカがむくれていた」

「あら」とは、ラウラの声だ。

ディーナはこめかみからどっと汗が噴き出すのに耐えなければならなかった。死活問題だからと必死になってしまったが、異様な執着を怪しまれたかもしれない。

「え、ええ。知らない人よりは」

「ふーん。ま、気持ちはわからなくもない。今のここには、十年前と同じ面子はほとんどいない。レベルタからの旅に同行したあいつの方が、何かと気安いか。見た目も申し分ないし」

そこまで言って、アウレリオは顎に指を置いてふむ、と考えるような表情をした。その様子にディーナが居心地悪く身じろぎする。

「しかしまぁ、真面目そうな顔して抜け目ない奴とは思っていたが、それにしても早かったな」

「……何が？」

尻尾を出すのが？　と正体の露呈を恐れたディーナだったが。

「手を出すのが」

その言葉にディーナはしばし呆気《あっけ》にとられた。ラウラが興味深そうに眉を上げる。

そして、ディーナの頭でもアウレリオの言葉の意味が通るなり、食堂にわっと大きな声が響き渡った。

「出されてない！」

「別に隠さなくても。……まさか同意なしだったか？」

「違っ、な、なにもされてない！」

恐怖も忘れ、真っ赤になって否定すると、ははと男の口から笑い声が漏れた。裏表を感じない、朗らかな笑顔だった。

「威勢がいいね。昔のラウラみたい」

「ええ。今のわたしはすっかり老けて大人しくなったものね」

「言ってないだろう、そんなふうには……」

二人の様子を尻目に、ディーナは怒鳴ったことへの焦りとともに戸惑いを覚えた。

アウレリオは、こんなことを言ってどういうつもりだろう。揺さぶって試しているのだろうか。でも何のために。

「あの、……フェルレッティ伯爵」

「お兄様でいいよ」

ラウラが小声で「気色悪い」と吐き捨てた。

「……急に、わたしを捜し始めた理由はなぜなの？」

「家族が一緒に暮らすのは普通だろう」

『唯一血を分けた妹君をそばにおきたいと』

テオドロの言葉が反芻《はんすう》される。答えに窮するディーナに構わず、アウレリオの手は飲みかけだったワインのグラスへ伸ばされる。

「君も十歳までここにいたなら、フェルレッティの当主がどんなことを教えられて、どんなふうに生活していくかわかってるだろう。まあ、楽しくはないさ」

「……」

フェルレッティの当主としての教育。由緒正しい貴族としての教養、義務、娯楽。

――悪徳の支配者としての、血にまみれた教え、悪趣味な遊び。毒入りの食事は、教養の一つにすぎなかった。

知っている。知っているから、ディーナは何も答えられなかった。当時は当然と思っていたそれらが、外に出たことで、その異常性に気が付いた。日に日に、年を経《へ》るごとに、この身の罪深さを思い知った。

幸い、アウレリオはディーナの沈黙を気にしなかった。

「ここは沼だ。水は毒に侵されていて、底には凝《こご》った血の泥が淀《よど》んでいて、一度足を踏み入れた者は生きて出ることができない。殺されかけた身ならわかるだろうが、後継者ですら隙を見せれば足を掬《すく》われる」

アウレリオはワインにすぐには口をつけなかった。緑の目が、ゆらゆらと揺れるグラスを映している。

「そんな生き方に、もし理解者がいるとしたら、同じ運命をたどるかもしれなかった者だろう。……殺されたと言われていた妹が生きているかもしれないと知ったなら、会ってみたいと思うのは、そんなに理解が難しいかい」

そう言って、置かれたままのディーナのワイングラスに、アウレリオが持つグラスのふちが軽く当てられる。ガラスの触れ合う高い音が、食堂の空気を震わせた。

「会えてよかった、ディーナ」

その微笑みから、嘘を読み取ることはできない。

――本心なのだろうか？

「もちろん、そういう感情と君への感情は全く別物だから、何も嫉妬する必要はないからね」

おどけたように紡がれた言葉はラウラに向けたものだった。ラウラは相変わらず冷たい表情のまだ。

「しないわそんなの」

「つれないなぁ」

深いため息を吐いたアウレリオだったが、一転して、輝くような笑顔を再びディーナに向けた。

「そうだ、さっきの話。テオドロを従僕にしたいなら、いいよ。好きなだけ貸してあげよう。もっとも、今も私の仕事の手伝いをさせているから、たまに返してもらうこともあるだろうけど」

ディーナは目を丸くし、それから輝かせた。

「ほ、ほんとう？」

「もちろん。でもなるべくベッド使ってね、狭いところだと体痛めるだろうから」

「違っ」

二人のやり取りを、ラウラは笑いもせずにじっと見ていたが、結局何も言わずに口元をナプキンで押さえた。

晩餐は、驚くほど穏やかに幕を閉じた。

ディーナはあてがわれた部屋の明かりを消してベッドにもぐりこむと、緊張を逃がすように深く息を吐いた。

毒のことは、ディーナとテオドロの思い過ごしだったのだろうか。

いや、アウレリオはディーナの食事の順番を見ていた。貴族のマナーの範囲を超えてきっちり定められたフェルレッティのルールを知っているか、見定められていた。

ただ、実際に肉料理には毒が入っていなかっただけで。

（わたし、本物だとわかってもらえた……のよね？）

とりあえず、今夜は無事に過ごせると思ってもいいのだろうか。それなら少し、ほんの少しだけれど安心できる。

そして、ディーナは寝巻きの下にひそませていたロザリオに手を当てた。これも密かな懸念事項だ。

十中八九この屋敷にあったはずのものだから、手放すならどこかの引き出しにでも入れておけばいいだろう。ディーナを無関係な被害者だと思っている、テオドロに見つかってしまう前に。

ただ、下手なタイミングで部屋に置いていくと、この屋敷のことを調べているテオドロにばれてしまうかもしれない。

ディーナ・フェルレッティなら持っていてもおかしくないから、他の使用人にはばれてもいいのだが、ディーナ・トスカが持っているはずのないものだから、テオドロにだけは隠し切らないといけない。ややこしい。

(でも良かった。テオをそばに置いてもらえる)

──そういえば、彼は今どこに。

食事中はアウレリオに仕事を言いつけられていたようだが、晩餐はとっくに終わっている。到着以来、いまだ彼と再会していないことに対し、にわかに不安が湧き上がってきた。

また、危険な事態に陥っていないだろうか。そう思ってベッドから起き上がろうと身をよじったとき、ディーナは首の後ろを押さえられ、口をふさがれた。

「大丈夫、僕だ」

心臓が胸の内でばくばく暴れる合間を縫って、低く囁《ささや》かれる。手の力が緩んだところで首を巡らせれば、月明かりに見知った顔が浮かび上がった。

「ごめん、驚かせて。でも部屋の外の護衛、というか見張りに気付かれないよう、声をひそめて」

「……先にそう言って」

恨みがましげなディーナに、テオドロは申し訳なさそうに眉を下げ、再び小さく謝罪した。

「でも上手くやり過ごしたようで、よかった」

ベッドに乗り上げたまま、テオドロが安心したように微笑む。ディーナも身を起こして頷いた。

「思ったほど怖くなかったわ。食事にも毒は入ってなかったみたい」

その言葉でテオドロの表情が一変した。ディーナは慌てて「食べる順番は守ったわよ」と言い繕い、食堂で起きたことを伝えた。

「食事には、あなたが手を回してくれたの？」

だとしたら、彼は夕食に毒を入れないようアウレリオに直接進言できる立場にいるのだろうか。

だがテオドロは、厳しい顔つきのままだ。

「いや。僕は夕食には何も」

「え……。じゃあアウレリオは、本当に毒を入れなかったということ？」

「もしくは、あなたの前で食べてみせる、その行為が罠《わな》だったか。事前に中和させる手段を確保してた可能性もある」

やはり、そうだったのだろうか。

「その話とは別にしても、ディーナ・フェルレッティを殺したのは彼の本意じゃなかったように感じたわ」

「本人が目の前にいるからだろう。何かしらの利用価値を見出《みいだ》して捜していたなら、会って早々喧嘩は売らない」

「そ、それもそうだけど」

でも、本当にそうだろうか。

今回ディーナを捜し出した目的はともかく、過去に殺そうとしたのは、本当にアウレリオの意図したことではないような気がしてならなかった。

少なくとも、『会えてよかった』と告げたあの表情は、嘘には見えなかったのだ。

口ごもるディーナに何を思ったか、テオドロは乾いた声で尋ねてきた。

「ほだされてる?」

「え?」

「奴が家族に焦がれる、孤独な、かわいそうな男に見えた?」

ディーナは言葉に詰まった。

図星だったからではない。テオドロの目に、凍《い》てつく殺意を見つけてしまったせいだ。

よく研《と》いだ剣のような空気をまとうテオドロと二人きりでいることを唐突に自覚して、緊張感が背を貫く。

「油断しないで、奴が最初に人を殺したのは十六歳のときだ。相手は部下で、毒でさんざん苦しめた末のこと。十年前、ディーナ・フェルレッティが死んだとされる時期の直後だった。そのあとも、自分にたてつく人間を何人も殺した。毒薬や麻薬の実験台にされた者も多い」

淡々と語られるアウレリオの過去は、軍が調べ上げたものだろう。そうに違いないのに、ディーナにはテオドロがその場に居合わせて見届けたことのように聞こえた。

「それまで、奴は南方の田舎街で聖職者見習いとして過ごしていたとされている。それが、この家に迎え入れられた途端にそれだ。神の家ですら、生まれながらにフェルレッティの血にすみつく悪魔を消し去ることはできなかった」

神の家ですら。

沈黙が、部屋を満たす。

何も言えなくなったディーナに、テオドロは少しだけ笑った。困ったような、揶揄《やゆ》するような歪《ゆが》んだ笑みだった。

「あなたは聖職者になる人だ。罪を許す人だから、『絶対に許されない人間』がいるなんて、よくわからないのかもしれない。わからなくていい。ここから帰ったら、すべて悪い夢だったと思ってほしい」

テオドロはそう言って腰を上げかけた。寝具が反動で揺れる。抑え込まれていたものが解放される感覚につられて、ディーナはとっさに声をかけていた。

「ねぇ、もしも、もしもよ。目の前に、本物のディーナ・フェルレッティが現れたら、テオはどうするの？」

「あり得ない。彼女は死んでる」

「生きてたら？　兄が捜してると知って、ここに現れたら？　十歳の頃に、この家から離れて、静かに暮らしていた彼女を……」

ごく、と喉が上下する。

「殺すの？」

「……まさか。証拠を固めて、兄貴もろとも絞首台に送るだけだ」

嘘だ。

灰色の目の奥で、黒い憎悪の炎が燃え上がるのが、ディーナにははっきり見えた。

かき乱された心臓の上で、ロザリオの冷たさが肌を刺す。首にかかるビーズを見咎《みとが》められはしな

いかと、思わず隠すように髪を胸の前に梳き、そのまま無意識に、両手を胸の前で組んでいた。

ディーナの怯《おび》えのしぐさから、テオドロが目を逸らす。気まずい沈黙を、やけにさっぱりとした声で破る。

「そういえば、僕を従僕にするのも通ったようでよかった。ルカに言い張ったときはちょっとヒヤッとしたけど。……あの男、この件に関してはちょっと執念深そうだな」

最後の呟《つぶや》きの意味が気になったが、尋ねるより先に「もう寝た方がいい」と話を封じられてしまう。

「明日、この屋敷から外につながる抜け道を教える。できれば一回で覚えてほしいから、今夜はよく休んで」

「抜け道？」

「そう。いざというときのために」

そう言って、テオドロは穏やかな瞳でこちらを振り返る。先ほどの冷たさは、どこにも感じられない。

「こんなことになって、あなたも疲れただろう。もし寝付けそうにないなら、軽い睡眠薬をあげられるけど」

睡眠薬。

「……あの、言い忘れてたけど、実はテオの薬、教会で入れ物ごと没収して、捨てちゃって、て……」

ばつの悪さとともに打ち明けたディーナの鼻先で、錠剤の入った、真新しい小瓶が揺らされた。

「よく効くよ。台車で揺らされて地面に転がされても、しばらく目覚めなかった」

にこやかに言われて、ディーナはひきつった笑みで遠慮した。

第四章　みんな味方で、みんな敵

『いいですか、お嬢様。毒も薬も同じもの。使い方次第ですから、よく覚えましょうね。ご先祖様は、それらを上手に使いこなしてここまでお家を大きくなさったのです』

そう言って食事のマナーと一緒に薬や毒のことを教えた女は、ある日おやつに供されたケーキの毒見をして、倒れた。

『あの女に代わり、これからはわたくしめがディーナ様のお世話を仰《おお》せつかります。何も寂しくございません。さ、この書類にサインを。遊びはそれからですよ』

新しく現れた男のことは気に入らなかった。そう言ったらほんの数日で、彼はいなくなった。次の男はそのことを、自業自得と笑っていた。彼には別に気に入らないところはなかったのだが、ある日突然いなくなり、直後に運河から誰かの亡骸《なきがら》が引き上げられたと新聞で目にした。なんの薬品を使ったのか、ものすごく早く肉が溶けていて、身元がまるでわからないとも新聞に書いてあった。

でもこんなことは少女にとっていつものことで、いちいち〝無くなったもの〟に寂しいとか悲しいだとかの心を割くことはなかった。それより、幼い心の関心は常に〝欲しいもの〟に向いていたのだ。

宝石、子犬、綺麗《きれい》な花に美術品。指さしたそれが他人のものであっても、周りは『すぐに』と言って用意してきた。あまりに当たり前のことだったから、それがどんな手段で持ち込まれたかなんて、考えたこともなかった。

そんなだったから、あれは罰だったのだろう。

『あなた様の望むものを、』

最後に望んだ青い宝石は、手に入らなかった。

『あなたは、罪深い蛇』

『生まれ変わって、次はどうか、善良な人間に』

運河に落とされる直前、ロザリオとともに与えられた言葉。願いの形で聞かされたのは、罪人への審判だったと思っている。

酷薄な女王は罰として運河に沈んだ。水に溶けて消えて、もう二度と浮上しない。

――明け方、汗だくで目を覚ましたディーナは、俯《うつむ》いた顔を覆いながら独りごちた。

「やっぱり薬、もらえばよかった……」


「おはようございます、ディーナお嬢様」

着替えて、寝室から続きの間に出れば、朝食が配膳されたテーブルの傍らには予想外の人物が立っていた。ドアノブを握ったまま、ディーナはぎょっとして固まった。

「……な、なんでルカがここに？　いえ、それより、その痣《あざ》」

ルカの右の目の下、ちょうど頬骨の辺りに、殴られたような痣ができていた。青紫色に変色した目元に釘《くぎ》付けになるディーナに、しかし当人は「お気になさらず」と、まるで痛みを感じていないかのような涼しい顔である。

「心配しなくても、テオドロなら朝の仕事を済ませ次第すぐにこちらへ来させます。その前に」

今心配したのはルカの痣なのだが。

ディーナの戸惑いをどう受け取ったのか、すまし顔のままルカはそう言い、そしてテーブルの上に大きな緑の石がついた金の指輪を一つ置いた。

「こちらを、あなたにお渡ししておくようにと、アウレリオ様が」

ディーナは指輪を手に取ってまじまじと見た。金の台座に支えられた、手の爪ほどの大きさの石はエメラルドのように見えた。輪の内側、台座の裏に当たる部分に、テオドロやルカの入れ墨と同じ蛇の意匠が刻印されている。

ディーナが手の中でこねくり回していると、それまで黙って様子を見ていたルカが尋ねてきた。

「何に使うかはおわかりで？」

「え？」

とっさのことで、ディーナは何も取り繕えなかった。とたん、男の青い目が細められる。ディーナは自分の軽はずみな反応に青ざめた。

「し、知るわけないじゃない！　十年前には、こんなのわたしのそばになかったわ！」

「でしょうね。この習慣はアウレリオ様がこの家に来てから考案なさったそうだから」

ディーナは目を丸くして男を見て、それから胸にじわじわと苦いものが広がるのを感じた。

罠《わな》にはめられかけたのだ。本物のディーナが知るはずもないのに、目の前のディーナが知っているふりをするかもしれないと。

「試したのね」

「まさか。滅相もない」

ルカはおそらく、まだ疑っている。その証拠に、丁寧な態度にかえって棘《とげ》を感じた。

「これは常に身に着けておいてください。仕掛け指輪でして、中に薬が入っています」

「薬？」

「台座から石が上げられるでしょう」

言われて緑の石のふちに爪をひっかけるようにして力を入れると、確かに石は箱の蓋のように、片側だけ持ち上がる。

そしてあらわになった台座の皿の部分には、小さな白い粒が転がっていた。

「一日一回、この薬をテオドロに与えてください。そこに薬があることは、気取られないように」

そう言ったルカは自分のベストから伸びていた鎖《くさり》をたどり、懐中時計の盤面を確認した。

「本日の一錠は、アウレリオ様が八時にテオドロに飲ませているはずなので、ディーナ様は明日の朝に。新たな薬は毎朝補充の者が参ります」

今は九時だ。

ディーナは指輪の形をした容器に不穏なものを感じた。ただの薬なら、こんな人の目を欺く外見にはしないだろう。無駄かと思いつつ、慎重にルカに問いかける。

「……これは何の薬？」

「フェルレッティ家の人々のそば近くに仕える従僕に必要なものです。主人が従僕をしつける手綱であると同時に、従僕の命を守る大事なものなので、飲ませ忘れにはくれごれもご注意を」

眉を寄せたディーナがさらなる詳細を聞こうとしたところで、ノックの音が割って入った。

「……噂《うわさ》をすれば」

大股で歩み寄ったルカが扉を開けると、そこにテオドロが立っていた。テオドロもまた、ルカが中にいたことに一瞬目を見開き、しかしすぐに冷たくも見える無表情へと切り替わった。

「ルカさん、なぜあなたがここに」

「仕事に決まってんだろ」

ルカの返す言葉が、初めてディーナと会ったとき同様のぞんざいなものに変わる。表情も取ってつけたようなすまし顔から、今にも舌打ちの音が聞こえてきそうな苛立《いらだ》ちを隠さないものになった。

「そうそう、スピード出世おめでとう。ここ数年で入ってきた下っ端の中じゃ、一番の躍進だな」

「生き残ってるやつが少ないですからね。して、仕事というのは？」

「俺の仕事をお前に教える必要はねぇな」

「ディーナ様に関することなのに？」

即座に言い返されて癪《しゃく》にさわったのか、ただでさえしわを寄せていたルカの眉毛がぴくりと動く。

わずかにテオドロの方が背が高いが、その灰色の目を忌々しげに睨《にら》みつけている。

だがそれだけで、ルカはテオドロに何をするでもなかった。

「仕事の分担はアウレリオ様の判断だ」

そう言うと、テオドロを押しのけて部屋から出ていこうとした。

けれど扉を閉める前に、痣に近い右側の目だけでディーナの方を見遣《みや》り。

「では薬の件、確かにお伝えしましたよ、お嬢様」

ふっと、口角を上げた、嘲《あざけ》るようなその表情の意味をディーナが問いただす間もなく、ルカはすばやく扉を閉めた。

耳の後ろの入れ墨が、嫌に目に焼き付いていた。

テオドロと部屋に二人きりになってからもしばらく、無言の時間が続いた。その間テオドロはじっと扉の方を見つめていたのだが、ルカが完全に遠ざかったのが確認できたのか、向き直って口を開くときには、潜入軍人《スパイ》の顔に戻っていた。

「何かされたのか？」

「されてはいないけど、これを渡されたわ」

心配そうな相手に指輪を渡す。気取られるな、と言われたことを丸々無視してルカからの指示を伝えると、テオドロは表情を徐々に緩め、聞き終えたときには「そういうことか」と合点がいったように呟《つぶや》いた。

「この薬がなんだかわかったの？」

「さっき……雑務をこなしていた場にアウレリオも来ていた。ねぎらいに酒を渡されてその場で飲まされたから、まず間違いなくそのときだろう」

「ルカは教えてくれなかったけど、これ何の薬？」

「さてね。ろくでもないモノってことだけは確実だけど」

さらっと言われてディーナは眉を上げた。

「ろくでもない……そんなものをあなたに飲ませるなんてできないわ」

「僕も飲む気はない」

「え？」

「ここに来る前に吐き出してきた。飲むかどうかを、あの男がわざわざ確認しに来てるとしか思えないものなんて飲まない」

ディーナはテオドロの勘の良さにほっと胸を撫《な》でおろした。テオドロもディーナを安心させるように笑って、「ただ、時間になったら、その薬は僕に渡してほしい」と言った。

「飲まないよ。でも、薬がいつまでもそこにあるとばれたらあなたが怪しまれる。それに、屋敷の近くで待機してる軍の仲間に渡して、成分を調べさせたいから」

「わかったわ」

そこで指輪の薬の話はいったん打ち切られ、ディーナは促されて食事の席についた。

テーブルに並んだ朝食は、パンにサラダ、オムレツから無色透明の水に至るまで、テオドロが「念のため」と称して毒見をしていく。あくまでテオドロがディーナに教えたのは晩餐《ばんさん》の席での解毒の作法で、他の食事に毒が盛られていたらそれを避ける手段はないからだ。

「……大丈夫？」

大丈夫じゃなかったら、のんきにこうして尋ねている場合ではないのだが。

「平気だよ。念のためって言っただろう。厨房《ちゅうぼう》にベルナルドは行ってないようだったし、おそらく何も混ぜられてない」

「ベルナルド？」

「幹部の一人で毒の管理を任されている。あまり近付かない方がいい。異常者だから」

あまりな言い様だ。口調はそっけないが、根底に嫌悪が見え隠れしている。ディーナは昨夜のような冷たい空気にはさせまいと、話を変えた。

「食事が終わったら、抜け道を教えてくれるのよね？」

――話題を間違えたかもしれない、と思ったのは、テオドロが一瞬表情を失《な》くしたからだ。

しかし彼はすぐに薄く微笑んで「ああ」と肯定したので、ディーナは気のせいだったのかもしれないと思い直した。


屋敷の構造は、記憶の底にあったものとたいして変わっていなかった。玄関広間に面した絵画が修復画家の手で下ろされている横を通り、一階のテラスから庭園へと降りる。

「出口は二つ確認できている。その一つは昔からの貴族らしく、礼拝堂の地下から外につながる隠し通路だ」

「礼拝堂？」

言われてみれば確かに、庭の奥には離れとも倉庫とも違う建物があった気がした。

しかし、そこを礼拝堂として使っていた記憶はない。毎週日曜日には、街中の大聖堂に連れて行かれていたはずだ。

疑問に思っていると、テオドロが振り向きもせず呟いた。

「ミサは行われない。地上は拷問部屋、地下は正規の墓に入れられない死体の保管室だから、あなたの祈りの場所には向かないだろうな」

黙り込んだディーナを伴って、テオドロは庭を進む。

「ディーナ・フェルレッティの遺体も埋葬されず、そこにある。死んだときのごたごたで一時的に置いていただけなんだろうけど、誰もアウレリオに進言なんてしないから、いまだに……」

そこで、テオドロが口を噤《つぐ》んだ。ディーナにもその理由はすぐにわかった。

人がいる。年は四十がらみだろうか、褐色の髪を後ろに撫でつけた、堂々とした体軀《たいく》の紳士然とした男だ。

――口ひげの下で煙草を咥《くわ》える、その横顔を見た瞬間、ディーナの体がこわばった。

（会ったことが、ある）

知り合いはいないはずだったのに。

凍りついたディーナに、テオドロは素早く耳打ちした。

「ニコラ・テスターナ。各地の外飼いの監視と彼らとの連絡を担う幹部で、ディーナの母方の叔父だ。

顔見知りではあるだろうが、あなたから話しかける必要はない。相手の挨拶に軽く応じる程度で」

叔父。だからか。

ディーナが固まる理由を知るはずないテオドロが、宥《なだ》めるように背を軽く叩《たた》く。そして自分から男に近付いていった。

「おはようございます、ニコラさん」

ニコラが振り返り、煙草を口から離す。テオドロを見て軽く笑ったその目元に、浅いしわが寄る。

「おお、きみか。テオドロ、おはよう」

「東部の拠点へ、離反した外飼いの制裁に行ったと聞いていました。もういいんですか」

「ああ。仕事は片付いたんだが、休む間もなく伯爵に呼ばれてとんぼ返りさ。で、そちらは……」

テオドロの横に立つディーナの方を向いた、ニコラの目が細められる。

ディーナは耳の奥で心臓の音を聞きながら、言われた通り、黙ってその視線を見返すにとどめた。

「なるほど、これが蘇《よみがえ》ったディーナお嬢様というわけだ」

「ニコラさん」

「ああ失礼を。いや、女性は十年もあれば見違えるほど変わってしまう。それこそ生まれ変わったようにね。――ご無礼、お許しを。レディ・ディーナ」

ふっと笑って、ニコラは煙草を捨てた手を胸に当て、ディーナに礼の姿勢を取った。

そのすきに、テオドロが小さく頷《うなず》いたので、ディーナも答える。

「構いません。そちらもお元気そうで何よりです、ニコラ叔父様」

言って右手の甲をニコラの前に差し出す。心得たように、ニコラはそれをとって指先に軽く口づけた。

「しかし、一緒にいるということは、伯爵付きだったきみがお嬢付きに？」

テオドロが肯定すると、ニコラは意外そうに眉を上げてから、破顔した。

「それはそれは、よりによってそんな配置換えを！　これでまたルカからの当たりがきつくなりそうで、きみも気苦労が絶えないいな」

よりによって、という言葉に、ディーナが眉を寄せる。すると、ニコラはかがむようにして、わざとらしく人の耳を避けるように「もともと、お嬢付きはルカのはずだったんですよ」と囁《ささや》いた。

「まあ」

なるほど、だから朝のあの態度――いやあれは前からだ。

「知らなかったわ。わたしの要望で、テオに付いてもらったから」

「〝テオ〟……」

ニコラがディーナとテオドロを交互に見た。

「こりゃ、ルカは立つ瀬がないいな」

「……だって彼、粗暴なんだもの」

気まずそうなディーナの言い訳に、ニコラは弾《はじ》かれたように笑った。

「さてはテオドロ、ずいぶん分厚い猫を被《かぶ》ったな？」

「運が良かっただけです」

「そう思ってないのが丸わかりだから、ルカが腹を立てるんだ！」

男二人で話が進んでいくのを前に、ディーナはだんだん別の居心地の悪さを感じ始めた。

別に、テオドロが顔立ち通りの優しい男でないことは、ディーナにもわかっている。なにせ初対面で睡眠薬を押し込まれたのだから。

だがテオドロを選ぶ理由を詳細に語るわけにもいかないので、ディーナはむっつりと黙っているしかない。

「ああ失礼。レディの繊細な感情をからかうのは野暮というものでしたな」

たいして悪いと思っていなさそうなニコラは、そう言って話を切り上げにかかった。

「私を含めた正式な幹部の紹介は、招待客の到着を待ってからの幹部会で、となるでしょう。そのときに、また」

にこやかに言って屋敷の方に向かう背中を見届けると、テオドロは周囲を見渡して「大丈夫、誰もいない」と囁いた。

「……幹部会」

「定期的に開かれる、幹部たちの集会だよ。傘下の貴族も呼ぶから、表向きは親しい人を呼ぶ宴会ということになっている。直近のものは明後日開かれる予定で……ああ、幹部ってわかる？　簡単に言うと、フェルレッティ家の裏稼業をそれぞれ監督する責任者のこと」

明後日。そこでディーナ・フェルレッティのお披露目がされるということか。

「……あのニコラって人、昔からここに出入りしてたなら、わたしが偽物だって見抜いたと思う？」

ディーナは叔父が消えた方向を気にしながら問いかけた。

「出入り自体は二十年以上前からしている。でも伯爵夫人になった姉と先代の夫婦仲がよくなかったこともあって、十年前はそれほど重要な立場にいなかった。そもそも外部との連絡役だから、屋敷に長居はしていない」

確かに、ニコラに会ったのはほんの数回だった気もする。

（本物だと、気付かれなかったなら、よかったけど……）

考えてみれば、テオドロの前で自分を本物のディーナ・フェルレッティだと確信する人間がいる方が、この身にとってはよほど危ない。こちらが信じさせるのはよくても、気付かせるのはいけないのだ。

「あの人とは、あまり会いたくないわ。……む、昔の思い出話を振られても、わからないし」

ディーナは、テオドロにニコラを遠ざけたい旨をそれとなく伝えようとした。テオドロは心得たというように微笑んだ。

「屋敷に立ち寄ったのは、アウレリオがディーナ・フェルレッティの帰還を幹部たちに知らせるためだろう。あなたのお披露目が済めば、ニコラはまたすぐ屋敷から出ていくだろうから、それまでの辛抱だ」

体の前で握りしめていた白い手に、テオドロの大きな手が重なる。

「怯《おび》えなくて大丈夫。誰が相手であれ、僕がちゃんと、あなたを守る」

手から伝わるぬくもりが、ディーナに安心感をもたらす。頼っていい相手なのだと、触れた部分から緊張が解けていく。

けれど同時に、うすら寒いものを覚えてしまうのを止めることもできない。だってこの優しさは、〝ディーナ・トスカ〟へ向けられたものだ。

もしも正体が露見したら、そのとき彼は、どんな目を自分に向けるのだろう。

このあたたかな手が握るのは、不安がるディーナの手ではなく、冷たい拳銃になるのだろうか。

「……また手が冷たくなってきた。緊張が抜けないか」

「……」

まさか、ディーナがテオドロに殺される想像で肝を冷やしているとは思いもよらないだろう。

いたたまれなくて、ぬくもりから手を引き抜こうとした。――が。

「無理もない。こんな状況で、気をしっかり持つだけでも難しい。早く戻ろう、あなたのあるべき日常へ」

ぎゅっと手を握られて、そのまま彼の唇に当てられる。

ニコラのした挨拶とも違う、祈りを込めるような口づけだった。

伏せた目の、まつげの影から垣間見える、苦しげで、切実な表情。

明らかに、それまでとは異なる趣きで、ディーナの心臓が跳ねた。

「そ、そうね。わたしも証拠探し頑張るわ」

心なしか、庭園がさっきより暑くなってきたような気がする。

汗が背中を流れた。みっともなくないだろうかと恥ずかしく思えば、そんなことを気にする距離の近さを唐突に自覚してしまう。

慌てて離れようとして、それでも強く握りこまれた手が抜けなかった。

「だからそれは頑張らなくていい。……体温、上がってきたね」

ふっと笑われて、吐息がかかる。

その生々しさに、ディーナは顔にカーっと熱が集まるのを感じた。

「リラックスできた？」

「なっ……」

緊張をほぐすためにわざとやったのだろうか。そう思っても、十年のシスター見習い生活では経験しようもなかった熱だ。介抱やボランティアで人に触れるのとはわけが違う。

ディーナは文句を言うことも、軽くいなすこともできなくて、とうとうテオドロから顔を背けた。

――おかげで、テオドロの表情が瞬時に険しくなったことに気付かず。

「ディーナ、ここを離れ――」

ぱっと手を離した、と思うと今度は肩を抱かれる。悪化した距離感にディーナが目を白黒させたとき、二人のそば近くの茂みから飛び出してきた影があった。

ディーナが息を呑《の》む。テオドロが庇《かば》うように前に立ちふさがる。

「ロレーナ様!!」

知らない名前に戸惑ったディーナがテオドロ越しに見たのは、白髪交じりの亜麻色の髪を振り乱した、ほっそりと手足の長い男だった。

男はテオドロを押し退《の》けると、凍り付いたディーナの前で芝生に跪《ひざまず》き、浮いていた右手を断りもなく摑《つか》んだ。くまの浮かぶ皮膚の上の、薄茶色の目は不自然なほど爛々《らんらん》と輝いている。

「ああ、お会いしとうございました……！　このベルナルド、一日たりともあなたを忘れた日はございません。その鉛白のような肌、ヒ素の緑の瞳、破滅の黄金の髪。今宵《こよい》のお体の具合はいかがですか？　ご気分が優れないなら、このしもべになんなりと」

「おはようございます、ベルナルド先生」

固まっていたディーナに構わずまくし立てていた男の口が、テオドロが投じた一言でスッと止まった。今初めて存在に気付いたかのように目を向け、そして煩《わずら》わしそうに顔を歪《ゆが》める。

「……なんだ、ジュリオ殿か。おはようだって？　こっちはようやく仕事が終わって、これから寝るところなんだが」

「テオドロです。徹夜お疲れ様です。それと申し訳ありませんが、お嬢様がたいそう驚いておられますので」

そう言って、テオドロはベルナルドの腕を摑んで立たせてディーナから距離を取らせた。

だが、ディーナの右手は相変わらずベルナルドに摑まれたままである。

「……おまえ、なぜロレーナ様と一緒にいる。まさか、女神を誑《たぶら》かして」

「アウレリオ様から、ディーナ様のおそばにつくようご命令たまわりました。ディーナ様、こちらは医師で、薬品庫の責任者であるベルナルド・バッジオ先生です」

「あなたの奴隷です」

紹介されても、ディーナは先ほどニコラに向けたようには返事ができなかった。

それなのに、ベルナルドは右手を摑んだまま、また顔を紅潮させてディーナを熱く見つめている。

テオドロはというと、「先生」と、視線すら向けてこないベルナルドにディーナを紹介している。

「この方は、ロレーナ様のご息女であられるディーナ様です。アウレリオ様がお招きに」

「ええ、お聞きしておりますとも。伯爵から生きていると聞かされてどれほど嬉《うれ》しかったことか。お会いしとうございました、ロレーナ様」

結局そう呼ぶのか。

目はしっかりこちらに向いているのに、会話が通じる気がしない。ディーナにできるのは、ひきつった顔でただただ右手が戻ってくるのを待つことだけだった。

念願かなって、すぐにベルナルドの部下らしき男たちがやってきた。

「毒のことで何かありましたらぜひ僕の部屋へ！」と言いながら、ベルナルドは促されて屋敷の方へと遠ざかっていく。

「今のがベルナルド。十年前は、別宅で先代の伯爵夫妻に仕えて、病死した二人の最期を看取ったそうだ。近寄る必要はない」

接近を許したことを詫《わ》びた後で、テオドロがディーナにハンカチを渡してきた。

どんな人間にも手を差し伸べよと教えられていたシスター見習いは、さすがにそれは、と辞退しようとしたが「薬品が手に付いたかもしれない」と言われてありがたくハンカチを借りて入念に手を拭った。

「……あの人は、何かの病気？」

「病的な女主人信奉者だ。こういう閉鎖的な縦社会組織だと、忠誠をはき違えたような異常性癖者が現れるのも珍しくない」

「女主人……」

「亡き伯爵夫人、ロレーナ・フェルレッティ。ニコラの姉で、ディーナ・フェルレッティの生母だ」

歩みを再開したテオドロの足取りは、先ほどよりも速くて一歩が大きかった。ディーナは小走り気味についていく。

「……わたしのこと、ロレーナだって言ってたけど、どういうことかしら」

言いながら、ゾッとした。記憶にはないが、自分がそんなにも母と似ているなら、他にも一目見てそうと気付く人間がいるのだろうか。

テオドロも、違和感を覚えたのではないだろうか。そう思った矢先、先を歩いていた男の足が止まった。ディーナもぎくりと立ち止まる。

しかし、振り返ったテオドロはディーナの予想よりずっと親しみのある表情をしていた。どちらかというと、同情するような、苦笑いするような顔だ。

「奴に妙なことを言われても、気にしなくていい。なにせ」

親指で屋敷を示されて、木々の隙間を縫うように覗《のぞ》く。

美しい柵で囲われたテラスに、男が二人。片方は椅子に座り新聞を広げたアウレリオだ。そばに立っているのはルカだろうか。――そこに、ベルナルドが連れてこられていた。

「ベルナルド。ちょっといいかい？」

「もちろんでございます伯爵。今日はお加減がよろしいようで……ロレーナ様‼」

アウレリオに声をかけられたベルナルドはひょこひょことテラスの階段を上りかけたが、そのそばをニコラが通りかかった瞬間、叫んでそちらの膝に取りすがっていった。

「ひぇっ、びっくりした！　おまえなんで日の高いうちから動いてんだ⁉」

ニコラが慌てふためくが、アウレリオが気にする様子はない。ルカは顔をしかめていた。

「控えろよ先生、アウレリオ様の前だぞ」

「は？　おまえに生意気な口を利かれるいわれはないが、アントニオ」

「ルカな」

ディーナは眉を寄せてテオドロを見た。見られた側は肩を竦《すく》めた。

「常にあんな感じなんだ。僕の名前もルカの名前も覚えちゃいないし、アウレリオのことも認識しているようでいて、先代と混同している。ニコラはロレーナの実の弟だから、性別すら違うのにたびたびああいう目に遭う」

「た、たびたび……」

ディーナはまた視線をテラスに向けた。ベルナルドの部下たちが必死になってニコラの膝から上司を引き離そうとしているが、新聞に目を落とすアウレリオは、やはりその様子にたいして関心はないように見える。

「あなたに突っかかってきたのは、ロレーナの娘が到着したと誰かから話を聞いたからだろうけど、きっとそこらの無関係な女性を指して〝ロレーナの娘だ〟と吹き込めば同じ奇行に走るよ。……薬と毒に関すること以外では、何もあてにならない男だから、気にしなくていいんだ」

そう言って、テオドロはまたさっさと庭の奥へと向かっていってしまった。ディーナもどっと疲れを感じながら、そのあとを追いかけた。

礼拝堂は、庭の奥にぽつりと建っていた。周囲と同様に中はしんとしていて、拷問部屋と言うにはとてもきれいな作りだ。祭壇も聖母子像も備えられていて、礼拝堂として不自然なところは特にない。

一点を除いて。

「ベンチがないのね」

「邪魔だからだ」

何に、とは聞かなくとも想像できる。テオドロは礼拝堂の奥へ進み、壁にひっそりとつくられた扉を示した。

祭壇に施された竜退治のモザイク画や聖人像のきらびやかさに比べると、剝《む》き出しの木の扉は地味すぎて、あることを見落としてしまいそうだった。

「この扉の先が地下に続いている。階段であること以外、造りはレベルタの教会の地下と似たようなものだが、奥に屋敷の外の墓地につながる通路があるんだ」

テオドロはそこまで言って、ディーナに向かって手を差し出した。

つられて出したディーナの手に、黒い小さな鍵が置かれる。礼拝堂そのものに比べると新しそうだ。

作られて一年ほどだろうか。

「扉の鍵。無断で作った合鍵だから、落とさないでね」

「わたしに持たせていいの？　あなたの脱出用は？」

「僕はいらない。……隠し通路の場所も見せたいけど、ちょっと時間を置こう。ベルナルドが近くで騒いだから、人が来るかもしれない」

いらないと、やけにきっぱり言われたことがひっかかった。それにディーナの背中を押してまで、いち早くここを離れようとするふるまいにも。

昨夜と少し、様子が違う？

しかし、詳しく聞く勇気は出なかった。結局ディーナはテオドロに促されるまま、礼拝堂を離れた。

「もう一つの抜け道はガゼボの地下にあるんだけど、夜は避けた方がいい。火薬が置いてあるせいで、明かりを持って入れない。通路自体は運河の岸壁に通じていて、運河沿いに待機している仲間のもとに行けるんだけど」

運河と聞いて、今度はディーナが青ざめた。


テオドロの判断で、二人は邸内に戻っていた。

過去の溺水を思い出したディーナの動揺を、テオドロは疲労と捉えたようだった。

「気が利かなくて悪かった。朝からルカ、ニコラに続いてベルナルドにまで遭遇したんじゃ、疲れて当然だ」

謝られることに申し訳なさを感じつつも、ディーナは客間に戻れたことをありがたく思った。幹部たちの目を避けて休みたかったのは事実だ。

程なくして、目の前に運ばれてきた氷菓はオレンジ味のシロップを凍らせて削ったグラニータだった。久しぶりの甘さをしばらく堪能していたディーナは、ひとくち毒見したきり、座りもしないで書棚に向かっているテオドロの背中へ目を向けた。

「……ねぇ、幹部ってまだたくさんいるの？」

「たくさんってほどでもないが、必要な頭数は揃《そろ》えられてる。ルカもそうだよ、薬物取引の元締め」

「テオは？」

「僕は違う。どちらかというと従僕だった。アウレリオの護衛とか業務の補佐とか、名代という名の使い走りとかね。ディーナ・フェルレッティの頃でいう〝側近〟から権力を削ったような立場かな」

氷菓から味がしなくなった。

「側近……」

「ディーナ・フェルレッティは幹部をあまり重視せず、その時々で身近に置く側近と好き放題していた。……そう、だから結果的には、あなたが僕をなかば強引に世話係に引っ張ったのも、彼女らしいふるまいと言えばそうだ」

彼女らしい。十年前の、ディーナ・フェルレッティらしい。

「……テオは、なぜ彼女が死んでいると、確信しているの？」

「……どういう意味？」

返事を受けてから、ディーナは我に返った。自分の口から無意識に出ていった質問のおかしさに、背筋を凍らせてテオドロの方を盗み見る。

彼はまだこちらに背を向けたままだった。本の少ない書棚から、一冊出してはパラパラとめくって元に戻す音が、規則的に繰り返される。

「あの、……アウレリオがディーナの生存を信じ切ってるのが気になって。ほ、本当に、ここに本物が現れたら、わたしはもう言い逃れできないし」

「……遺体があるのに、生きてると思う方が難しいだろう」

答えは振り向くこともなく寄越された。

本当に、それだけだろうか。

テオドロが自分のことを信じてくれているのは助かる。けれど、この慎重で冷静なテオドロが、こうまでディーナの死を疑わないのも妙な気がした。実際にディーナが生きているだけに。

「に、偽物の遺体だったり、とかは」

「なぜ？」

逆に聞き返されて、ディーナは一瞬、言葉を失った。

「なぜって――」

「なぜディーナ・フェルレッティが死んだ〝ふり〟をしなきゃいけない。そんな無駄なことをしても、誰も得しないのに」

こちらの答えを待たずに畳みかけられて、今度こそディーナは押し黙った。

背を向ける男の声からは、感情を窺《うかが》うことができない。その頑《かたく》なな様子は、喉を下りていった氷菓子以上の冷たさを伴っていた。

確かに、そんなことに何の意味があるのかと言われれば、それまでだ。強《し》いて誰かに得があったとするなら、遺体があると思われたおかげで今日まで追われなかったディーナ自身ぐらいだろう。

――まさか。

「例えば、ディーナ・フェルレッティ本人がこの家から逃げるために、実行犯となった男を巻き込んで一芝居打ったというなら別だけど」

考えが同じところに行きついたことに、ディーナはハッと身を固くしたが。

「でも、その可能性は低い。ディーナ・フェルレッティは死ぬ直前にも、外出先で見かけた青い目の子どもを、犬猫のように欲しがっていたとされている。とてもその夜逃げるつもりだったとは考えられない」

そこまで言ってから、テオドロはようやく振り向いた。

振り返ったその瞬間こそ、瞳には凍《い》てつくものがあったが、ディーナと目が合うとすぐに表情をやわらげた。

「遺体は河に浸かっていたせいで人相が変わっていたみたいだけど、ディーナ・フェルレッティの特徴だった金髪の持ち主だ。本物は、もういない。その点だけは、安心していい」

（……それが、何よりの偽物の証拠なのに）

思っても、口には出せない。ディーナは曖昧に頷いて、またひとさじ、氷菓子を口に運んだ。

ディーナには、テオドロがディーナ・フェルレッティの死を疑っていないというよりも。

そうでなければならないと、こだわっているような気がした。

第五章　慈悲の日曜日

「デートしようか」

嫌ですと、言うわけにもいかなかった。

午前中に庭園散策という名の抜け道確認を済ませたあとのことだ。貴族らしい、新鮮な魚介をふんだんに使った昼食の席で、アウレリオは大聖堂で開かれる慈善コンサートに誘ってきたのだ。

一体いつ、と身構えたら今日このあとだという。

「断っても良かったんだ」と、身支度のために部屋に戻るなり、テオドロは顔をしかめて言った。

だがディーナにしてみれば、犯罪の証拠を探すと決めた以上、相手との接近の機会を逃す手はない。

そもそも断ったら何が起きるか予想できない。

嫌だなんて言ってはいられないというのが、ディーナの言い分だった。


大聖堂で行われるコンサートは、国内の貴族たちが、その懐の広さと豊かさを競うように出資する。

なので自然と、大規模で豪勢なものとなる。

聖母子像や街の守護天使像が見下ろす礼拝堂に、並んだ少年少女たちの讃美歌《さんびか》が響く。建物前の噴水広場では出資者たちが手配した美しい細工物や、修道士たちが作った金の箔押《はくお》しの護符が売られていた。この日の売り上げは、鑑賞者たちの寄付とともに教会の福祉事業や修繕費に回される。

フェルレッティ家は慈善事業の一環として、代々このディアランテ最大の教会に多額の寄付をしてきた。そのため、大聖堂に赴く際は常に賓客の一人として二階のバルコニー席を使うことができた。

まるでオペラハウスにいるかのように、楽隊と一般鑑賞者たちを見下ろしながら、ディーナは苦い記憶の一端が蘇《よみがえ》るのを感じていた。

――十年前に、この街で過ごした最後の日は日曜日、ミサの日だった。

あの日も、ディーナは今日と同じように、二階から民衆を見下ろしていた。女王のように。

そこで指を差したのだ。あれが欲しい、と。後ろに控えていた、側近の一人に。

そうだ。

あのときそばにいたのは、外飼いの――ディーナを運河に落とした、あの男だった。

服の下に隠したままのロザリオが重く感じられた。息苦しさに耐えるように、ついさっき渡された真新しいロザリオを握る手に力を込める。

よりによって、なぜここに。

アウレリオも知っているのだろうか。妹が失踪した日がミサの日だったと。

軍が、テオドロが、それを知っていたのと同じように。

――苦々しい追憶から戻ってきたのは、すぐ隣から聞こえてきた穏やかな呼吸の気配のせいだった。ディーナは複雑な顔で首を巡らせる。

一般祈禱者《きとう》の使うベンチとは大違いの、座面に柔らかなクッションが貼られた肘掛け付きの椅子で、足を組み、頬杖《ほおづえ》をついて目を閉じる男の方へ、目を向ける。

隣に座る兄は、どう見ても寝ていた。

「……あの」

おそるおそる声をかけてみるが、伏せられた長いまつ毛はぴくりともしない。

振り返って、背後に立つテオドロに『どうしよう』の気持ちを込めて視線を送ってみる。が、護衛として指名されたルカや他の付き人同様に、彼は何も気付いていないかのようなすまし顔を崩さない。

ラウラは来ていないので、この罰当たりな寄付者に物言えるのは、この区切られた小さな区画では自分だけである。

「……」

放っておいた方が楽だ。

でも、十年シスター見習いとして過ごしたディーナには、神聖な場での居眠りというのはどうにも見過ごしづらかった。

「お、起きて」

意を決して、ディーナはアウレリオの肩を揺らした。心なしか、背後から『やめておけ』と囁《ささや》かれたような気がしたが。

結局、アウレリオがその緑の目を開けたのは、コンサートがすっかり終わった頃だった。

「記憶がない。私、どのくらい寝ていた？」

「……歌が始まってから今の今まで、ほとんどずっと」

本当に？　と呟《つぶや》くアウレリオはさして反省した様子もなく、ばらばらと聖堂の外に出始めた地上の人々を見下ろしている。ディーナはこっそり呆《あき》れ交じりの視線を向けた。

「いや、いつもはこんなに不真面目じゃないんだが、昨日は遅くまでルカと仕事を片付けていたものだから」

「仕事……」

あくび交じりの釈明に、なんの仕事だろうとルカの方を窺《うかが》い見るが、当然ながら痣《あざ》の男はこちらを一瞥《いちべつ》しただけで何も教えてはくれない。

十歳当時のディーナは、まだ仕事らしい仕事はしていなかった。

――いや、していた。でも具体的なことは何も説明されず、ただ諾々《だくだく》と書類にサインを書かされていただけだ。何かを決めたり、考えたり、意見を求められたりしたことなんてなかった。

側近と好き勝手、などと言われるほど、自分に決定権なんて――。

「それにしても、王都の修道会ともなると、行事の規模が半端じゃないよなぁ」

アウレリオの言葉に、俯《うつむ》いていたディーナは顔を上げる。

「私はこっちに来て迫力に驚いたんだが、ディーナは逆にレベルタに行って驚いたんじゃないか。

規模が小さくて」

「記憶がなかったもの。こういうものなんだ、って思ってたわ」

「あ、そうか」

一瞬ひっかけられたのかと思ったが、本当にディーナが記憶を失っていたことを失念していたようだった。

実際には記憶など失っていなかったので、確かにディーナはその落差に驚いた。とはいえ、当時は一命をとりとめたばかりだったので、素朴でささやかな行事の一つ一つへ深い感謝の念を捧《ささ》げていた。皮肉にも、大聖堂での豪華な行事よりずっと真剣にだ。

「私はここに来る前は、教会にいたんだ。神父の見習いとして」

それはテオドロに聞かされていたが、ディーナは「ふうん」と相槌《あいづち》を打つにとどめた。

「神学校に入る前にこっちへ来たから、聖職者の資格はないんだが。そこでもやっぱり慈善イベントは年に何回かあったんだ。準備だとか後片付けだとか、それこそ今くらいの時期は気がおかしくなりそうな暑さのなかで朝から手伝わされてうんざりしていたな。でも同時に、その日は庭に出したテーブルの上にお菓子が山と並べられてて、それが楽しみだった」

「ああ、そうね」

ディーナも覚えがあったから、共感の言葉は自然と口から出た。

「でもなぜか、なに食べてもまずかったんだけどね」

「まず……」

返事に窮するディーナを差し置いて、アウレリオは凝り固まった首を回しながら話を続ける。

「でも、いつも教会の手伝いに通ってくる無愛想な婆さんが作ってきてくれたイチジクのジャムだけは美味しかったから、とりあえず全部の菓子にそれをつけて食べてたな。ボンボローニにも、カンノーリにも」

どちらも揚げた生地の中にクリーム類を詰める菓子だ。

「甘い物が好きなの？」

「いやだから、ちょっとまずかったからだってば」

「まず……」

「あるとき婆さんに、これバザーで売ったらどうかって提案したら、食べ物で利益を追求するのは卑しいことだって切って捨てられた。子ども心にはそれでなんとなく納得していたんだが、まぁ小さい瓶を煮沸して、ジャム詰めて運んでってのが億劫《おっくう》だったんだろうね」

ディーナは言葉少なに話を聞きながら、内心困惑していた。

なぜ急にこんな話を始めたのだろう。何が言いたいんだろう。確かに、内容はシスター見習いのディーナにはなじみ深いが。

しかし陛下を見つめていたアウレリオは、ディーナの疑問など知る由もないという顔で椅子から腰を上げた。

「さて、我々も外に出るかな」

すかさず屈強な護衛の一人が「挨拶に行かれますか」と後ろから問いかける。

「しない。ニコラがディアランテに来てる間は、あいつに対応させればいい。そういう仕事だろう」

ニコラが対応。この大聖堂の関係者にも、外飼いがいるということだろうか。

護衛とアウレリオのやり取りの背後に暗いものを感じ取りながら、ディーナも黙って立ち上がったのだが。

「あのイチジクのジャムに似た物は、こっちじゃ意外と見つからないな」

陛下からの喧騒《けんそう》で聞き逃しそうな、かすかな呟きに、思わず口を開いてしまった。

「あなたに食べさせてあげるために、売らなかったのかもしれないわね」

アウレリオが振り返った。

「ん？」

「……その、ジャムのお婆さん。慈善バザーで出すようになったら、主催側の教会の見習いが自由に食べるわけにいかないでしょう」

余計なことを言ったかもしれない。そう思いながらも、言ったものは取り消せない。ディーナは少しの気まずさを噛《か》み締めながら、ほそぼそと答えた。

「わたしのいた教会でも、毎年手作りのレースや香水をバザーに出したりしてたけど、お庭にはやっぱり街の方が持ってきてくれたビスコッティとかアマレッティとか並べて、それをみんな自由に食べてよかったの。神様へ捧げたものだけど、神様は飢える民衆には施しを下さるからって」

「ああ、教会で食べ物売るなってそういう意味なんだったたね」

忘れていた、と男が呟く。

「ディーナもお菓子、作ってた？」

「シスターみんなで、朝からひたすらクロスタータを焼いてたわ」

「ああ。あれ端が崩れやすいよね」

――わたしの作るクロスタータは、しっとりして、結構好評だったのよ。

なんて言葉は、日傘を差し出してきたテオドロの顔を見たときに、なんとなく喉の奥に引っ込めた。

従僕に徹するテオドロの表情からは、何を考えているのかは推し量れなかった。

正面入り口の混雑が収まってきたころを見計らって、大聖堂を出る。すると待ち構えていたように、付き人の一人に修道士が寄ってきた。ルカがアウレリオの盾になるように進み出て対応する。

過去に会っているかもしれないからと日傘で顔を隠しながらも、話の内容にこっそり耳を澄ませようとしたときだった。

アウレリオが囁きかけてきた。

「ねぇディーナ、ちょっと走れる？」

夏用の薄手の上着を、テオドロの方に押しつけながらの言葉だった。

「え？」

「露店見に行こ」

そう言うやいなや、身軽になったアウレリオはディーナの手を摑《つか》み、強く引っ張って人混みの中に突っ込んでいった。とっさのことで、ディーナの足は転げるように兄の後を追うしかなかった。

「ディーナ⁉」

テオドロの声は、あっという間に遠ざかった。

「ルカたちがいるとゆっくり見られない」

護衛を撒《ま》いた理由を、アウレリオはそう話した。やはり何も悪いと思っていないような態度だった。

「戻りましょう！　きっとテオ、心配して探してる」

「させとけ。それが仕事だ」

ニコラのときと同じように、アウレリオはそう言い切るだけだ。

立ち並ぶ露店の前でやきもきしながら、ディーナは眉を下げて周囲を見渡した。

周りはほかの客が動く壁になって幾重にも重なっている。テオドロと言えども、見つけるのに時間がかかるかもしれない。

アウレリオはというと、台の上に並べられた装飾品を興味深そうに眺めている。

どうせうかつに動けない。ディーナはため息を吐《つ》いて、兄の隣に並んだ。

「……ラウラさんに買っていくの？」

「いや、あの子は僕と違って生粋のお嬢様育ちだから。ブティックの奥にしまわれてるような高級品以外を贈ったら『とうとう破産したの？』って聞いてくると思う」

「じゃあ、あなたが欲しいものでも？」

「いや、もう十年この街にいるけど、ちゃんと見たことなかったから」

そう、と答えて、ディーナも視線を台の上に向ける。本物の宝石を使っていると店主は話すが、粒が小さいのでそんなに高いものではないだろう。

いや、でもシスター見習いには贅沢品《ぜいたく》だ。

(金銭感覚がおかしくなったら、教会に戻ってからのお買い物で苦労するわ)

「ディーナこそ、なんか欲しいものでもあった?」

「え、あ、いえ」

言われて、自分が小さな緑の宝石が埋め込まれたラペルピンを見つめていたことに気が付いて、すぐに目を逸《そ》らした。

けれど相手にはしっかり見られていたらしい。

「エメラルド? フェルレッティ家の人間に縁遠いなぁ」

「え、そう?」

ディーナの頭には、今朝ルカを通して渡された仕込み指輪のことがあったのだが。

「癒やしの守護天使の色じゃん」

「ああ……」

確かに、得体のしれない薬を持ち歩く一族にはふさわしくない。ディーナは乾いた声で同意した。

ところが、アウレリオは『縁遠い』と言ったのとまったく変わらない調子で店主に声をかけた。

「それはいくら?」

ディーナは驚いて、隣に立つ兄を見上げた。

「使うの？」

「うん」

「あなたが使うには……安物じゃない？」

店主に聞こえないよう後半は声をひそめる。

するとアウレリオは、鼻歌でも歌い出しそうな機嫌のよい笑顔を向けてきた。

「妹がお兄様に選んでくれたものに安い高いはないだろう」

「……」

「……もしかして別の男にあげたかった？」

「違うわ」

眉を寄せて否定すると、「じゃあ私がつけても問題ないね」とアウレリオは笑った。

別に、誰かに贈るつもりで見ていたわけではない。

けれどいやに楽しそうな横顔に、ディーナは水を差すようなことは言えなかった。

（なんのつもりなの）

ディーナは混乱していた。アウレリオ・フェルレッティの考えていることがまるでわからない。

なんだか、本当に妹と会えて嬉《うれ》しそうに見える。

『油断しないで』

テオドロに言われたことを思い出すが、一体何に気を付ければいいのか。食事に毒は入っていなかったし、出かけても、二人きりになっても何もされないのに。過去にディーナを殺そうとしたことすら、『自分は関与していなかった』と言われたのに。

テオドロに見えているアウレリオと、ディーナに見えているアウレリオは、まるでかけ離れているとしか思えない。

けれど、ディーナ・トスカをフェルレッティから守ってくれるのはテオドロだ。彼に従うことが、あの屋敷を出て平穏な生活に戻る、唯一の手段だ。

——本当に、そう？

ふと、自分の中で囁く声があった。

——このまま、あの屋敷で生きていくことも、できるんじゃない？

（そんなこと、できるわけないわ）

問いかけを即座に否定する。フェルレッティはまともではない。自分にとっても安全な場所ではなく、外でせっかく築いた平穏な生活を捨てるなんてありえない。

田舎街に住む平凡なシスター見習い、ディーナ・トスカ。誰からも傅《かしず》かれず、誰からも憎まれない。

テオドロが必死になって守ろうとする、善良なもの。

それを、自分自身がないがしろにするわけがない。ディーナはだれともなしにそう言い聞かせた。

けれど、またどこからか声が忍び寄る。

——でもそんな女、生きるために作り上げた架空の人物でしょ？

どくん、と、鐘楼の鐘のような鼓動が、内側から体を揺らす。

胸の内の囁きは、ディーナ自身の声に似ていた。それは蛇のように、硬直した思考に絡みついてくる。

家族が一緒に暮らすのは普通だろう、と言われて、何も思わなかったかと。

（何も思わない。この人を、家族だなんて思ったことはないもの）

目の前で、ディーナの見ていたラペルピンを受け取る、銀髪の男。その横顔を見て、ディーナは心の内の声をもう一度、強く否定した。

実際、兄妹などと言われても実感は湧かない。

たとえ、向こうがディーナを妹だと思っていても。

たとえ。

本当の自分を、受け入れて、歓迎してくれる唯一の場所だとしても？

「ディーナは何か欲しい？」

言われて我に返る。

向けられた笑顔に、考えごとを見透かされたような気になった。たまらず視線を逸らして「何もいらない」と答える。

「それはないよ。ここでの散財は慈善活動なのに」

言われて視線をさ迷わせると、すみに置かれたラピスラズリのロザリオが目に入った。青は聖母の加護を表す色だ。

青。

『あなたは、罪深い蛇』

——声が頭の中に蘇《よみがえ》ったと同時に、背中にどんとぶつかられる衝撃があった。ディーナはハッと目を見開き、手のひらを見て、そして急いで背後を振り返った。そこには途切れない人の波しかない。

「ディーナ？」

ディーナはアウレリオの声を無視して、人混みの中を割って歩いた。ほどなくして、周囲の大人に翻弄されるように歩く十歳前後の子どもを見つけた。粗末な身なりの少年だ。ディーナは急いで駆け寄った。

「あなた、怪我《けが》してるの？」

聞きながら、ほとんど確信していた。背中にぶつかられたとき、息を呑《の》むような声を聞いた。痛みに耐えたのだろう。

少年は驚いたようにディーナを見上げた。殴られたのか、痣だらけの顔だった。

ディーナから逃げようとしたが、走ると痛むのだろう、苦悶《くもん》した顔でその場にうずくまってしまった。

「こっちにきて」

ディーナは少年の腕をとり、どうにか広場のすみの、人の少ないところへと誘導した。そして警戒心をあらわにする少年の前で膝を地面につき、引きずっている方の足首を見て、顔をしかめた。

「血が滲《にじ》んでるけど、打ち身かしら。ここじゃ応急処置までね」

そう言うと、ディーナは胸元に飾られていたリボンを引き抜き、患部を覆う包帯代わりに使った。

怪我を保護し、改めて少年の顔を見る。頬は痩せこけ、肌は汚れていた。

「……孤児？」

不服そうに目を逸らし、少年は答えない。

「……この先に、白山羊の館って呼ばれている大きな屋敷があるはずなの。扉に山羊の絵が描いてある。集団でのルールが守れるなら、食事と寝る場所を分けてもらえるわ。教育もある程度は受けられる。もし、行っても身元を怪しまれたら、フェルレッティ家の人間に紹介されたと言ったらいいわ。ロザリオとリボンはその証拠として、職員に渡しなさい」

ぶつかった拍子にロザリオを盗《と》っていたことを指摘されて、少年は目を見開いた。

ディーナはそれ以上、何も言わなかった。静かに見つめられた少年は顔を歪《ゆが》め、睨《にら》み上げてから、ディーナの前からゆっくりと去っていった。

「覚えてたんだ？」

知らぬ間にディーナを見つけ、一部始終を黙って見ていたアウレリオが優しく問う。

「……白山羊の館が、フェルレッティ家が買い上げた土地の上に建つ孤児院だってことを？」

覚えていた。

ディアランテにいた頃のディーナは、側近に渡された書類へ指示されるままにサインしていた。内容などほとんど説明されなかったが、当然のように字は読めた。その中で、山羊がトレードマークの団体へ土地を譲る書類にサインしたことも、その土地の所在地を示していた番地も、ディーナは正確に記憶していた。当時のディーナにとって深い理由はない、山羊の絵が興味を引いただけだ。

アウレリオが止めなかったから、まだ孤児院はあるのだろう。

あの少年次第だろうが、せめて機会が与えられればいい。たとえそれが、フェルレッティ家が世間を欺くために作った偽善の施設で与えられるとしても。

ディーナは少年の行く末を思い、ひそかに手を組んだ。

「……そんな視野で、いったい何が見えてるんだか」

喧騒の合間を縫う、低い囁き。

ディーナは振り返った。アウレリオはとろけるような笑みでディーナを見つめていた。

「優しいね、ディーナは。目の前の人を、助けずにはいられないんだ？」

「……人として、当然のことよ」

アウレリオはからりと笑った。――一瞬感じた棘《とげ》を、気のせいだと思わせるのに十分な朗らかさで。

「そう言えるのはきみの美点だ。ああ、さっきの店にロザリオがあったね。あれを買って帰ろう」

「いらないわ」

ディーナははっきり断った。ないとミサのときに困るのだが、次の日曜日をあの屋敷で迎えるなら、それはそのときに考えればいい。

そもそも、本当は持っているのだ。ずっと。この十年間、ディーナは十字架を持ち続けてきた。

アウレリオも今度は追及しなかった。

「じゃあ、帰ったらもっとかわいいリボンのついたドレスを作らせよう。その髪の色に合うように」

何と言って遠慮しようかと思っていると、広場の人混みからテオドロとルカが現れた。散々広場を探し回ったのだろう、遅れて出てきた付き人たちも含めて全員汗だくだった。

「……すみません、テオドロが見失ったばかりに」

「……到着が遅れて申し訳ありません、アウレリオ様、ディーナ様」

一瞬険悪な視線を交わし合ってから神妙な顔で謝った二人に、アウレリオは「はいはい」と笑うだけで、咎《とが》めはせずに馬車停《ど》めへ歩き出した。本当に、他人を振り回してもなんとも思っていなさそうだ。

「ご不便をおかけしました、ディーナ様」

テオドロが、日傘をディーナの頭上に広げながら真剣な目で案じてくる。

「大丈夫よ」

「リボンは？」

ディーナは焦った。言えない。田舎のシスター見習いが、王都の孤児院に詳しいわけがない。

「落としちゃったみたい。ロザリオと一緒に」

アウレリオがちらりと振り返ったが、何も言ってこなかったのでホッとした。

テオドロもそれで納得したようだった。彼への嘘《うそ》を増やしたことに、ディーナは胸の内のざわめきを感じていた。

だが、ディーナの抱えていたもやもやとしたものは、帰りの馬車の中ですべて吹き飛ばされた。

「そうそう。私は今夜、リッツィア侯爵家の宴会に招かれているから、夕食は一緒に食べられないんだ」

そう、とどうでもいいことのように答えながら、心臓は、さっきとは別の意味で激しく高鳴っていた。

今夜、フェルレッティ邸は、屋敷の主人が留守になる。証拠品のリストや帳簿を探すには、絶好の機会ではないか。

これこそ、神の思し召しかもしれない。

第六章　冷たい手

屋敷に戻ったのはすっかり日も暮れた頃だった。

アウレリオは出迎えたニコラやベルナルドに「ディーナにプレゼント貰《もら》っちゃった。何かって？　秘密」と上機嫌に言いふらしていた。

自分が買ったわけじゃないと慌てて訂正しようとしたが、そこでラウラが現れてアウレリオがまた深いキスを始めてしまう。

人目を気にしない傍若無人ぶりにいたたまれなくなり、ディーナはテオドロを伴って逃げるように階段を上った。今はとにかく今夜のチャンスをテオドロに伝えるのが最優先事項だ。

知らず歩みが早くなるディーナの鼻先を、修復から戻された絵画の放つ、真新しい絵具の匂いがかすめていく。

しかし部屋に入るなり、テオドロから思いもかけない言葉を聞かされた。

「仕事？　これからってことは、夜中まで？」

「ああ。ルカの仕事へ同行するよう命じられた。あなたはこの部屋から、けして出ないでくれ」

どこか硬い表情のテオドロが部屋を出ていこうとする。ディーナは慌てて食い下がった。

「い、いつ頃戻るの？」

「何日もかかるわけじゃない。夜明けよりは早いだろうし、そうでなくてもなるべく急ぐ」

つまり、とてもではないが、早い時間には戻ってこられないということか。

日付をまたぐ頃には、アウレリオは屋敷に戻ってきているだろう。せっかくだが、諦めるしかない。

でも、今夜を逃して、果たして次に好機が巡ってくるのはいつだろう。

(……言うだけ言ってみる?)

いや、無駄だろう。仕事はアウレリオの指示なのだから、従僕の一存で中止にはできない。

それに、言えばテオドロは、ディーナが今夜の状況に乗じたい気持ちを察するだろう。そしてまた釘《くぎ》を刺してくる。当然だ。彼の目には、ディーナは無力なシスター見習いにしか映っていないのだから。

そうではないことは誰よりも、自分がわかっている。自分しかわかっていない。

無言で決意を固めたディーナは、テオドロに微笑みかけた。

「気を付けてね、テオ」

怪我《けが》をしないようにと祈りを込めて言えば、応えるようにテオドロもかすかに目元を和らげる。

そしてその唇から、予想外の言葉が出てきた。

「……クロスタータ、今年も作るの?」

ディーナははたと固まり、そして思い当たった。大聖堂でのアウレリオとの会話を受けての問いだと。

「え、ええ」

こんな事態になっていなければ、そのつもりだった。今も、レベルタのシスターたちがレースを編みながら、フィリングに使うジャムの味を話し合っていることだろう。

それがどうかしただろうか、と首を傾《かし》げていると。

「じゃあ、」

テオドロは口を開き。

――それから、声を発することなく唇を閉じ。

そしてすぐにまた口を開き直した。

「……ここから、早く帰らないとね」

優しい声だった。ディーナを安心させようとするときのものだと、この数日で身をもって知っている。

だがディーナには、テオドロがたった今別のことを言おうとしたように思えた。

けれど、そのことを問い詰めさせまいとするように、テオドロはすばやく身を翻し、音も立てずに部屋を出ていった。

仕事のことも言いかけてやめた言葉も気にかかったが、ここで心配していても仕方がない。ついていくわけにもいかないのだから。

それに、他人のことばかり気にしている余裕はない。ディーナはそっと深呼吸すると、拳を握りしめて己を鼓舞した。

「神様、今だけは、盗みに入る罪をお許しください……」

小声で呟《つぶや》いて、ディーナは真っ暗な当主の部屋の中、小さな燭台《しょくだい》を手に歩を進めた。心臓がどきどき鳴っている。罪悪感のせいか、誰かに見られているような気さえする。だが千載一遇のこのチャンスを前にして、引き返すわけにはいかなかった。

ところが、物音を立てないように書き物机の引き出しに順々に手をかけていきながら、ディーナはあてが外れたことをひしひしと感じ始めていた。

(嘘《うそ》……。ほとんど鍵がかかってる)

部屋に入るのは簡単だったのに。

戸棚も、鍵のない場所には未使用の紙類や文具類があるだけで、収穫はほとんど得られなかった。意外とこういうところに鍵がないかしら、と絨毯《じゅうたん》の端をめくりあげてみるが、田舎の民家の合鍵のようには見つからない。

ディーナは落胆し、もう一度部屋を見渡した。

かつて自分が使っていた部屋だから、調度品の配置には見覚えがあった。引き出しの鍵穴もそう新しくなく、自分がいた頃から変わっていないだろう。

でも、ロザリオ以外には何も持たずに放り出されたディーナが、当時の鍵を持っているはずがない。屋敷のどこかにしまわれている可能性もあるが、アウレリオ本人が持ち歩いている方がありえそうな気がした。

(現物は手に入らなくても、せめて、リストや帳簿をしまった場所がわかれば)

そこまで考えて、ふと、この部屋にはないのかもしれないと思い至った。

テオドロは一年近くここにいると言っていた。探し物の在《あ》り処《か》として、当然真っ先に当主の仕事場を疑ったはず。

誰より知識もあり手際もいいであろうあの男が探し出せなかったものを、土壇場でやってきたディーナが単独で見つけられるわけがない。

それこそ、テオドロが見落としてしまいそうな場所でもない限り。

――フェルレッティ家の当主を担う人間にしか、わからない場所でもない限り。

「……アウレリオが、他人に触らせない場所で、テオが気が付かない……」

部屋は、ディーナの記憶の中と大差はない。

けれど、まったく違和感がなかったわけでもない。

(入ったときから、なんだか妙に落ち着かなかった)

部屋には誰もいないのに、誰かに見られているような感覚。

ディーナはもう一度、注意深く部屋を見渡し、そして気が付いた。

(あんなところに、鏡なんてなかった)

違和感は、壁に作りつけられた鏡のせいだったのだ。そこに映ったもう一つの明かりと自分自身の影が、ディーナに他者の存在を錯覚させていた。

ディーナは鏡の前へ移動した。天使と植物の彫刻が施された美しい額縁に手をかける。動かない。考えすぎか。

もう部屋から出るべきかと、諦念が頭に過《よぎ》る。二階の自室の窓から脱出してきたが、グズグズしていたら見張りに気付かれるかもしれない。

鏡の中では、やるせない顔つきの女が蠟燭《ろうそく》の炎にぼんやり浮かび上がっている。ディーナは名残惜しむように右手で縁をもう一度撫《な》でた。

そのとき、指先に当たった彫り物はイチジクだった。昼間の会話を思い出す。

いっそアウレリオ本人に、仕事の手伝いを申し出てみた方が楽に探れるかもしれない、なんて大胆なことを考えたとき。

手の中のイチジクが、わずかに動いた。

ディーナは全身が総毛立つのを感じながら、イチジクに力を込める。それは周囲の葉の彫り物を置き去りに、差し込まれた鍵のように回った。

鏡の裏で、カチリ、と小さな音がした。その音が屋敷中に響き渡ったような気がして指先が凍りつく。

が、次の瞬間、鏡の右端が浮き上がり、まるで左辺を軸にした扉のように手前に開いてきた。

「……あった」

鏡の裏には壁紙ではなく、鋼鉄の扉が作りつけられていた。取っ手らしき輪の下には鍵穴がある。

間違いない。ディーナは、この中に重要なものがあるのを確信した。それも、一貴族の仕事として表に出すわけにはいかないものが。

鍵はないからこれ以上は望めないが、これだけでもテオドロの役に立つことができるのではないか。高揚感がじわりと胸に湧き上がる。

しかしそれは、背筋をぞくりと駆け抜けた悪寒に一掃された。

大急ぎで鏡の扉を元のように戻すと、すばやくバルコニーに向かう。燭台の火を消してカーテン裏に身を滑り込ませて、身を固くする。

それから間もなく、部屋の扉が開く音がして、誰かが中に入ってきたのがわかった。ディーナの心臓が早鐘を打つ。

（まさか、アウレリオがもう……⁉）

ヒヤリとしたが、そうではなかった。入ってきた人物は部屋のランプを一つだけ灯《とも》し、それ以外の明かりには手を付けずに書き物机へと寄っていった。カチャカチャと小さな金属同士が当たる音がしたかと思うと、素早い擦過音《さっかおん》が続く。

それはまるで、片っ端から鍵を開け、引き出しを開け閉めしているかのよう。

ランプのほんのりとした明かりをカーテンの向こうに見ながら、ディーナは、この人物が自分と同類だと直感した。

相手も、アウレリオに隠れて何かを探しに来ている。

――まさか、テオ？

一瞬、そんな希望が頭をもたげたが、それは違う気がした。荒々しい引き出しの開閉音が、彼らしくない。

（それに、この香りって……？）

カーテンを開けて確かめたいが、少しでも動けば相手に気付かれてしまう。

ディーナは息を詰め、額に暑さとは違う汗をかきながら、見つからないようにと手を組んで祈った。

そして、長いのか、短いのかもわからない時間が過ぎ。

ダンッと机を叩《たた》く音がした。ディーナは身を震わせたが、カーテンを暴かれることはなかった。

侵入者はランプを消すと、ディーナがひそむバルコニーには目もくれず通りすぎていく。

そして、二度目の扉の開閉音を最後に、執務室には静寂が訪れた。


執務室を出て、廊下の窓から庭を突っ切り、ディーナは大急ぎで自室へと向かっていた。

人の目がないことを確認し、降りたとき同様に木を伝って二階の部屋の高さまで上がり、バルコニーへと降り立つ。

月の位置から、まだ夜明けは遠いとわかる。けれど一刻も早く、ディーナはテオドロに会って話したかった。その逸《はや》る気持ちが体を動かしていた。

怪しい隠し場所を見つけた。

誰かがアウレリオの部屋に入り、何かを探していた。

ガラス戸とカーテンをすり抜けて戻った寝室は、抜け出たときと変わらず真っ暗だった。

廊下の見張りに気付かれていないことに、ディーナはほっと胸を撫《な》でおろし。

そして、ぎくりと固まった。

部屋に人がいる。

今度は、本当に間違いなく。

恐怖と焦りでザッと血の気が引く。震える足で、バルコニーへと後ずさろうとした、そのとき。

「ディーナ」

暗闇から聞こえてきたのは、テオドロの声だった。

緊張が、ふわりと溶けて消える。

「っテオ、良かった！　ねえ聞いて、さっき……」

ディーナは安堵《あんど》とともに声のもとへ駆け寄った。はしたないなどと考える暇もなく、相手の手を掴《つか》み。

――その手の冷たさに、驚き、思わず手を引こうとして。

「……どこにいたんだ」

逆にきつく掴み返され、身動きが取れなくなった。

予想外の重い声音に、ディーナは戸惑いながら答えた。

「執務室よ」

「なんでそんなところに？　誰かに呼び出された？」

ディーナはぶんぶんと首を振った。

「こ、今夜はアウレリオがいないから、チャンスだと思って」

「一人で行ったっていうのか？」

手を掴む力が強くなる。ディーナは骨の軋《きし》む感覚に思わず眉をひそめたが、見上げた先のテオドロの表情に息を呑《の》む。

薄暗闇をものともせず、前髪の隙間から射抜いてくる眼光。それはいつも、フェルレッティ家のことを話すときのテオドロの目に宿るもの。

それが、今は目の前のディーナに向けられている。ディーナ・トスカに。

焦りと緊張に全身が支配されていく。貼りついて凍りそうな舌を、ディーナはなんとか動かした。

「ええ、わたし、そこで証拠の隠し場所を見つけられたと思うの。鏡の裏よ」

ディーナはそのまま執務室で見たものを、侵入者が来たことまで含めて一気に話し切った。少しでも間を空けたら、テオドロの緊迫した雰囲気に飲み込まれて、何も言えなくなりそうだった。

だが話し終えても、テオドロは黙りこくったままだった。ディーナは不確かな情報も恐る恐る付け足す。

「その侵入者、背格好とかはわからなかったんだけど、不思議な香りをさせてたの。うまく言えないんだけど、知ってるような……ありえないんだけど、レベルタでときどき、嗅いでいたような気がして」

「……なるほど。わかった」

ディーナは、相手がまったく喜んでいないことをひしひしと感じ取っていた。

「……誰にも見つかってないわ」

「だろうね。見つかってたら死んでる」

ぞっとするほど低い声に、喉が詰まる。

「いや、多分まだ死んでない。楽には殺されず、今まさしく拷問の真っ只中《ただなか》にいたかもしれない」

これまで、男はディーナを極力怖がらせないように、聞かせる言葉を選んできていた。

その気遣いが、消えている。

怒っているのだ。隔てるものなく自分に向かうその感情に、ディーナは逃げ場のない恐怖を感じていた。

「今夜は、部屋から出るなと言ったじゃないか。証拠を、積極的に探したりしないでと、何度も言ったじゃないか」

「でもあなたは今夜、動けなかったから、」

「だから、ここを動くなって言っただろう」

「そうだけど、でも何かしたくて」

「僕はあなたに協力してもらっているけれど、それはアウレリオの妹のふりをすること、ただそれだけだ。帳簿やリストの話をしたのは、こんなことをさせるためじゃなかった」

テオドロの声はけして荒々しくはない。けれど、その言葉の一つ一つが、水責めのようにディーナに迫ってくる。

息苦しかった。自分の言いたいことが伝わっていないのも感じて、ディーナはいたたまれなさにもどかしさを募らせ始めた。

今は、隠し戸棚の鍵のことを考えるべきだと思うのに。

なのに。

「期待してるとでも思ったのか？　僕が、あなたに手先となって動いてもらうことを」

「っ、わたしだって、別に手柄が欲しくてやったわけじゃない、危険だってこともわかってたわっ。だから慎重に動いたし、実際に誰にも捕まらなかったし、それに、」

弾《はじ》かれたように言い返したディーナの口を、大きな手のひらが素早く塞ぐ。ディーナは我に返り、外には見張りがいると思い出した。

「……どこかに連れて行かれたのかと思った」

ディーナが黙ったことと、廊下で異変が起きていないことを確認するための沈黙を、テオドロはゆっくりと破った。

「フェルレッティに嘘がばれたのか、それともこの家の敵がここまで来て攫《さら》っていったのか。生きているのか。死んでいるのか。生きていても、どんな目に遭っているのか。何もわからなかった。ディーナ、フェルレッティ家への潜入は、僕が初めてじゃない。過去にも何人も試み、そしてみんな失敗して、死んだ。あなたが思うより、任務はずっと難しくて、危ないんだ」

テオドロの言うことは至極まっとうだ。ディーナが十年間ここにいたことを知る由もないのだから、今夜のことを軽挙だと怒るのも、無理はない。

沈黙の中、ディーナは無力感を嚙《か》み砕いて飲み込むと、小さな声で謝罪した。

「勝手なことをしたのはわかるわ。心配させて、ごめんなさい」

「二度としないでくれ」

「……ええ」

「これからは、僕の言うように動いてくれ。なるべく早く、ここから出られるようにするから」

ここから出る。もとの生活に戻る。

そのために必要なのが、フェルレッティを完膚なきまでに潰《つぶ》すこと。

十年間家から離れていたディーナ・フェルレッティも含めて。

――目の前に、本物がいるとも知らずに。

「でもあなたは、鏡の裏に気が付いてなかったじゃない」

気が付くと、ディーナは自分でも驚くほど低い声でそんなことを言っていた。

でも事実だ。隠し戸棚は、ディーナがかつてここで暮らしていたからこそ、気が付くことができた。

ディーナ・トスカが、ディーナ・フェルレッティだったからこそ。

「それは、」

「ねえ、今夜はどこに行ってたの？」

「それは知らなくていい」

立ち入りを拒む硬い声。ディーナは自分の予想が当たっていることを確信した。

「どこかで人を殺したの？」

「なんでそう思った」

「手が冷たい。まるで血が冷たいみたいに」

ぴくりと、まだディーナの左手を摑んでいたテオドロの右手が動く。それを、ディーナの右手が上から押さえる。

「あなたはアウレリオを極悪人みたいに言うけれど、あなたとあの人とが、どれほど違うのかが、わたしにはわからない。目的があれば、あなたにとって殺しは罪ではないかのよう」

耳の奥に、列車の上で聞いた銃声が蘇《よみがえ》る。

テオドロは、ディーナ・トスカにとっては護衛でも。

ディーナ・フェルレッティにとっては、暗殺者だ。

「あなたはフェルレッティに罪を償わせたいの？　それとも、みんな自分で殺したいの？　結果が同じなら、なるべく後者を選択したいように見える。だからリストや帳簿の場所がわかっても、嬉《うれ》しくないように見える」

言葉は次々に口から溢《あふ》れて、止まらなかった。自分でもはっきり捉えられていなかった感情が、ここぞとばかりに形を成して並べられていく。

摑んだ手は冷たいまま、それ以上動こうとはしない。

「ここにいるあなたを突き動かすものが、わたしには、任務でも正義感でもなく、憎しみのように見える。とにかく、誰かを殺したがっているみたいに見える」

——月が雲に隠れた。

完全な闇が、互いの目の色も、視線の位置もわからなくさせる。

「殺したがり、か」

するりと、テオドロの手がディーナの手から抜けていく。

「否定はしづらい。実際、僕はこの任務の中で必要とする犯罪行為は、事後にも罪に問われないことになってる。それこそ殺しも」

テオドロの声は、相変わらず一定の落ち着きを保っていた。

「……今夜はフェルレッティの一員として、列車襲撃をけしかけた組織のアジトへ報復に行っていた。人も死んだよ。新聞にも載るだろう、フェルレッティとは結び付けられない形でね」

ディーナの背後で、バルコニーのカーテンが揺れる。ガラス戸がかすかに開いていた。

月明かりが戻り始める。部屋に差し込む無機質な光に、男の首から下の輪郭があらわになる。

着崩れて露出した首すじに、刻まれた蛇があらわになる。

「今朝、僕がしていた仕事。雑務だと言ったけど、実際には昨夜礼拝堂で拷問死した、襲撃犯の骸《むくろ》の後片付けだ。とても正規の葬儀になんて出せないありさまだった」

それが、礼拝堂の地下に行かなかった理由だとわかった。

ディーナは何も答えなかった。テオドロも、ゆっくりと話しながら、答えを待とうとはしなかった。

「もしかしたら明日の朝、僕はアウレリオから命じられて、変わり果てたあなたを礼拝堂から片付けることになっていたかもしれない。そうなっても、僕は顔色一つ変えずに仕事をこなす。もし奴らからあなたとの関係を問いただされても、嘘を吐《つ》いてやり過ごすだろう。この任務を続けるために」

部屋に、夜風が流れ込んでくる。ぬるい風が頬を撫でた。

「……あなたを守れなかったとしても、罪には問われないだろうけど」

カーテンが擦《こす》れる音とともに、月光の差し込む位置が変わる。

「この部屋に来て、あなたがいないと気付いたときの、僕の恐怖がわかるか」

冷たい光は首を離れ、その顔を一瞬だけ、青く照らした。

「……八つ当たりだ、すまない。僕のやることがあなたの信頼に値しないのは、僕の責任なのに」

一方的に話しながら、テオドロはそこで少しだけ、穏やかな声を出した。——なにかを諦めたようにも聞こえる声だった。

「隠し戸棚の鍵には心当たりがある。すぐに調べるよ。見つけてくれて、ありがとう」


男は、窓から出ていったのか。気が付くと、部屋にはディーナ一人が残されていた。

吹き込む風に髪が煽《あお》られ、寝巻きが揺れて、ようやくディーナは正気に戻ったような気がした。

というのも、どっと後悔が胸に押し寄せてきたからだ。

(わたし、どうして、あんなことを言ってしまったの)

手が冷たいから、血が冷たい?

そんなわけない。

『また手が冷たくなってきた。緊張が抜けないか』

あの人は、緊張していたのに。
ディーナの身を案じて、恐怖していたのに。
『殺したがり、か』
否定しづらいと言っていた。
そんなはずないのに。
そのことを、ディーナは知っていたはずなのに。
――巻き込まれた一市民を、むざむざ抗争のど真ん中に置き去りにしたりしない。
――そういう人のために、命張るのが僕の仕事で、存在意義だから。
自分がここに来た理由は、彼がそういう人間だと知っていたから、なのに。

第七章　悪魔の手綱

朝になったら、ちゃんと謝ろう。

朝食の時は二人きりになれるから、そのときに。

そう思っていたのに、ディーナが寝室で着替えを終え、テオドロを呼ぼうとしたその時、続きの部屋にノックの音が響いた。

寝室のドア越しに様子を窺《うかが》うと、部屋で朝食の準備をしていたテオドロが対応にいくところだった。

「ラウラよ。ディーナ様にとりついでちょうだい」

「お嬢様はまだ寝ておられます」

ラウラ。夕食の席で、アウレリオが恋人と言っていた女性。

何の用事か気になったが、テオドロは追い返そうとしている。ディーナは大人しく、寝室の扉に張り付いたまま、姿を見せないでいようと決めた。

けれどラウラは引き下がらない。

「薬の補充に来たと言ったら、きっとすぐに起きてくると思うけど」

薬。一日一回、忘れずにとルカが言っていた。

ディーナは時計を見た。八時前だ。

「ルカが念押ししたはずなのに、のんきなご主人ね。……もしかして最初の一錠も飲んでなかったり」

「テオ！」

ラウラの指摘に肝を冷やしたディーナは、とっさに寝室から出てテオドロを呼びつけていた。

テオドロが従順に扉から離れれば、ラウラも猫のようにするりと部屋に入ってくる。その足はテオドロを追い越し、ディーナへと先に向かった。

「どうせ同じ薬なんだから、そんなに慌てなくてもこれを飲ませなさいな。もともと持っていた分は、明日に回して」

そう言って、ラウラは持ってきたピルケースをさかさまにして、錠剤をディーナに渡した。指輪の中に入っているものと同じ、白い小さな粒だ。

既に今日の分の薬は持っているし、ルカもそれをテオドロに与えろと言ったはずなのに、なぜ？

ディーナは迷ったが、ラウラにじっと見られていては拒否もしづらい。それにどうせ、テオドロは飲まないと思い至ると「ご丁寧に」と礼を言って、テーブルの上の水と一緒にテオドロへ持たせた。

ラウラの視線は薬を追って、テオドロの右手に注がれている。

何も見逃すまいとする鋭い視線に、ディーナは気が気ではなかったが、テオドロは何食わぬ顔で薬を口に入れて水で流し込んだ。そういう演技だと、ディーナは自分に言い聞かせる。

ようやく、ラウラの目がテオドロからディーナへ移った。

「朝食前におしかけて、気を悪くなさった？」

「いいえ、わざわざありがとう。……よかったら、コーヒーでも飲んでいかない？」

それは朝一番の訪問者に向ける礼儀の言葉だ。本当に仲のいい友人以外は、礼だけ言って遠慮するもの。

形ばかりの誘い文句に、ふっとラウラが苦笑したとき、またしても部屋にノック音が響いた。

「テオドロ、ちょっといいか」

ディーナとラウラに目礼した男がそう言うと、テオドロはそちらに向かう。二人の会話は小声で、ディーナには聞こえなかった。かろうじて拾えたのは、男の「すぐに対応を」と促す言葉だけだ。

昨日の様子から、テオドロはディーナをラウラと二人きりにしては行かないだろうから、断るだろうか。

だが、そんな予想を立てていたディーナのもとに戻ってきたテオドロは、思いもかけない言葉を囁《ささや》いた。

「すみません、お嬢様。少し席を外します」

「え？」

目を丸くして見上げた先の、テオドロの表情はいたって落ち着いている。

なんと返せばいいかわからないディーナの代わりに、ラウラが「行ってらっしゃい」と送り出す言葉を述べた。

「アウレリオは昨夜帰ってこなかったから、わたし暇なの。あなたが戻るまで、ディーナ様とご一緒するわ。朝食もまだでしょう？　コーヒー、いただくわ」

「かしこまりました。ディーナ様、すぐに戻りますので、……お気を煩《わずら》わせませんよう」

それきり、テオドロはなんの躊躇《ちゅうちょ》もなく、部屋から出ていってしまう。

閉まりゆく扉を、ディーナは呆気《あっけ》にとられて見ていることしかできなかった。

（ラウラ・モンタルドのことは、信用してもいいってこと？）

とたんにそわそわと落ち着かなくなったディーナの耳に、テーブルのコルネットを勝手に齧《かじ》ったラウラのくぐもった声が届く。

「これから幹部会に向けて客人がぞくぞく到着する予定だから、そのことでしょうね。みんなあなたに挨拶しに来るのよ。それより、ねぇ。せっかくだから温室に行きませんこと？　十年前との違いを楽しんでほしいわ」

思わぬ誘いに、ディーナはさらに焦る。

「わ、わたしはいいわ。お一人で楽しんで」

「そんなこと言わないで。テオドロに、『ここで』待ってると言ったわけでもないじゃない。異国の珍しい花も見頃だし、いいでしょ？」

蔓《つる》のように巻き付いてきたラウラの細い腕は、鎖《くさり》のように固く絡みついてディーナを逃そうとしない。

――テオドロは。

こうなっても大丈夫だと、思ったのだろうか。

（まさか、昨日の仕返し……とかじゃ、ないわよね？）


「あなた、ここに来る前はシスターだったんですってね」

「……見習いよ」

「あら、何か違うの？」

温室には、色鮮やかな異国の花が咲き、むせかえるような香りがたちこめていた。たしかに、記憶の中の植物と少し様相が変わっている。

ディーナは濃いピンクの花をつけるブーゲンビリアの枝の下で、通ってきた入り口をちらりと振り返った。そこでは、自分たちとともに入ってきた使用人たちが、ワゴンで運んできたオレンジを切って絞り、飲み物の準備をしている。

彼女らはラウラの指示で動いていた。ディーナが勝手に出ていこうとしたら止めるだろうか。

搾りたての果汁をグラスに注ぐ使用人をひっきりなしに見るディーナとは対照的に、ラウラは勝手知ったる顔で悠々とプルメリアの花を眺めている。

「なんだかつれないのね。テオドロがいないと不安？」

「……そんなんじゃないわ」

「かわいらしい反応。生家にいるとは思えない」

ディーナは険しい目つきでラウラに向き直った。毒を秘める花を撫《な》でるラウラはくすりと笑う。

「警戒しないで。わたし、あなたと色々お話ししたいのよ。……あなたがなんの目的でこの家に来たのか、とか」

刺すような流し目を受けて、ディーナは小さく息を吸って、吐いた。

「招かれたからよ」

「アウレリオが捜していたのは本物の妹よ」

「そうよ。だから来た。信じてないの？」

「半信半疑ね。お食事の順番も、この屋敷の間取りも知ってるふうだけど、でもそれも、協力者が一年かけて調べ上げた情報が元になってるなら、そんなに難しくないじゃない？」

使用人が無言でグラスを運んでくる。手を伸ばさないディーナに代わって、ラウラが二つとも手に取った。

「テオドロとわたし、一括《くく》りで疑ってるのね」

「まあ、そんなところ。どちらかがネズミなら、もう一人も」

ラウラは微笑みながら、「どっちにする？」と尋ねてくる。硬い面持ちのディーナが手を伸ばしあぐねていると、ラウラは肩を竦《すく》めて「なんにも混ぜてないわ」と両方を一口ずつ飲んだ。

「別にいいのよ。あなたたちが他の組織の人間でも、軍や警吏でも、それ以外でも。わたしの邪魔さえしないでくれれば」

「邪魔？」

ようやく片方のグラスを手に取り、しかし口は付けないでいるディーナに、ラウラは笑みを消した。

「アウレリオをとらないで」

「は?」

思わず抜けた声を出したディーナに、ラウラの冷たい視線が刺さる。夕食の席で見せたのと同じ顔だ。

ややあって、何を勘違いしているのかとディーナは抗議しようとしたが、凍《い》てつくようなラウラの声が先んじた。

「アウレリオは私の獲物よ。わたしが殺す。誰であろうと、横取りは許さない」

ディーナは声を失った。

今しがた聞いた言葉が信じられなくて、使用人の方を見る。だが、彼女たちはラウラの言葉など聞こえていないかのように、調理台の後片付けに集中している。

「気にしないで。アウレリオも幹部も、みんな知ってることよ。隠してないもの」

さらりと言われて、ディーナはますます混乱した。

「あ、あなたあの人の恋人だって」

「愛人」

「あ」

「もしくはペット。奴隷。アクセサリー。どれでもいいわ、あなたの感覚にしっくりくる名称で」

衝撃的な言葉の羅列のあまり固まるディーナに、ラウラはまた少し笑った。口角に、隠し切れない嘲《あざけ》りがにじみ出ていた。

「三年前、両親はあの男に殺された。屋敷も焼かれた。生き残ったわたしに与えられた選択肢が、死ぬか、ここであの男に飼われるかだった。ああ、同情しなくていいのよシスター。もともとモンタルド家はフェルレッティ家と深いつながりを持って富を築いた家。これだけで、自業自得だったということがわかるでしょう」

コツ、と石畳を打つ靴音がして、ラウラがディーナに近付く。

「ねえでも。滅んだのは仕方なくても、憎むというのはまた違う話でしょう。三年間、あの男を殺す機会をずっと窺ってきたの」

細い、長い腕が、ディーナに伸びてくる。袖から覗《のぞ》く肌はひやりとしていて、ディーナの汗ばんだ首へ蛇のように巻き付いてきた。

「だから絶対、横取りなんてされたくない。ねぇ、何が目的？　この家の財産？　裏の販路？　情報？」

ディーナは唇を引き結び、腕を払い除《の》けた。

「どれでもない。呼ばれたから来たのよ。フェルレッティの現当主の意思だもの、無視できないわ」

「じゃあテオドロとはどういう関係？」

「迎えに来たあの人を、そのまま従僕にしてもらっただけよ」

ラウラの琥珀色《こはくいろ》の目が、探るように細められる。射竦《いすく》められて、ぞくりとディーナの肌が粟立《あわだ》った。

「それだけ？」

「そうよ。それより、ラウラ」

「あくまで自分が、本物のディーナ・フェルレッティだと言い張るのね。波から上がって記憶を取り戻した、残酷な金髪の女王だと」

「……ねえ、あなた復讐《ふくしゅう》なんて」

「なら今さら、従僕の一人がどうなってようと構わないわね？」

数秒、時が止まったように沈黙が落ちた。

「……何？」

「ここ数代において、フェルレッティの側近が一番頻繁に入れ替えられてたのは、ディーナ・フェルレッティがこの屋敷に君臨していた期間だそうね。あなたの癇癪《かんしゃく》で、何人も首を挿《す》げ替えられたそうだけど、覚えてる？」

「待って、あなた何を、テオドロに何をしたの⁉」

声を荒らげるディーナとは対照的に、ラウラは冷ややかに「あら、慌ててるの？」と目を細めた。

ディーナは払ったはずの腕を自ら摑《つか》んだ。

「答えて！」

「怖い顔しないで。……ちょっと薬を入れ替えただけなのに」

後半の言葉は、使用人たちから隠すようにひそめられた。

薬。

さっきの、ピルケースから出された白い錠剤。

蒼白《そうはく》になったディーナの耳に、ラウラの声はまじないのように流れ込んできた。

「アウレリオはね、側近に殺された妹と同じ轍《てつ》を踏まないよう、考えたの。それが、主人のそば近くに仕える幹部や屋敷に戻ってきた外飼いに、毎日一回薬を飲ませること。とても中毒性の強い薬。定期的に飲まなければ、長く苦しんだ末に死ぬような、毒。主人が死んで薬をもらえなければ、従僕も死ぬ。主人の不興を買った場合も死ぬ。……うっかり薬を飲ませ忘れられた場合も、死ぬ。一錠でも飲み始めれば、死ぬか、主人の許しを得て解毒薬を与えられない限り、けしてフェルレッティを裏切れない、悪魔の手綱」

そうして、赤い唇は弧を描いた。

「テオドロ、そろそろ昨日飲んだ薬の効果が切れる頃ね。小麦粉を固めただけの偽薬じゃ、ちょっと苦しいかも」

空気はじっとりと湿って蒸し暑い。

それなのに、ディーナの体はこれ見よがしに震えていた。

恐れているのは、テオドロの中毒死ではない。

昨日、薬を飲んでいないことが明るみになることだ。

『みんな失敗して、死んだ』

ディーナの手から、グラスが滑り落ちて割れる。

身を翻したディーナの行く手を、使用人たちが阻んだ。

「どいてっ、ここを通して！」

使用人と揉《も》み合いになり叫んだディーナを、ラウラの腕が背後から抱きしめるように捕らえる。

「大丈夫よ。彼が苦しみ始めたら、きっと誰かがベルナルドに薬を持って来させるわ。あの変人、仕事は確かだもの」

「うるさい！」

「従僕ごときの命にそんなに焦るなんて、ディーナ様ったら十年経《た》つ間に別人みたいに優しくなったのね。パパもママも、あなたに仕えられたらきっと長生きできたのに。……それとも、怖いのは〝彼が倒れないから〟だったり？」

見抜かれている。

ラウラが今炙《あぶ》り出そうとしているのは、ディーナの正体ではなくテオドロの正体だ。ディーナがテオドロを見殺しにするかどうかより、テオドロがアウレリオを裏切っているか、そのことをディーナが知っているかどうかを見極めようとしている。

「もう一回聞くわね。あなた、なんでここに来たの？　言っておくけど、アウレリオに告げ口したりしないわよ。あいつを殺す以外の目的なら、協力だってしてあげられるかもしれない。――薬を入れ替えたこと、知ってるのはわたしだけ」

吐息が耳朶《じだ》を撫でる。

まとわりつく暑さが、むせかえる花の匂いが、赤い唇から発せられる誘惑が、恐怖に固まるディーナの脳内を茹《ゆ》でてかき混ぜる。

テオドロは。

こうなることを良しとして、ラウラと二人きりにしたのだろうか。

——震える唇を開きかけたそのとき、温室の入り口で割れるような扉の開閉音と、女たちの短い悲鳴が上がった。

「ディーナっ、出てこい！」

見張りをしていた使用人たちを押し退《の》けて飛び込んできたのはルカだった。その顔はこわばり、走ってきたのか、肩が上下している。ラウラが小さく舌打ちした。

「ルカ、出ていって。女子会の真っ最中よ」

「黙ってろ女狐《めぎつね》！　ディーナ、おまえ薬を飲ませ忘れたな！」

突然ぶつけられた怒声に、ディーナは硬直した。

「……え？」

返事より先に腕を掴まれ強く引かれる。絡みついていたラウラの腕は、あっけなく解《ほど》けた。

「来い！　テオドロの野郎ヤク切れで倒れてんだよ！」


昨日、テオドロはアウレリオから渡された薬を吐き出したと言っていた。今日渡した薬は偽物だった。

だから倒れる理由はない。

それなのに、駆け込んだ舞踏室の片すみで、彼は横たわっていた。見覚えのある背格好に、ディーナの息が止まる。周囲の男たちを押し退けて傍らに座り込むと、青ざめ、冷や汗をかく男がディーナを前髪の隙間から見て一層目を見開いた。

──本当に、テオドロだった。

まさか、と半信半疑でもあった気持ちが恐怖と焦りに塗り替わる。ディーナは悲鳴交じりの声を上げた。

「テオ、なんで⁉　し、しっかりして！」

「薬持ってるだろ！　出せ！　誰か水もってこい！」

どうして？　いつ毒を飲んでいたのか？

やっぱり一日目に吐き切れていなかったのか、もしくは別のものに薬が混ぜられていたのか。

混乱しながら、ルカに急《せ》き立てられて指輪の石に指をかける。急いでいるせいで何度か滑りながら、中から白い錠剤を取り出した。

「飲んで！」

テオドロの口の中に押し込むが、うまく飲み込んでくれない。周囲の誰かが差し出した水をひったくるように取り、喉奥めがけて流し込む。しかし自力で嚥下《えんげ》する力がないのか、薬がまだ喉奥に引っかかっているのがわかった。

「なに、テオドロが倒れたって？」

背後から聞こえてきた、間延びした声はアウレリオだった。

毒を飲ませた張本人の登場だったが、構っている余裕はない。苦しいのか、テオドロが手を伸ばしてくるのを、ディーナは「待ってて！」と制して、自らグラスの水を呷《あお》った。

薬を飲ませないといけない。それだけが、ディーナの頭を占めていた。

仰向《あおむ》けに横たわる、相手の顔を両手で挟み込む。

「ディ……」

何かを言いかけて薄く開いた相手の唇に、自分のそれを重ねた。

テオドロの手がディーナの腕を摑んでも、気付く余裕はなかった。

「っ、死なないで！　……最後まで、わたしを守ってくれるって、言ってたじゃない‼」

唇を離して叫び、顔を覗き込む。こちらを見上げるテオドロと目が合う。いつも冷静沈着な灰色の目に、天井からの明かりがまっすぐ差し込んでいる。

「……嘘《うそ》にしないで……」

美しすぎる瞳に暗い予感を抱いて、縋《すが》るように呟《つぶや》いた。

同時に、ディーナの頬に、あたたかな熱が添えられる。ほんの一瞬、男の口元が和らいだ。

動いた。

「──そう、そうだよ」

茫然《ぼうぜん》とするディーナの頬を、テオドロの指が拭っていく。そこで初めて、自分が涙を流していたと気が付いた。

──嘘には、しない。

ほんとうに小さな声で囁かれた声は、おそらくディーナにしか伝わらず。

「……申し訳ありませんディーナお嬢様、お気を煩わせて」

今度は、かすれがちな声で、それでも従者らしくそう言って、テオドロは片方の腕で自身を支えて起き上がろうとした。ディーナも後ろから肩を摑む手に促され、よろよろと身を起こした。

「お、起きて平気なの……？」

「……平気なんじゃねぇの。起きられたんだから」

戸惑いがちに呟けば､肩を摑んで支えていたルカが答えた。安堵《あんど》というよりは疲労の滲《にじ》む声だった。

舞踏室にも、倒れた従僕が一命をとりとめたことが周囲に伝わっていく。そうなるともう関心がないのか、波が引くように人が離れていった。業務上のちょっとしたトラブル、そんな空気だった。

そんな中で、上体を起こしたまま立ち上がらないテオドロの横に膝をついたのはニコラだった。

「一応、ベルナルドに診《み》てもらった方がいい」と勧めるも、本人は手で口を覆って曖昧に頷《うなず》くだけである。

やはりまだ具合がよくないのかとディーナが心配していると、テオドロが何か言いたげに視線だけを寄こしてきた。ハッとして顔を近付ければ、男は口の動きだけで「部屋に」と囁いた。

「……だ、大丈夫よ叔父様。さぁ立ってテオ、一度わたしの部屋に戻りましょう」

そう言って立ち上がれば、テオも従う。幸い、ルカからもニコラからも、背後に立って一部始終を見ていたアウレリオからも引き留められることはなかった。

「お呼びに？」

尾を振る犬のような顔で現れたベルナルドも、ディーナは首を振って追い払った。

肩を貸そうというニコラの申し出を断り、自力で歩いてきたテオドロに続き、ディーナも部屋に入る。

廊下に誰もいないのを確かめてから、扉を閉め、そこに耳をつけ、しばらく神経を研《と》ぎ澄ました。

「……大丈夫、誰もいないわ」

ディーナの部屋に戻りたがったテオドロが、人払いを望んでいるのはわかっていた。

けれど、本当にこちらに連れてきて大丈夫だっただろうか？　やはり、知識のあるベルナルドに診せた方が良かったのでは。

胸の内に残る不安とともに、ディーナが室内を振り返ると。

——男はミルクを冷やすために用意されていたアイスペールを窓の外に突き出し、中の水と氷を外に捨てていた。

「へ？」

呆気にとられるディーナをよそに、テオドロは無言でアイスペールをテーブルに戻し、そして今度は塩の小瓶を取り上げた。

蓋をもぎ取るように外し、中身をグラスの水にためらいなく投じ。

そして、塩が白く沈むグラスの中を、自身の長い指でおざなりに混ぜ。

そうしてできた、濃い塩水で満たされたグラスを一気に呷り。

空のアイスペールに顔を突っ込み、胃の内容物を勢いよく吐き出したのだった。


「……ラウラが持ってきた薬が偽物なのも、呼び出しが僕とあなたを引き離すための細工なのも気が付いていた」

「……」

「倒れたのは演技だ。誰かが本物の薬を持ってきたら、飲んだふりで一命をとりとめたことにすればいい」

「……」

「これがラウラの独断なのは明白だったから、わざとルカが近くにいるときに倒れた。奴の顔の痣《あざ》は十中八九アウレリオによるものだろうし、なんで怒らせたか知らないが、まだそう日は経っていない。死にかけているのが誰であろうと、今は主人の意に沿わない事態を引き起こしたくないはずだから」

「……」

「誤算は、奴がベルナルドではなく、あなたを連れてきたことだった。いやまさか、僕も、そうなるとは思わなくて」

「…………」

「……見苦しいところを見せて悪かった。あの、大丈夫？」

口をゆすぎ、アイスペールを片付けてきたテオドロは、やや気まずそうに謝罪した。

話が進むにつれてへなへなと座り込み、やがて額を床につけて這《は》いつくばり、頭を抱えてしまったディーナに向かって。

――飲ませる必要のない毒を、むりやり飲ませたディーナに向かって。

彼が、ディーナをラウラと二人きりにするときに言った『気を煩わせないで』という言葉は、『これから起きることを気にしないで』の意味だったのだ。

わかるか。

「……指輪の薬がどんなものなのか、テオは最初から知ってたの？」

「まあ。アウレリオに代替わりしてから、幹部が何人か中毒死らしき方法で始末されている」

「……だから、中毒症状も知ってたの？」

「そうだね。……似たような薬を飲まされた人間を、見たことがあったから」

「……わたし、結果的に、あなたに毒を、」

「吐いたから問題ない。成分の分析には、明日の分を回すよ」

「……余計なことして、ごめんなさい」

「あなたは悪くないし、かえって僕の演技に信憑性《しんぴょう》が増した」

うずくまったままで、聞き取りづらいだろうディーナの問いに、淡々と答えが返ってくる。

まるで、たいしたことは何も起きていないと言いたげに。

だからディーナも、そこで黙ればよかったのだが。

「…………く、くちうつしで」

「あの、この話、長引かせるとあなたが辛《つら》くない？」

テオドロの苦笑いがとどめとなって、ディーナは床に向かって恥と後悔にまみれた苦悶《くもん》の声を絞り出し始めた。


「それより、鏡の裏の隠し戸棚。見てきたけど」

すっかり冷めたコルネットをもそもそと齧っていたディーナだったが、その話題にはパッと顔を上げた。

「い、いつの間に？」

「あなたが寝ているうちに。他人が忍び込んだ痕跡が万一残っていたら、警戒して隠し場所を変えるかもしれないし」

ディーナはぎょっとした。

「あ、あんな時間からじゃ、わたしよりよっぽど危ないわっ。結果的に帰ってこなかったからよかったものの、もしかしたら、夜会から帰宅したアウレリオと鉢合わせしてたかも」

「だから、招待主のリッツィア家に潜入してる同僚に協力してもらって、泊まらせた」

あの男の外泊は、テオドロの差し金だったらしい。仕事の早さと抜け目なさに、ディーナは感嘆した。

だが、コーヒーの入ったポットを持つテオドロの、いたって冷静な顔つきに、期待はすぐに萎《しぼ》んでいく。

「……ハズレだった？」

「大当たりだ。薬物取引の裏帳簿が見つかった」

ディーナは今度こそ目を輝かせて腰を浮かせた。

「ってことは、もうわたしたち、それを持ってここから……」

出られる。

——すなわち、アウレリオたちは、一人残らず捕縛される。フェルレッティは完膚なきまでに潰《つぶ》される。

ディーナ・フェルレッティという存在は、死者として、完全に闇に葬られる。

喜びと同時に浮上した結論に、言葉の先がふっと消えた。

（……そう、出られる。それでいいのに）

テオドロを失いかけたと思えば、恐怖に背筋が冷える。こんな場所から一刻も早く離れるべきだと思い知っている、のに。

自分の胸に生じた感情にディーナが困惑していると、「いや、」とさらに予想外の言葉がもたらされた。

「確かに、これは強力な物証になる。でも帳簿だけじゃ駄目なんだ。言っただろう、フェルレッティの外飼いはどこにでもいる。法廷にも。だからリストが必要なんだ。でないと、どんな証拠があっても意味がない」

ポットが傾く。美しい絵が描かれたカップにコーヒーが注がれる。それを見つめるテオドロの目は、ここではない場所を睨《にら》んでいるようだった。

「帳簿より先にリストを持ち出すか、もしくは、二つ同時でないと」

「……そう」

ディーナは静かに座り直した。その前に、テオドロが丁寧にカップを置く。

「そっちは大丈夫だった？　他に、ラウラから何かされていない？」

聞かれて、ディーナはじっと考えた。テオドロはラウラが自分たちを疑っていることに気付いていたくらいだから、彼女がアウレリオに殺意を抱いていることも知っているのだろう。

「……ラウラは、目的次第じゃ協力してあげるって言ってたけど」

「信用するな。あの女は手駒が欲しいだけで、自分の身が危なくなったらすぐに他を切り捨てる。おそらく次の客人も、同じように揺さぶるだろう」

カップを手に、ディーナは顔を上げた。

「次の客人？」

「ああ、そう、……これも伝えなくちゃいけない。落ち着いて聞いてほしいんだが」

ポットをテーブルに置くとき、小さな音がした。給仕をするときは物音を立てないテオドロにしては珍しいと、ディーナがそう思ったとき。

――客間に、ノックの音が響いた。

「聞いたよ、部屋にコーヒーぶちまけたそうだね。お気に召さなかった？」

夕食前。後から食堂に入ってきたアウレリオは、開口一番そう言った。ばつが悪そうにディーナが否定すれば、揶揄《からか》うように「口に合わなかったら言ってくれ」と笑う。

しかし、座って落ち着くと一転、申し訳なさそうに眉をひそめた。

「それにしても、朝はびっくりさせて悪かった。ラウラにはきつめに灸《きゅう》をすえておいたし、二度目はないと思っていていいから、この件はこれで手打ちにしてくれるかな」

ため息交じりの謝罪に、「気にしてないわ」とディーナは心にもない返事をした。

さりげなく周囲を見渡しても、食堂にラウラの姿はない。

やはり、あの罠《わな》は彼女の独断であったようだ。ノックの後に入ってきた使用人はコーヒーまみれのテーブルに驚いていたが、片付けの手配をするテオドロを横目に彼が耳打ちしてきたのは、本来ラウラが持ってくるはずだった本物の薬が、既に彼女によって処分されているということだった。

ディーナを温室に誘ってテオドロを予備の薬からも遠ざけようとしたことと言い、本当に目的のためには手段を選ばない女性のようだ。

それを指してのことなのか否か、「女の子って本当に怖いねー」と、昨夜と同じ言葉がアウレリオの口からしみじみと吐き出される。

「結果論だけど、大事に至らなくて良かった。私もテオドロは気に入ってるから、こんなことで埋めるはめになったら悲しい。ねぇディーナ」

「……そうね」

「もちろん、気に入ってるっていうのは部下として使うにあたってであって、ディーナとそういう意味で取り合うつもりは」

「わ、わたしだって別に！」

やたらに真面目な顔で補足したアウレリオに、ディーナはカーっと顔を赤くして語気を強めた。

あれから半日、テオドロは何もなかったように振る舞ってくれている。

それはもちろん助かる。悪意がなかったのは当然、下心だってなかったのだ。

ああ、だけど、あれって。

（ファーストキスだったんだわ……）

あろうことか、シスター見習いの身で。自分から。

食堂の前で別れたテオドロが全然気にしてなさそうだったのが、ありがたい一方でなんだか無性に腹立たしいような気もした。いや、しかしあれはそういう類いのものではないのだから、意識しすぎる自分の方が――。

ディーナは今日何度目になるかもわからない煩悶《はんもん》に消えたくなった。このことについて考えるたびに、異性に対する免疫がないディーナの中で羞恥心がぶり返し、小さく蹲《うずくま》ってどこかに隠れたくなるのだが、アウレリオはあっけらかんとしていた。

「何をむきに。家来の目なんて気にするな、主人が目の前で恋人とキスしてるくらいで騒いだりしないだろう」

「わたしとテオは、あなたたちとは違うったら……」

反射的に答えたとき、ふと頭の中でラウラの言った言葉が蘇《よみがえ》った。

愛人。ペット。奴隷。アクセサリー。

『三年前、わたしの両親はあの男に殺された』

――この、アウレリオに？

突然黙ったディーナのことも、アウレリオはさして気にとめなかった。代わりに、食堂に近付いてきた足音に顔を上げ、一転してにこりと笑った。

「話を戻すね。そういうわけで、今日はラウラは欠席。夕飯は、我々三人で食べようか」

そう言うや否や、ノック音が響く。「どうぞ」という家主の返事と同時に、ディーナの体に緊張が走る。

食堂の扉が開く。口元に傷のある、壮年の男が現れた。その冷たい目を見たとき、ぞくりと悪寒が走ったことを、ディーナは気取られないよう努めた。

男が一礼し、扉の横に退《ひ》くと、華やかなドレスのフリルが目に飛び込んできた。

「はじめまして、伯爵。それとも、お兄様って呼んでもよろしいのかしら?」

男の背後から進み出たのは、背中に流れる見事な金髪と、まるで何も恐れないと言いたげな、凛《りん》とした声音の女だった。

『もう一人、現れたんだ』

頭の中に、テオドロの言葉が蘇る。昨夜手に入れた情報だった、ディーナに伝える前に、もう少し詳細を調べたかった。そう話した彼の表情は硬かった。きっと今の自分も同じ顔をしているに違いない。

対照的に、新たな客人はペリドットのような瞳を細め、ゆるりと笑った。

「ディーナです。ディーナ・フェルレッティ。本日、サンジェナ島より帰ってまいりました」

第八章　もう一人の女王

「――じゃ、サンジェナ島ではずっとアルボーニ家の世話に？」

「はい」

食事と同時に、〝サンジェナ島から帰ってきたディーナ〟の身の上話が進んでいく。アウレリオは、ディーナのレベルタでの話を聞くときと同じように、時折相槌《あいづち》を打ちながら彼女の話に耳を傾けていた。

サンジェナ島は、このシヴォニア王国の西の海に浮かぶ島だ。レベルタも西海岸の街なので、海を隔てた隣近所と言える。

どうやら、新たな客人は十年前、運河に落ちたあと運良くサンジェナ島の海岸で一命をとりとめ、そこで違法薬物の元となる植物農園を取り仕切る幹部のもとに身を寄せていたらしい。

少なくとも、本人の話では。

ディーナは食べる順番と沈黙を守りながら、彼女の堂々とした話しぶりに耳をそばだてていた。

「アルボーニ家は、なんで十年もそのことを黙ってたんだろう」

「わたくしが頼みましたの。『これはお兄様も承知のことであり、穏便に家督を譲るために水死したふりをする。ボートで来るつもりが、途中で運悪く転覆してしまった』と言って。ほかの幹部に存在をかぎつけられて押し掛けられるのも嫌だから、外ではけしてわたくしの話題を出さないように、とも言いました」

嘘《うそ》だ。

綺麗《きれい》に紅を引かれた唇からよどみなく出てくる話は、どんなにそれらしくてもすべて嘘だ。彼女がディーナ・フェルレッティである、という前提で話される以上は。

ディーナは薄ら寒いものを感じながら、サンジェナ島から来た〝ディーナ〟の手元を見た。――食べる順番が、自分と同じだ。

まさか、彼女も、毒の配膳を知っているというのか？

ディーナの当惑をよそに、アウレリオは質問を重ねる。

「それで十年身をひそめていたのに、急にバルトロのもとに名乗り出てきたのはなぜ？」

バルトロ。彼女をサンジェナ島から連れてきた幹部の名だ。話の流れから、先ほど食堂まで彼女を先導してきた男で間違いないのだろう。

（長くいる幹部のようだけど、知らない人だったわ）

ディーナのナイフが皿とぶつかって嫌な音がした。ヒヤ、と背筋を汗が伝う。

けれど二人の関心はディーナには向かなかった。アウレリオのゆったりとした、それでいてじんわりと威圧感のある追及にも、サンジェナ島のディーナは少しも動じていない。

「アルボーニ家側は、ここ最近のお兄様による大捜索にずいぶん戸惑っていましたわ。それで、わたくしもあの家を出る頃合いかと。……だって、ねぇ。おわかりでしょう？　殺されかけた身で、のこのこ出ていくだなんて、死にに行くようなもの。かといってこれ以上身をひそめていても、『お兄様も了承の上で身を隠している』という話をアルボーニ家に怪しまれるだけ。で、どうせ結末が同じなら、嘘吐《つ》きとしてあなたの前に突き出されるより、自分の足で堂々と戻って来る方が良いかと思いましたの。……なんて、それも無駄な決意だったみたい」

そこでようやく、サンジェナ島のディーナの視線が、同じ名前の先客に向く。ディーナより少し金色がかった、美しい緑の目が。

「まさか、わたくしがもう一人、すでに来ていたなんて」

ディーナは食事の手を止めた。柔らかな笑みを浮かべる女とは対照的に、表情は険しくなる。

「わたしも驚いたわ。まさか、この身に成り代わろうとする、奇特な方がいるだなんて」

ディーナがまっすぐ見据えても、相手はまったく動じない。

余裕のある態度が謎だった。言っていることが全部嘘だと、言っている本人もわかっているだろうに、なのに、なぜ。

相手の真意を測りかねるディーナは、笑い返せなかった。

「奇特だなんて。では、あなたはいったいどちらにいらしたの？　ええと……」

「彼女はレベルタにいたんだ」

口を開いたのはアウレリオだった。ディーナは瞠目《どうもく》して異母兄の顔を見た。

「教会に付属する女子修道院で、見習いシスターとして過ごしていたらしい。記憶喪失だったのが、つい最近治ったらしくて」

ディーナは固まっていた。話したことは確かにディーナがアウレリオに語って聞かせたことで間違いないが、そんなに親切に説明する必要があるだろうか。

唖然《あぜん》とするディーナをよそに、客人はあからさまに眉を寄せた。

「見習いシスター……記憶喪失?」

まぁ、と感嘆のため息を漏らした女の憐《あわ》れむような目がディーナに向く。

「それは、大変でしたこと」

ディーナが何か言う前に、またアウレリオが口を挟んだ。

「まぁ、忘れてしまえばかえって楽というか。結構楽しく過ごしていたんだよね?」

なんと答えるべきかわからないでいるうちに、また他人の声が先を越す。

「でも、自分の名前も覚えていなかったのでしょ? なんて名乗ってらしたの?」

(……そんなことを聞いてどうしようというの?)

ディーナは当惑に苛立《いらだ》ちが混ざっていくのを自覚した。

「あなたの憂慮には及ばないわ。名前は寝巻きに刺繍《ししゅう》がされていたし、養父となってくれた神父様がいたから、その姓を」

「なんて神父様?」

ナイフが仔羊《こひつじ》の骨に当たって、ディーナの手が止まる。

「ここで教える気はないわ。無関係で、善良な人よ」

サンジェナ島のディーナが微笑んだ。

「いじわるですわね、〝レベルタのディーナ様〟は」

そのまま、グラスに入ったワインを手に取る。

それを睨《にら》むようにしながら、ディーナもワインに手を伸ばす。

アウレリオは、そんな二人を視線だけで交互に見て、いつもの美しい笑顔を見せた。

「……とりあえず。今夜の食卓の采配をなさった運命のいたずらに、乾杯といこう」

仔羊の皿を前に、三人は同じタイミングでワインを呷《あお》った。


「あなた、どういうつもりなの⁉」

食事のあと、ディーナは人のいない廊下を歩く客人の背中へ声をかけていた。

金色を強調するように長く背に垂らした髪を揺らして、サンジェナ島のディーナが振り返る。

「どういうつもりって？」

「とぼけないで、偽物なのはわかってる！」

ディーナは相手のドレスから伸びた二の腕を摑《つか》んだ。

その切羽詰まった様子とは対照的に、サンジェナ島のディーナは摑まれた自分の腕を見下ろし鼻にしわを寄せて、次に相手を小ばかにするように笑った。

「いやぁね。そんなのお互い様じゃない」

「え？」

「そっちだって知ってるでしょ？　ディーナ・フェルレッティはもう死んでる。現実逃避に走るシスコン相手に、ちょっとそれっぽく言って顔見せて、財産分与でもしてもらえば大金持ち。そういう儲《もう》け話だっていうなら、乗らないのももったいないじゃない」

晩餐《ばんさん》のときと同じ人物とは思えない口調だが、聞かされた言葉が衝撃的で、ディーナはそれどころではなかった。エメラルドの目を剝《む》き、顔からはザァッと血の気が引く。

「あなた、お金目当てでここに来たの⁉」

予想だにしていなかった浅はかさに愕然《がくぜん》とした。ディーナは声をひそめながらも、強い口調で責めた。

「やめなさい！　ここは危険な場所よ、今すぐに出ていって！　脱出口なら教えてあげるから、」

しかし、みなまで言う間もなく、腕は振り払われた。目障りとでも言いたげにサンジェナ島のディーナがきつく睨んでくる。

「やめてよ、自分がヤバいからって、あたしまで巻き込まないで」

「そうじゃなくて、」

「焦るのもわかるけどね。あんた、嘘も下手なうえ、いかにも余裕なさそうだったし」

そう言われて、ディーナは面食らった。そんなはずはないと言いかけて、先ほどの晩餐を振り返り――確かに、自分はそれこそ発言も少なく、彼女をじっと見てばかりだった。表情もよくなかったただろう。

はたから見れば、後から来たライバルに警戒心丸出しのように見えたのかもしれない。しかも、サンジェナ島のディーナは毒の晩餐を乗り切ったばかりか、今まで身を寄せていたアルボーニ家という、客観的な身柄の保証人も持っている。

ひるがえってディーナはどうか。〝レベルタで記憶喪失になり、名前も別のものを名乗っていた〟と話した。そのことを真実だと証明できる人物の名前は明かさなかった。二人の話を聞いていたアウレリオは、どう思ったのだろう。

――もしかして、自分はかなり危うい立場なのでは？

心のすみから湧き出た焦燥を散らす。今夜どう思われていようと、最終的には自分は本物なのだから、証明する手立ては何かしらあるだろう。

けれど彼女は違う。一刻も早く、ここから逃がさなければ、どんな目に遭うかわからない。

「よく聞いて。フェルレッティ家は、ただの貴族とは違うの」

「知ってるってば。やばい薬捌《さば》いてる貸金業者でしょ。でもあたしに話を持ちかけたやつは、ずっと前からこの家に出入りしてて、あの当主の弱点もわかってるんですって。言われた通りに動けば万事うまくいく。あたしは、ね」

今度こそディーナは言葉を失った。相手の自信のほどにではない、『弱点をわかっている』という言葉にだ。

しかし、金緑の目の女は、ディーナの反応を勘違いしたらしい。挑発的に笑って、口角を吊《つ》り上げた。

「そっちのブレーンは、ここ来てたかだか一年程度の新米なんだって？　でもいい男だよね。助命するよう頼んであげるからこっちにつけって、誘ってみようかな？」

そのとき、「お嬢様」と呼ぶテオドロの声と、近付いてくる足音が背後から聞こえた。戻らないディーナを探しに来たのだ。

「お嬢様、いかがなさいました。……こちらは」

ディーナが向かい合っていた相手に気が付いたテオドロに、サンジェナ島のディーナは優雅な挨拶をすると、「おやすみなさい。いい夢を」と上品に微笑んだ。


「あの人、自分が何してるのか全然わかってないんだわ！」

部屋に戻ってから、ディーナは着替えるより先に焦燥を吐き出した。後ろをついてきたテオドロへ、今しがた聞いたことを打ち明ける。

「お金のために首を突っ込んでいいような家じゃないのに。……彼女をそそのかしたのは誰かしら。アルボーニ家？　それともバルトロ？」

喋《しゃべ》りながら、部屋の中を忙《せわ》しなく歩き回るディーナを、テオドロは目だけで追いかけた。

「両方が結託しているのかもしれない。アルボーニ家は、フェルレッティの最も重要な商売の大本を握っているわりに、精製業や販路の管理は任されていないせいで、組織内での力はそう強くない。バルトロは古株だが、暗殺業務から成り上がった男で、ニコラやルカほどにはアウレリオに重用されてない。暗殺はあまり金にならないからだろうけど」

「……アウレリオの弱点って、何だと思う？」

「はったりだ。そんなものを、あの男が部下に握らせておくわけがない」

迷いなく断言されて、ディーナは少し落ち着きを取り戻した。そして、口に出すのをためらっていたことをおそるおそる口にする。

「わたし、彼に疑われてるかしら。現状、わたしの方が、本物だと思う根拠が弱いわよね」

不安の滲《にじ》み出た声だった。テオドロは窓際の壁を背に、少し思案してから答えた。

「……すぐにはどうこうされない。レベルタに見当をつけたのはアウレリオ本人だし、アルボーニ家がやすやすと騙《だま》されて十年黙ってたなんて、にわかには信じられないだろう。見極めるために少し様子を見るはずだ。それこそ、幹部会での様子なんかを含めて」

ディーナは額を押さえた。幹部会は、明日の夜だ。

「もともと、ディーナ・フェルレッティの帰還はそこで伝えられる予定だったのよね」

「そう。明日は昼頃から徐々に、招待客が到着し始め……」

テオドロが言葉を切った。ディーナは気付かず、ソファに浅く腰掛けて、握った手を顎に当てて息を吐いた。

「幹部たちに顔を覚えられる前に、なんとか、あの人をこの屋敷から逃がせないかしら……。前に言っていた、重大事件の関係者を匿《かくま》うお屋敷は、ここからどれくらいなの？」

振り返ると、テオドロは壁にもたれて床の一点を見つめたまま、動いていなかった。

「……テ」

ディーナは黙った。緊張が走る。人差し指を口の前で立てたテオドロの目が、あまりに鋭かったからだ。

背筋が冷える。

静まり返った部屋の中で、テオドロの瞳が、閉められたカーテンを見て、それから、すぐにディーナの方に向く。

左手の指が床をさす。カーテンが夜風に揺れた。

――窓はすべて、閉め切られていたはずなのに。

ディーナが伏せるのと、バルコニーにひそんでいた人物が飛び込んでくるのと、そしてテオドロが銃を構えたのはほぼ同時だった。

銃声が轟《とどろ》き、床にへばりつくディーナは思わず耳をふさいだ。テーブルの足の向こうに、低い姿勢でテオドロと対峙《たいじ》する男の後ろ姿が見えた。手にはナイフ。二発目の銃声とほぼ同時に男が床を蹴る。弾は花瓶に当たったのか、割れて床に散らばる音がした。襲撃者がテオドロに接近したかと思うと、硬い音がして、銃が床に落ち、こちらに少し滑って来る。ディーナは意を決してそれを摑み、抱え込んだ。それだけで息が上がり、手が震えていた。

足しか見えないディーナの死角から、物がぶつかるような音が続く。時折どちらかが蹴り飛ばされたりふらついたりして、視界から消えてはまた戻って来る。震えるディーナには、もうどれがテオドロの足だかわからない。ばたた、と床に血が垂れた。だがどちらも動きは鈍らない。

――加勢しなきゃ。ディーナは銃を持った手に力を込めたが、ためらった。だってテオドロは伏せろと指示した。足を引っ張ったらどうする。でも、もしテオドロが劣勢だったら。だけど、加勢と言ってもどうやって。

焦るばかりのディーナを我に返らせたのは、何かを床に叩《たた》きつけるような一際大きな音だった。ディーナの目にも、男二人が天井を仰ぐ形で、床に折り重なるように倒れ込んでいるのがはっきりと見えた。

テオドロが、男の首を背後から腕で絞めている。抵抗できないように自分の脚で相手の体を抑え込んで。

身をよじる相手の顔が見えた。傷のついた口元が、苦し気に歪《ゆが》んでいる。

「……バルトロ」

名前を口にした瞬間、男の目がこちらに向いた。ディーナと視線が交わる。男の目に剣呑《けんのん》な光が灯《とも》った。恐怖に凍ったディーナの喉から、小さな悲鳴が「ひっ」と漏れた。

「ディーナ、廊下に……っ！」

テオドロの鋭い声は唸《うな》るような声に変わった。緩んだ腕からバルトロが抜け出て、ディーナのいる方に向かってくる。手には、血の付いたナイフ。

ディーナは立ち上がって逃げようとした。だが一歩後ろに後ずさった瞬間、膝の裏が何かに当たって、しりもちのように倒れ込んだ。さっき自分が座っていたソファにだ。

絶望した。襲撃者はもう目の前にいる。

「悪く思うな、レベルタの……！」

逃げる暇がもうない。握りっぱなしだった銃を、両手で構えた。

撃ち方は知っている。このまま引き金を引けばいい。

わかっている。

――わかっているのに。

硬直したディーナの首を、バルトロがソファの背に縫い留める。圧迫される苦しさの中で、銃が床に落ちる。バルトロの、ナイフを持つ手が、勢いよく振り上げられ。

突如、相手の動きが止まった。視線を下げていけば、男の腹からじわり、と赤黒い染みが広がるのが見えた。

首を絞める腕が緩んだことにディーナが気付いた時には、バルトロの首にはカーテンタッセルが巻き付き、食い込んでいた。後ろから締めるテオドロの右腕からは、ぼたぼたと血が垂れている。

のけぞったバルトロとソファの間から抜け出たディーナは、銃をもう一度拾い、そして今度こそ引き金を引いた。


「……ごめんなさい、わたし……」

床にも、壁にも、至る所に血の跡がへばりついている。惨状の広がる客間にへたり込んだディーナに、テオドロが不可解そうに眉を寄せる。

「何が」

「撃てなかった……」

一回目は、恐怖に竦《すく》んで指が動かなかった。

二回目は、弾はバルトロにかすりもしないで壁にめり込んだ。

外したことにディーナは唖然としたが、バルトロはそこでテオドロの拘束を力ずくで振りほどき、窓から逃走してしまった。背中には割れた陶器の花瓶のものと思しきかけらが刺さっていて、ソファから窓まで血の道が続いていた。

「あんなに近い距離だったのに。ひ、引き金を、引くだけなのに」

腕の傷に布を巻いて止血したテオドロは、廊下の見張りがいなくなっているのを確認して「バルトロの仕業か」と忌々しげに舌打ちをした。

「ディーナ。そんなことはできなくて普通だし、むしろよく撃った。あの威嚇射撃のおかげで、あいつも今夜は無理だと諦めたんだ。謝るべきところなんてない。……むしろ、あなたは怒るべきなんだ。こんな目に遭わせた護衛のことを。落ち着いたら、あなたは僕を責めなきゃだめだよ」

テオドロは、そう言ってディーナのもとに来てしゃがみこみ、体に腕を回した。凍り付いていた体が溶け出すと、忘れていた震えが戻ってくる。ディーナは夢中で目の前の厚い体にしがみついた。

「……初めてだったの、人を、殺す、のは……」

「ああ」

仕事で何人も殺しているだろう人の前で、みっともなく怯《おび》えている自分を情けなく思った。

そもそも、バルトロはディーナを殺しに来たのだ。レベルタの、と言ったのは、そういうことだ。

やらなきゃやられるのに、この体たらく。自分のふがいなさが腹立たしい。

けれどこれが現実だ。正気では、とても引き金なんて引けない。目を瞑《つむ》って引いたら、相手には当たらない。

ラウラはこの重みをわかっていて、あんなにもやすやすと『殺す』と宣言していたのだろうか。

「ほんとに……ほんとよ……信じて、わたし、今まで一度も」

「わかってる。わかってるよ。何を疑われると思ってるんだ」

うわごとのように繰り返すディーナに、テオドロも繰り返し、優しい声をかけた。髪を何度も撫《な》でる手が温かくて、危機が去ったのだとわかる。すると、耐えていた涙が次から次へと溢《あふ》れてきた。

しばらくそうしていると、ディーナを支えていたテオドロの腕が緩んだ。促されて歩き、乱闘に巻き込まれなかった小さな椅子に座らされる。

「執事に話して、別の部屋を用意させてくる。風呂の準備も」

ディーナは目を見開いて首を振った。それを見たテオドロが、あやすようにディーナの頬を撫でる。

「大丈夫。この屋敷の人間は内輪もめに慣れているし、アウレリオの命令じゃない限り生き残った人間に追い打ちをかけたりは」

「ここにいて」

一人になるのが怖くてそう言うと、テオドロは沈黙した。ディーナは縋《すが》るような気持ちで灰色の目を見つめた。

「……わかった」

一つ息を吐いて、テオドロはディーナを横抱きで抱え上げた。ディーナはハッと固まり、男の腕の怪我《けが》のことを思って「歩ける」と小さく主張してみたが、すっかり無視された。既視感を覚えたが、あの港町での出来事がもう遠い過去のような気がした。

惨憺《さんたん》たる有り様の客間を奥へ進み、一つ扉を開けて無傷の寝室に入る。テオドロはベッドに、血の付いたドレスのディーナを躊躇《ちゅうちょ》なく座らせた。

「ごめんなさい、手間かけさせて」

ワゴンの上に用意されていた水差しの水を差し出され、一口飲む。

「謝るのは明日、洗濯するメイドたちにじゃない？　たぶん、誰も気にしないし、慣れてると思うけど」

軽口がありがたかった。グラスを回収されて、やわらかなベッドに寝かされる。思ったよりずっとすんなりと、眠気がやってきたのを感じた。思考がぼんやりしてくる。

「……悪いことなんて、今までたくさんしてきたと思ってたのに」

夢うつつで呟《つぶや》けば、寝具を整えていたテオドロが小さく笑った。

「たくさん？　教会に来た男を地下に監禁する以外にも？」

「……うん」

瞼《まぶた》が下り始めて、深く考えずに答える。もう頭の中には霞《かすみ》がかかっていた。

今夜の緊張も、恐怖も、明日の不安も溶けていくような眠気に、身を任せる。

「……寝室に、男を留め置く以外にも？」

ふと。

唇に、あたたかな指先が触れたのを感じた。指の背で迷うように触れたあと、何もせず離れて、そして代わりのように頬に優しいぬくもりがもたらされる。涙の跡を撫でる熱。『大丈夫、よく眠って』耳に流れ込んだ囁《ささや》き。うっすら見えた瓶と錠剤。ああ、どおりでこんなに眠いわけだ。毒見してくれないときは、ちゃんと怪しまないとだめね。

――それきり、ディーナの意識は沈んでいった。


どこからか悲鳴が聞こえてくる。

けれど、少女は気にしない。それより、籠《かご》の中でさえずる小鳥のかわいらしさに夢中だった。

それを用意した男は、もういない。少し前まで毎日そばにいたのだが、あるとき、何かの言動が不愉快に感じて『もういいわ』という言葉をかけたのを最後に見なくなった。別の大人が、くすりの取引額がどうのと言って彼と揉《も》めていたのは知っているが、自分に言われたわけではないので詳しいことは知らなかった。興味もなかった。

どこからか、悲鳴が聞こえてくる。

いつものことだ。

彼がどうなったのか、少女は知らない。そのあと、もう二度と姿を見ることはなかったから。

少女の周りには、美しいものだけが用意される。その手はいつもきれいなものだけを持っている。前任者の後始末は後任者の役目であって、少女が関心を寄せることはなかった。

――だから。

明け方、過去の夢から覚めたディーナは、一人ぼっちの寝室で汗を拭い、涙も拭った。

だから信じて。わたし、今まで一度も。

自分でひとを殺したことがなかったの。

「お嬢、昨日の晩餐でさっそくサンジェナのとやり合ったそうで？　食堂の空気がずいぶんピリピリしてたとか」

「……ニコラ叔父様。別にわたし、やり合ったわけでは」

口ひげを揺らして苦笑いするニコラに、ソファの上のディーナは弱々しく反論した。あまり話したくない相手なのもあり、部屋に入れることを迷いもしたが、例の薬を補充しにきたと言われれば無碍《むげ》に追い返すわけにもいかなかったのだ。

バルトロとテオドロによって荒らされた客間は、夜中から早朝の間にすっかり元通りにされている。

ディーナは複雑な気分だった。部屋を片付けるにあたって、使用人たちからアウレリオに何の報告もいっていないとは思えない。つまり、彼の耳に昨夜の襲撃の話が入っているはず。

だが、今のところ、アウレリオからディーナに対してはなんの音沙汰もない。

来訪したニコラの様子からも、襲撃が周知されていないことは推察できて、余計に胸にざわざわとしたものを感じた。しかし、こちらから昨日起きたことを言ってアウレリオの様子を聞き出すのもはばかられる。

「あまり気に病まなくても、伯爵はあなたをことさら気に入ってると思いますがね。大聖堂でも、たいそう機嫌が良かったらしいし」

「気に病んでなどいないわ」

叔父の言葉を素直に受け入れられる気分ではなかった。

今やアウレリオも含めて、誰に見限られているかわからない。このニコラにも。

「そういえば、あのとき何を伯爵に贈ったんです?」とシガレットケースを手に問われるのも「さあなんだったたか」と適当に濁す。

「やれやれ、お嬢の不機嫌は不安からですかな。何か、あなたにも妹だと証明できるものがあればいいんでしょうけど。……なんにしろ、今日の幹部会が無事に過ぎれば、気も落ち着きますよ。そうそう、ここには酒豪も多いが、あなたはくれぐれも飲みすぎに気を付けて。姉も酒に強い方ではなくて、よくベルナルドに薬をもらっていました」

幸い、ニコラはものの数分で灰皿のない部屋から出ていった。

静かになった部屋で、ディーナは息を吐いた。ニコラがいる間、すみに控えていたテオドロが寄ってくる。

「今日のことが不安？」

指しているのは幹部会のことだけではない。今日は昼食会の予定もあるのだ。アウレリオと、サンジェナ島のディーナと、早めに到着した招待客たちと。

「ええ。……でも、行くしかないのよね」

貰《もら》った錠剤を補充するため、仕掛け指輪のエメラルドを持ち上げる。これは後でテオドロが屋敷の外にいる仲間へ渡し、成分を解析する分だ。

――屋敷の内側で何かあったとき、外にいるテオドロの仲間は助けてくれるのだろうか。

「大丈夫だよ、心配しないで」

声に出さない不安を読んだように、テオドロがディーナの手を包み込んだ。

そうだ。大丈夫。テオドロが、そばにいてくれるのだから。ディーナはなんとか笑って頷《うなず》いたが。

「……でも、勝手に薬を飲ませるのはやめて。二回目よ、これで」

睨むと、テオドロは申し訳なさそうに笑って、けれど謝らなかった。

昼食会は、美しい中庭に面した部屋で、半立食のような形で行われた。

外につながる大きなガラス扉は開放され、人々は屋内と庭園を行ったり来たりしながら、並べられた食事を楽しんでいる。

中でも、その人は特に満喫しているように見えた。

「あら、あなたもいらしてましたの！」

〝サンジェナ島のディーナ〟は、アルボーニ家の当主を名乗る壮年男性へ親しげに話しかけると、彼を大きなパラソルの下にいるアウレリオとラウラのもとに誘った。

その様子は、十年も騙し騙されていた関係とはとても思えない。口裏を合わせた共犯者だと、ディーナでなくてもわかりそうなものだ。

なのに、椅子にかけたアウレリオはずっと偽物の妹に笑顔を見せていた。そばにはバルトロも控えている。

お咎《とが》めなしだったのだろうか。

（……彼女の話を信じているから？）

しかしそうなると、逆に自分が生かされている理由もわからない。まだ見極めの途中なのだろうか。

悶々《もんもん》としていると、アウレリオが席を外した。サンジェナ島のディーナは、招待客に向かって上機嫌で話し始めた。

「ええ、そうですわ。十年ぶりにまたこうして戻って来ることができて嬉《うれ》しいですわ。どこもかしこも懐かしくて――」

漏れ聞こえてくる言葉から推察するに、ディーナ・フェルレッティの幼少期のことのようだ。おそらく、バルトロから情報を得て作った話なのだろう。

「え、あのときの犯人……ええ、そうですわ。わたくしをさらい、いつもと同じ、下卑た笑みを浮かべていましたの。今思い出してもおぞましい。でも伯爵が粛清してくれたようで、本当に良かった──……」

──いいえ、あの男は笑わなかった。あの夜も、その前も。周りが媚《こ》びて笑いかけてくる中で、にこりともしない男だった。

（……なんて訂正しても、誰もそれを証明できない。わたしの対抗心だと思われて、終わりなんでしょうね）

本人が同じ空間にいることも知らずに、なんて厚かましく語るのだろう。

「気になりますか。二人目のディーナ・フェルレッティが」

話しかけてきたのはルカだった。隣に並んできた相手に、ニコラのとき同様、ディーナの体に緊張が走る。いつでも逃げられる心づもりで「別に？」と虚勢を張った。

男が鼻で笑う気配がする。

「本当に？　妹だと言い張る証拠が、髪色以外にない御身で」

辛辣《しんらつ》だが、事実なのが痛いところだ。実態はその髪すらも染毛である。

「……確かに、気にはなるわ。自分の偽物が堂々と目の前にいるんだもの」

ディーナは精一杯のすまし顔で答えた。ルカはそれを少しの間黙って見つめていたのだが、すぐにテオドロに視線を移した。

「──テオドロ、アウレリオ様からの指示だ。バルトロ拾って、夜の宴会の支度を手伝ってこい」

「バルトロと⁉」

血相を変えたディーナに、ルカはさらりと「そうですよ」と返す。その受け答えに含みは感じられない。

やはりバルトロの襲撃は、幹部たちには知らされていないのだろう。――いや、ルカがサンジェナ側についている可能性も否めない。

ディーナが疑念を抱えるのとは裏腹に、テオドロは淡々と受け入れた。言葉の上では。

「承知しました。しかし、ディーナ様の護衛は」

「俺が代わる」

テオドロの表情は動かなかったが、明らかにまとう雰囲気が冷え込んだ。ディーナも身を固くする。従う様子のないテオドロに、ルカの目にも不穏なものが宿った。その場の空気が、剣呑なものになりかける。

それを無視して踏み込んできたのは、この昼食会の実質的な主役だった。

「あら、こんな端っこにいらしたの」

〝サンジェナ島のディーナ〟は、場の空気をわざと無視するかのようにおっとりと口を挟み、グラス二つを手ににっこりと笑顔を見せた。

「楽しんでくださっていますか？」

「え、ええ」

自宅気どりの言葉選びはわざとだろう。

フェルレッティ家の実態をあまり理解していなさそうな彼女は、昨夜のバルトロの行動を把握しているのだろうか。

ディーナはもやもやしながらグラスに手を伸ばした。――その手が、空振りする。

女の持つグラスは、ディーナを素通りし、後ろに控えていたテオドロの前へと差し出された。

「暑いでしょう、少しは休憩なさいね、テオ」

金緑の目を細めて気遣う女は、まるで従僕の主人のよう。

ディーナは瞠目した。そう言えば、彼女はテオドロを引き込みたいと言っていたと思い出す。

「わかっておりますわ、今は〝お客様〟のお世話を仰《おお》せつかっているのでしょう？　でもお客様がお帰りになった後も、あなたがこの家に仕えるのは変わりないのだもの。これからどうぞ、よろしくね？」

「――ありがとうございます」

おそらく、彼女との対立を不必要に激化させないように、テオドロは配慮している。

それでも、彼がグラスを受け取ったことが、ディーナには少なからずショックだった。反対に、サンジェナ島のディーナはますます機嫌をよくする。

「この仕事が済んだあとは、わたくし付きにしてもらえるよう、伯爵にお願いしておきますわ」

ディーナが胸に黒いものを抱えたその言葉を、くっと喉で笑ったのはルカだった。

「どう転んでも、〝当主の妹付き〟か。地位が安定してて羨《うらや》ましいもんだぜ」

嘲《あざけ》りを含んだ声に、サンジェナ島のディーナは一瞬不愉快そうに眉を寄せたが、すぐに得意の微笑を作り直した。

「まぁ、あなたが薬物取引をまとめているルカ・ベラッツィオ氏ですわね。その若さで花形を務めるなら、伯爵のお気に入りということかしら」

女はにこやかに手の甲を差し出したが、ルカは「どうも」と薄く笑っただけだった。サンジェナ島のディーナの、ルカを見る目が冷たくなる。それから間を置かず、今度はテオドロへ向き直り、すり寄りながら囁いた。

「ねぇテオ、場所を変えてお話しいたしましょう？　わたくしのお部屋はまだ客間だけど、なかなか素敵よ」

女の白い腕が、テオドロの右腕に無遠慮にからみつこうとする。

――もう耐えられなかった。

「触らないで！」

気付くとディーナは、テオドロと彼女との間に割って入っていた。勢いで、サンジェナ島のディーナの持つグラスからワインがこぼれる。

庭園の片すみ、その一角だけが、異様な静けさに包まれる。

「……彼は、今腕を怪我してるの。これから伯爵に命じられた仕事もあるし、むやみに連れて行かないで。……そもそも、わたしの従僕よ」

必要以上に感情的にならないよう努めたが、最後の言葉はどうしても我慢できなかった。サンジェナ島のディーナは、金緑の目でディーナとテオドロを見比べたが、やがてにこりと微笑んだ。

「そうでしたの、これは知らずに失礼を。テオ、伯爵のためによく働きなさい」

相変わらずの言い方にディーナはまた胸にくすぶるものを感じたが、何も言わない。

妙な緊張感が残る一角に、テオドロを呼ぶ声が届く。

「行ってきて。わたしは大丈夫、ルカがいるわ」

仕事があると堂々と言った手前、行かせないわけにいかなかった。それにルカは〝サンジェナ島〟派ではない。テオドロも同感だったのか、「すぐに戻る」と囁いて、呼び声のした庭の奥へと向かっていった。

(大騒ぎにならなくて良かった。……今のうちに)

「ルカ、この方に新しいお酒を持って来てくれる?」

サンジェナ島のディーナが持っていたグラスは、こぼれたせいでワインが半分ほどになっていた。

「俺がですか?」

「テオの代わりを務めてくれるんじゃないの?」

カードが挟めそうなほど深いしわを眉間に刻んだルカが十分離れたのを確認すると、ディーナはサンジェナ島のディーナの腕を摑んで、「話があるの」と耳打ちした。

「抜け道を教えるわ。ついてきて」

そう言うと、やや強引に相手を引っ張って庭園を移動する。

礼拝堂の鍵は、ロザリオ同様いつも持ち歩いている。

しかし、当人はテオドロもルカもいなくなり、他の人間の目も減った場で、態度の悪さを隠そうともしなくなっていた。

「……下手くそな詐欺師《同業者》かと思ったけど、どうやらとんだ素人だったようね。離してよ、こんなカモめったにいないんだから」

「カモですって？　あなたは蛇の巣窟に踏み込んだネズミよ！　ねぇ、これが最後のチャンスなの。お願いだから、私の言うとおりに」

腕が振り払われる。足を止めて振り返ると、サンジェナ島から来た女は目元を醜く歪めてディーナを睥睨《へいげい》していた。

「あんたこそ、ディーナ・フェルレッティがどんな女か、なんにも知らないようね」

「今そんなこと言ってる場合じゃ、」

その瞬間、ディーナの顔面にワインがかかった。グラスに残っていたぶん全部だ。

前髪から顎まで、最高級のワインがしたたる。一瞬の出来事に茫然《ぼうぜん》とするディーナを前に、たった今グラスを空にした女の甲高い笑い声が響き渡った。

「ディーナ・フェルレッティは、この屋敷の女王！　田舎のシスター見習い風情が、身の程を知りなさい！」

その声に、幹部や招待客が引き寄せられる。ずぶ濡《ぬ》れのディーナと空のグラスを持つサンジェナ島のディーナを交互に見て、こそこそと話し、中にはくすくすと忍び笑いをする者もいた。

「なに、騒々しいな。……おっと」

現れたのはアウレリオとニコラだった。ニコラは「おいおいおい」と女二人を見比べながらディーナの方にやってきて、自分の上着を頭から被《かぶ》せた。

「お嬢さん、これはやりすぎじゃないか」

ニコラの非難はサンジェナ島のディーナに向けたものだ。

だがアウレリオは、最初に驚きの声を上げたほかには、腕を組んで見ているだけで、何も言わなかった。当主に咎められなかったサンジェナ島のディーナは、白々しいほど優雅な口調で言った。

「あら、皆様に言って差し上げてくださいな、お兄様。レベルタまで泳いでいるうちにきっときれいになりますと。服も、記憶も、かつて部下に突き落とされたどこぞの愚かなご令嬢のように！

そう思うでしょう、〝レベルタのディーナ〟様？」

ディーナは勝ち誇ったように笑う相手の顔を、雫《しずく》を垂らす前髪を通して見つめた。

振り払われてから浮いたままだった手を、拳の形にして己の胸につける。

「ディーナ様！……何があったんだ？　ルカは何を」

駆けつけてきたテオドロの問いかけは、アウレリオのいる方を見て止まった。そのそばには、にや、と口の端を上げてこちらを見るバルトロがいる。

――ディーナはテオドロの問いに答えなかった。何も言わずに、サンジェナ島のディーナから一歩退《ひ》くと、被せられた上着を脱いでニコラにつき返し、はりつく前髪を視界から除《の》ける。

「……警告はしたわ。地獄で後悔を噛《か》み締めても、もう助けてあげられない」

その冷たい声に、サンジェナ島のディーナは意外そうに目を瞬かせたが、すぐに「お気遣いなく」とうっそり嗤《わら》った。

客間に、テオドロの低い声が響いた。

「……なるほど。騒ぎの状況はわかった。運が悪かったね」

「違うわ。わたしが愚かだったの」

浴室で湯を使い、部屋着に着替えたディーナはソファの座面に顔を伏せたまま、暗い声で答えた。

「やっぱり、アウレリオはわたしを見限ってる可能性が高いわ。……どうしよう、今夜わたしたち、殺されるかもしれない」

「考えすぎだ」

ディーナは即座に顔を上げて反論した。

「じゃあなんで、彼はずっとあっち側に甘い顔をしてるのっ？　あの人たち、やりたい放題よ、こっちは殺されかけてるのに！　……あんなずさんな嘘に騙されるなんて、どうなってるの⁉」

「落ち着いて。ずっと緊張しているせいか、気が立っているみたいだ。何か飲もう」

そう言うと、テオドロはワゴンに置かれていたボトルを一本取った。手際よく栓を抜いて、グラスに注がれたのはサフランの煮汁のような黄色の液体だった。

「それから、ディーナ。幹部会は欠席しよう」

少量の酒を水で割りながら言われたことに、ディーナは息をつめた。

「なんで……？　やっぱり」

「早合点しないで。あなたは疑われていない」

「なら、それこそなんで？　テオは本当はどっちだと思ってるの？　疑われていないなら、逃げない方がいいわ」

「そうだけど。……少し、飲んで。極端な考えは疲れているから出てくるんだ。あなたはあなた自身が思うより、身も心も、ずっと疲弊している」

テオドロは無表情のまま、グラスを傾け、水割りを一口飲んだ。一瞬形のいい眉が寄せられたから、ディーナはヒヤッとしたが、グラスが差し出されたので毒は入ってなかったのだろう。

「だってこのままじゃ、あの偽物たちの思うままに……、か、ごほっ！」

なおも言い募りながらも、渡されたグラスの中身を呷って、ディーナはその予想以上の酒精の強さに噎《む》せた。

口を隠しながら「な、なにこれ」と問えば、北方の修道院で作られるハーブリキュールだという。言われた通り、独特の香りがしたが、それ以上に喉を焼く熱が半端ではない。覚悟してゆっくり飲み下す中で、確かにそれまでの落ち着かなさは鎮火した。

「どちらにしろ、さっき抜け道に行かなくて良かった。ガゼボの周りにも招待客がいたし、礼拝堂も……」

テオドロは、そこで言葉を切った。何か重いものを支えるように、額を押さえる。

「……アウレリオは、あなたに注目していた。あの女性からの仕打ちに対する、あなたの反応を見ていた。向こうには、関心がないんだ。……ぬかった。もとより見極めてなんかいなかった。たぶんあの男、最初から……」

テオドロの言葉は、途中から独り言のようになって、ディーナにはよくわからなくなった。

「テオ？」

不安になって呼びかけると、テオドロは顔を上げる。どこか追い詰められたような表情をしていたが、ディーナの顔を見つめて言った。

「すまない、ちょっと出てくる。……指輪の薬を仲間に渡してきて、それから、少し、用事を片付けてくる。ディーナはこのまま部屋で休んでいて。僕が戻って来るまで、ここで」

返事をする前に、テオドロの手がディーナの手を取り、仕掛け指輪から錠剤を抜き取る。空の小瓶にそれが移されるのを見ていたディーナは直感した。

「……あのひとのところに行くの？　サンジェナ島の、」

声をかすれさせたディーナのグラスに、テオドロはさらに酒と水を注いだ。

「信じて、待ってて」

促されて、ディーナは戸惑いながらも再びグラスを傾けた。


「入りますよ、お嬢様」

客間の扉が開く音がした。不機嫌そうな足音が、ソファに向かってくる。

「……おい、誰もいないのか」

唸るような、警戒するような声が問うてくる。違う。でも確かに、扉をノックされても、廊下から声をかけられても、ディーナは何もできなかった。誤解されるのも致し方ない。

今も、そう。

「見張りはいたんだけどな。寝室か？　……うわっ、ディ、おま、こんなとこで何して……酒くせ！」

ソファとローテーブルの間の床で丸くなったディーナを発見したルカは、脇の下に腕を入れて抱え起こそうとしたが、体から漂う酒気に顔をしかめた。何も言わないディーナの伸びた上体から転がり出てきたボトルを見て、現状を理解し、ため息を吐《つ》く。

「バカかこいつ……。こんなん飲んで、床で潰《つぶ》れてんじゃねぇよ」

「テオがいない」

独り言をぴたりとやめて、ルカが怪訝《けげん》そうにディーナの顔を覗《のぞ》き込む。

「……起きていたんですか」

ぐでんぐでんのディーナをソファに座らせると、ルカは半分以上中身の残ったリキュールをワゴンに戻し、代わりに未使用のグラスと水差しを持って戻ってきた。

「テオがいっちゃった……」

「あ？　……ああ、仕事のはずですよ。さっきは始まる前に、騒ぎで中断したから」

焦点の合わないディーナの手に水の入ったグラスを握らせたルカが、なおざりに答える。

そして、ディーナの顔を一瞥《いちべつ》し、またため息を吐いた。

酒でうつろなディーナの目からは、ひっきりなしに涙がこぼれていたからだ。

「そばにいるって言ってくれたのに……やっぱり、あの女性《ひと》の方に乗り換えるのかもしれない」

「その判断は本人じゃなくて、アウレリオ様がしますから。ホラ飲んで」

ディーナは素直に水を一口飲んだ。それからまた、ろれつの怪しい言葉で泣き言を言う。ルカはそばにスツールを置いてそこに座り、ぞんざいに受け流しては水を飲むよう促した。

しばらくは、妄想じみたディーナの嘆きとルカの雑な相槌が続き、その合間合間で水は一口ずつ飲まれた。やがてグラスたっぷり二杯ぶんの水を飲んだところで、ディーナはやっと少しルカの方を見るようになった。

「……どうも、ありがとう」

「おおいに感謝してくださって結構ですよ。主人を潰《つぶ》してる従僕より、よほど役に立つとね」

「……やめて。テオは、そんなつもりじゃ……」

――そんなつもりじゃないなら、なぜこんな強い酒を飲ませたのだろう。

アウレリオの執務室に忍び込んだ夜からまだ二日も経《た》っていない。また揉め事を起こしそうなディーナを、大人しくさせるために飲ませたとしか思えなかった。

信用されていないのは、自分の方かもしれない。

返事をしなくなったディーナを何と思ったか、ルカが小さく口を開く。

「……あなたも、証明できるものはないんですか」

探るよりも、確認するような声音だった。

フェルレッティ家の令嬢だと証明できるもの、という意味だろう。しかし、ディーナは力なく頭を振った。振動が響いたこめかみを押さえてぼやく。

「……着の身着のままで運河に落とされたのに、そんなもの、あるわけ……」

ふと、頭にロザリオのことが浮かんだが、ルカの言葉が先を越した。

「薬は持ち出さなかったんですか」

「薬？」

「この屋敷から。なにか一つでも。その空き容器だけでも、残してないんですか」

心当たりがなかった。

「……何も」

ルカは、ぼんやりと虚空《こくう》を見つめるディーナを、しばらく無言で見つめていたが。

「……じゃあ、最後に言ったわがままの内容とかは」

問いかけというより、呟きに近い物言いだった。

——最後のわがまま。

『あれが欲しいわ。持ってきて』

空のグラスを持つ手に力がこもる。

「……当時、その場にいた人は今いないもの。覚えていても、答え合わせができないじゃない」

明言しないディーナに、ルカは「そうですか」と俯《うつむ》いて、それきり沈黙した。

いつまでいるのだろう、と気まずくなってきたところで、ディーナは何気なく窓の外に目をやり。

——磨かれたガラス戸の向こう、横に張った枝葉の隙間から、こちらを見つめる男と目が合う。

庭の木に、ベルナルドがしがみついている。

「……キャーーーーーーー!!」

ディーナの悲鳴にルカがぎょっとして顔を上げた。青ざめたディーナが指さす方向を見ると、立ち上がり、荒い足取りでバルコニーに近付く。

「見つけたぞてめぇ!!」

ガラス戸を開けて怒鳴ると同時に、銃まで抜いた。「おまえこそここで何を」と喚《わめ》くベルナルドの声に銃声と、枝の折れる音が重なった直後、ドスンと重い音が続いた。地上から、「おまえっ、ロレーナ様に何する気だ!」とベルナルドの声が響いてくる。

「……せ、先生、待って!」

我に返ったディーナは叫び、もつれる足でバルコニーへと駆け寄った。


「ロレーナ様のお部屋にお招きいただけるなんて、この身に余る光栄です」

「……ディーナよ。さっき、怪我はしなかった? 先生」

聞いてはみたものの、陶然とした顔で部屋へやってきた痩せぎすの男はピンピンしていた。見る限りは、髪がぼさぼさに乱れているのと頬や手に小さな裂傷ができているだけで、木から落ちた割にはほとんど無傷だ。

「なんとお優しいお言葉。この役立たずのベルナルドの、骨の髄まで沁《し》み入るようです。ええ大丈夫、それよりご所望の品はこちらですね」

言って、ベルナルドは小瓶に入った粉薬を差し出した。裂けた袖の縁から、手首の内側に彫られた蛇の入れ墨が見える。

「酔い覚ましです。ロレーナ様のおからだの大きさなら、この量で十分でしょう」

数分前のことだ。落ちたベルナルドが大事なさそうなのをバルコニーから確認すると、ルカが下に向かおうとしたのでとっさに言伝を頼んでしまったのだ。

「ありがとう」

感謝の言葉とともに受け取ってから、そういえば、これは本当に飲んで大丈夫だろうかという考えが頭を過《よぎ》る。自分で頼んだものではあるし、まさかこの男がサンジェナ島側の味方とは思わないが、つい、仏頂面のルカを見てしまう。ルカは視線の意図を把握したようだった。

「別に、変な混ぜものはされていないと思いますよ。この男、仕事ぶりだけはまともです」

「……」

「……先に飲みましょうか？」

テオだったらしてくれるだろうなと、チラッと思ったことを言い当てられる。気まずくて、「結構よ」と拒否した。

高位貴族であれば毒見はよくあることだし、フェルレッティ家にいるならなおのことではある。だとしても、ここ数日で無意識に『毒見してもらって当然』と思っていた自分に呆《あき》れながら、薬を飲み下す。無味無臭だ。

その様子を、ベルナルドは褒美を待つ犬のようにじっと見ていた。

「他にご用件は？　ロレーナ様はぜんぜん僕を使ってくださらない。花の肥料から拷問用の薬まで、お好きにお命じ頂ければなんでも作りますのに」

「……そのうち、お花の肥料でもお願いしようかしら」

「なんなりと！　花もね、やはり栄養次第ですから、人体から抽出して」

「やっぱりいらない、忘れて、何もかも」

やはり、この男こそ、フェルレッティの毒の管理者なのだと痛感する。

（……でもこの人。サンジェナ島のディーナが来ても、わたしへの態度が変わらないのね）

「……バッジオ先生」

「ベルナルドと」

ディーナはルカが酒を載せたワゴンに目を向けているのを確認してから、ベルナルドに近付いて耳打ちした。

「ベルナルド先生、お花の肥料はいらないけど、……あの、作ってほしい薬があって、興味本位なんだけど、」

「テオドロに飲ませている薬の解毒薬なら、その医師には無理ですよ」

恐ろしいほど耳がいいらしい。ルカに釘《くぎ》を刺されたディーナは、ベルナルドの肩口に顔を寄せたまま固まった。

「あなたの従僕への薬は他の幹部に使われるものと違って、ベルナルドの管轄下にありません。アウレリオ様が作成し、保管していて、直々《じきじき》に届けさせているんです。残念でしたね」

振り返って、薄青の目が意地悪く細められているのを見て閉口した。

ただ、テオドロが倒れたときに、ルカがベルナルドのもとに行かなかった理由はわかった。どうやら特別な薬らしい。

ディーナが消沈した一方で、ベルナルドは弾《はず》んだ声を上げた。

「ディーナ様は毒に興味がおありで？」

「ないわ」

「僕もまだ、この家にまつわる毒で気になるものが沢山あるんです。おそろいですね、嬉しいな……」

「ないったら」

「あの、〝蛇の毒〟なんかはどう思います？　フェルレッティ家の方々の間で伝わるという門外不出の毒。作り方も使い方も紙には残されていない毒が、ご当主の牙にだけ蓄えられているとか」

どうしよう、一人で盛り上がっている上、こちらを解放してくれない。ディーナは藁《わら》にも縋る思いでルカの方を見るが、彼は白々しく酒のボトルを見ている。

「はっ、そうだっ、〝聖ロタリオのトルタ〟！　あれは大昔、この家の特別な日のテーブルには欠かせないものだったらしくて。それがね、とうとう僕にも再現できるようになったんです！　伯爵もこれには大喜びで、今日の晩餐でぜひ注目していただければ」

ベルナルドの口が止まらない。まだ薬の回らないディーナの頭がぐわんぐわんと揺れたが、二回目の目配せでルカ、と口の動きだけで名を呼ぶと、やっと従僕代理が動いた。

「楽しそうなところ悪いが、引き上げ時だ先生。あんたをそのトルタの仕上げに立ち会わせるってアウレリオ様に言われてるんだ」

思ったよりも重要な用事があったようだ。もっと早くに言ってほしかったが、ありがたく便乗させてもらう。

「忙しかったのね。ごめんなさい、先生。ルカも……そういえば、何の用だったの？」

今更だが、ルカは何をしにこの部屋に来たのだろう。テオドロが護衛を代わらせたとも思えない。

「この男を探してたんですよ。薬品庫にいないしニコラも知らないと言うから、あなたのところかと」

「そうだったの！　時間を使わせてしまってごめんなさい、もういいわよ」

「……様子見もかねていたんです。庭園では目を離したせいで、あんなことになったので」

「あら。気を遣わせてしまったのね。あれももう平気よ、テオがすぐ来てくれたから」

「……でしょうねぇ。床で酒抱えて丸まってるお嬢様を見たとき、俺も心から安心しましたから」

黙り込んだディーナに、ルカは青筋を浮かべたまま「ご心配なく。すぐ退散しますよ」と、ベルナルドの襟首を掴んだ。医師はこの世の終わりのような顔をしている。

「もうか⁉　ジュリオ殿だっていないのに、ヴェルゴおまえは、ロレーナ様をお一人にする気か？」

「ヴェルゴじゃなくてルカな……。そう、〝テオ〟以外の男は用が済み次第、お嬢様の視界からとっとと消えないといけねぇんだよ」

助けてくれた相手からのあからさまな嫌味に、ディーナは慌てた。

「そんなこと言ってないじゃない。だいたい、長居しない方がいいのはあなたたちでしょ。サンジェナ島のディーナに、わたしと親しいと勘違いされるわ」

しかし、自分の言葉に自分で落ち込んだ。この数分のやり取りに気を取られているうちは忘れていられたことが、ずんと頭を重くする。急に薬の効きが悪くなったかのようだ。

――が。

「知ったことじゃありませんね。何をどう勘違いされようと、こっちには何の関係もない」

思いがけないルカの言葉に、ディーナは顔を上げた。意味するところが汲《く》めなかった。

首を傾《かし》げていると、ルカは億劫《おっくう》そうに補足する。

「アウレリオ様はあなたを本物だと思っていらっしゃる。サンジェナから来たあの女じゃなくて」

ディーナは驚いた。そういえば朝、ニコラも似たようなことを言っていた。

「な、なんで？　向こうには証人もいるのに」

ルカは答えなかった。ディーナはなおも問いかける。

「あなたたちも、わたしを信じてくれてる？」

「……アウレリオ様が言うなら。フェルレッティとは、そういうものですよ」

根負けしたように吐き出されたのは、本心を見透かせない言い方だったが、敵意は感じないものだった。

（じゃあ、テオは何をあんなに憂えていたの？）

一方でベルナルドは「サンジェナ？」と、首を傾げている。それこそ、あまり関心がないようだった。

戻ってきたテオドロは、ディーナが赤地に黒いレースの透かしを重ねたイブニングドレスに身を包み、髪も結ってしゃんと座っていることに目を瞠《みは》った。

「心配しないで、勝手なことはしてないから」

「……酒、抜けたのか」

余計なことを言わないでおこうとしたディーナは、テオドロの呟きにすぐに投降した。

「ごめんなさい、本当はルカと、ベルナルドも来たわ。わたしに薬を持って来てくれたの」

「ベルナルド……。そうか、だからか……」

テオドロの目が、足元をさまよう。不用心だと怒られることを覚悟していたディーナは、続く相手の言葉に驚いた。

「……こっちこそ、すまない。強い酒だ、飲み慣れてないなら辛《つら》かったろう」

拍子抜けしたディーナが顔を上げると、気遣うような灰色の目がそこにあった。

どこか痛々しく見えるその表情に、唐突にディーナは気が付いた。

テオドロは、ディーナを部屋で大人しくさせるためではなく、夕方からの幹部会を欠席させるために、あの酒を飲ませたのだと。

——ずいぶん心配しているらしい。ディーナ自身以上に。

状況をかんがみれば当然かもしれないが、かえってディーナの内にはむくむくと奮起するものがあった。ニコラも、ルカも、ベルナルドも。幹部たちの言葉が、その後ろ盾となっていた。

「心配しないで。それより、バルトロや、サンジェナ島のディーナのこと、もう大丈夫なの？　テオ、執心されてるように見えたから」

「ああ。いや……」

歯切れの悪い返事。逸《そ》らされた眼差しが陰を帯びたように見えて、ディーナは一転して胸がざわついた。

「テオ？」

「――なんでもない」

そう言うと、テオドロは最後の確認とばかりに、ディーナの髪や眉毛に染め残しがないか確認し始めた。

第九章　宴の夜

昨日テオドロが倒れた舞踏室は、楽団が音楽を奏で、華やかな人で溢《あふ》れ、すっかり宴《うたげ》の場と言うにふさわしいものに様変わりしていた。

しかし、なぜかいつも煌々《こうこう》と輝いているシャンデリアは、いささか光が弱く薄暗い。その上、ディーナには嗅ぎ慣れない甘い香りが漂っていて、会場全体にどことなく妖しい雰囲気に包まれている。

ただ、酒を手に思い思いに過ごしている出席者は、男女ともにリラックスした表情である。その光景は、表向きには〝貴族が身内向けに開いた華やかな夜会〟でなんの間違いもない。

入り口で深呼吸したディーナも、テオドロに手を引かれて中に踏み込む。

近くにいた何人かが、見慣れない女の正体に気付いて道を開ける。それが徐々に会場じゅうに伝わって、加速度的に注目が高まっていく。

やがてできた一本道の先に、出席者の中でただ一人椅子にかけて周囲の挨拶を受ける銀髪の男がいた。傍らには、チャコールグレーのマーメイドドレスを身に着けたラウラもいる。

事前にテオドロに言われた通り、歩く間、ディーナはすれ違う誰とも口をきかず、視線もくれなかった。

『なるべく周りを見ないで。アウレリオによる紹介が終わったら長居も無用だ。あなたは周囲を気しい。

とはいえ、十年前のディーナもまた、いつ何時も勝手気ままに過ごしていた。らしいといえばら

（それで大丈夫かしら）

遣う立場じゃない』

でも、あのときと違い、今この空間の支配者は自分ではない。

歩みが止まり、エスコートしていたテオドロの手が離れる。

「ご機嫌いかが、伯爵」

ディーナが膝を折って声をかけると、アウレリオは顔を上げて微笑み、立ち上がった。襟に、大聖堂の前で買ったラペルピンが付いている。

「ああ、とても美しい。……本当に、良く似合っている」

言葉と同時に差し出されるグラスを受け取り、ディーナは促されるままに体の向きを変えて、会場に向き直った。

出席者たちの視線が集まっているのが、薄闇越しにもよくわかる。人垣の中にはニコラやベルナルド、ルカの姿もあった。

「喜ばしい日だ。みんな、我が妹、レディ・ディーナの十年ぶりの帰還を、ともに祝ってほしい」

アウレリオの言葉で、舞踏室が拍手に包まれた。異議を唱える声はどこからも聞こえてこない。

――承認された。自分がこの男の妹だと、認められた。

「おかえりなさい、楽しんで」

アウレリオが耳元で囁《ささや》く。緑の目が楽しそうに細められていた。

あまりにもあっさりことが進んで、ディーナは安堵《あんど》するよりもかえって固まっていた。

問題は何も起きていない。テオドロと自分の憂慮は無駄だったのか。

なら、それは喜ばしいことだ。疑われていないなら、計画はまだ続行できるのだから。

ただ。

(……あのひとはどこ?)

懸念は、サンジェナ島から来たディーナとバルトロの姿が、どこにも見当たらないことだ。


やがて歓声が収束に向かい、兄妹の周りから引いていた人波がまた動き始める。

辺りを見回せば、壁際にいるテオドロが目に入った。すました男が一瞬だけ扉を指し示す。

ディーナはその意図に小さく頷《うなず》いた。幹部会に出る目的は達成された。あとは人混みに乗じて舞踏室を出てしまおう。

だが、歩き出したディーナの背後で、アウレリオが上機嫌な声を上げた。

「さて。そろそろ我らの姫君をもてなす今夜のメインのお披露目といこうか!」

パンパンと手を叩《たた》く音に、ディーナはやむなく足を止める。振り返ってもアウレリオは別の方向を見ていたが、間違いなく自分のために作らせた何かが出てくるのに、無視して立ち去る度胸もない。

寄る辺なく立っていると、そばにラウラがやってきた。

「何が出てくるの？」

昨日の温室での一件以来だ。気まずさもあったが、手打ちにしろと言われていたこともあり、ディーナは問いかける。

しかしラウラは何も言わず、嫌そうに眉をひそめて自身の首を指し示した。ドレスと共布のリボンチョーカーがくるりと巻かれた細い首を。

「……？」

意味を問おうとしたところで、舞踏室の扉が開き、使用人が銀色のワゴンを押して入ってきた。またどよめきと拍手が起こる。

衆人の注目を集め、湯気をまとって登場したのは、ドーム型の大きなパイだった。表面も花や葉、小鳥に形作った小さなパイ生地で飾られた金色のそれは、直径三十センチはあろうかと思われた。

――珍しい。伝統的だが、優雅というよりは素朴な料理だ。

使用人が大きなナイフを真ん中に入れる。刃は、半球の中心部を避けるような動きをして、切り進んでいった。桃の種を避けるときのような動きだ。

「あれですよっ、ロレーナ様」

いつの間にか、そばにベルナルドが来ていた。

「昼間お話しした、特別な日の晩餐《ばんさん》。いえ、食べはしませんがね、観賞用なので」

「観賞用？」

「はい。いやぁ食べられないでしょう、さすがに」

切り終えた使用人が、ナイフを抜き、ソースを拭う。

別の使用人が、真ん中に入った切り口に、大きなナイフとフォークを差し込み、それぞれを脇にずらした。

中からごろりと出てきた大きな肉を、客に見せるように。

「……なぜ？」

ディーナの問いに、医師が答える暇はなかった。

「ちょっと見づらいね。明かりを強くして」

アウレリオの声に応えて、シャンデリアが輝き始めたのだ。

光に誘われるように、ディーナは天井を見上げ――。

垂らされた水晶片の向こうの、見開かれた薄茶色の瞳と目が合った。

「え」

鼻を突く、甘い香り。

幾本ものアームが張り出すシャンデリアには、宴会場を見下ろすように四肢を投げ出した、金髪の女がいた。

否。乗せられていた。

会場がざわめく。

好奇の声で。

「緑の目だと聞いていたが」

「瞳に薄い色ガラスを載せて、色を変えていたらしい」

珍しい動物を見るような声で。

「ほら、ロレーナ様、皿の上が見えますか？　あれに使われているのが、僕が再現した〝聖ロタリオのトルタ〟ですよ。火刑に処されても体が燃えなかったと言われる聖人にちなんだ、人相が失われないようにする処置なんです。生地越しに、死体の顔が焼かれても」

シャンデリアには目もくれない、ベルナルドの、褒めてほしそうな声がした。

シャンデリアの真下、ワゴンの上。

切り分けられたパイ生地の真ん中に現れた、口元に傷のある男の首を指し示して。

――シャンデリア、ワゴンと移った視線を、ディーナは横に立つラウラに向けた。

冷めた目で見返すラウラが、チョーカーを摘《つま》んで首から浮かせる。

リボンの下の、黒い、金属製の首輪が、ディーナにも見えるように。

『怒られたの』

口の動きだけで、女は言った。

だから今は口がきけない、とその目が語る。

――ディーナの体は、隠しようもないほど震えていた。

「賭けをしよう」

高揚する宴会場の空間に通る、アウレリオのゆったりとした声。

「さっき運河に流したアルボーニ家の当主が、果たしてどこに流れ着くのか。賭けの勝者の中から、サンジェナ島の農園の新しい監督者を指名するよ」

会場が、さざめくような笑い声で満たされる。

シャンデリアと皿の上に用意された〝裏切り者〟を前にして。


驚くことではない。

ディーナは知っていた。

ここにいるのは悪徳の一族。

フェルレッティ家とは、こういうものだと。


「――あああああああァッ……‼」

それでも、口を押さえた指の隙間から、断末魔のような悲鳴が漏れるのを堪《こら》えられなかった。


ディーナがディアランテの邸宅に到着し、当主と晩餐をともにした、その夜のことだ。

ゴツッと鈍い音が響き、続いてドッと重いものが倒れる気配がした。

「勝手な行動をするなというのがさ、私の統治における最重要条項なんだ」

アウレリオはそう言って、礼拝堂の床に横倒しになったルカ・ベラッツィオの脇にしゃがみこんだ。そして、たったいまその頬骨を打ち据えた銃の先端を横腹に押しつける。殴られる直前にも強く蹴られていたそこを押されて、ルカは口から少量の血を吐いた。

「今回はさっさとディーナを連れてきてほしかったから、おまえの帰りを待たずにテオドロを向かわせたんだよ」

銃口がぐり、と押し込まれる。相手が息を詰まらせる様子を、アウレリオは淡々と眺めていた。

「それなのに、なーんで一日出発を遅れさせてる。おかげで妹が列車で危険な目に遭ったんじゃないか」

そう言うと、空いた方の手の親指で祭壇の前を示す。そこには列車で捕らえた襲撃犯の生き残りが、両手を縛られ、猿轡《さるぐつわ》を噛《か》ませられて転がっていた。

青ざめ、こわばった表情で自分たちを見つめるその男を忌々しげに一瞥《いちべつ》したのち、ルカは荒れた息の合間に低い声を漏らした。

「……出発のための準備がしたいと言ったのは、テオドロで」

声が途中で消える。銃口がいっそう深く脇腹を抉《えぐ》っていた。

「ルカくん」と、主人は緑の目を細めて酷薄に告げる。

「なんのための序列だと？　テオドロたちと合流した時点で、決定権はおまえにあったのに何うまく丸め込まれてるんだ？　あの子が列車で怪我《けが》でもしてたら、おまえ今頃犬のエサになっていたんだが？」

息もできず青い顔のルカは、一向に抵抗しない。

それを、アウレリオは体温のこもらない目で見下ろす。砂のような、無味乾燥の眼差しだった。

「私は、おまえのことは気に入ってるんだ。ただでさえ幹部は古い頭の中年ばかりなのに、平均年齢をさらに押し上げるような真似はやめてくれ」

ようやく、脇腹への圧が弱くなった。

「……まぁ、テオドロと入れ替えられるんなら、平均はあんまり変わらないか」

呟《つぶや》きに、ルカの青い目が見開かれた直後。

響き渡る銃声に、部屋のすみにいた襲撃犯が体を慄《おのの》かせた。

――ルカはぎこちなく首を巡らし、身をよじった。弾は手首を戒めた縄だけを器用に裂いて、床を焦がしていた。

「なんだ。死んだと思ったか？」

「……」

「あいにく、まだおまえには仕事がある」

起き上がるように促されると、ルカはよろけ、横腹をかばうようにしながら床にひざまずく姿勢をとった。

「まずは明日の朝、ディーナにこの薬の使い方を教えてこい。二回目からの分になるかな」

そう言ってルカの目の前に放られたのは、ビロードの小箱だった。開けなくても、中身が当主家族の側近に与える薬が仕込まれた指輪だとわかった。

「一応教えておくが、おまえに飲ませているのとは別物だから、横取りしても意味ないぞ」

「……そんなことはしません」

「賢い」

嘲《あざけ》りでも皮肉でもない言葉を受け止めて、指輪の箱を手に取る。

気に食わない。

ルカの、テオドロ・ルディーニに対する所感は、その一言に凝縮されていた。

本心を見透かせない従順な態度も、一年足らずで主人のそば近くに仕えていることも。年上の自分と並ぶと、相手の方が年かさに見られることも。

ディーナ・フェルレッティ付きに、抜擢《ばってき》されることも。

――もしこれを自分が捨てたら。

思うやいなや、ルカは無駄な考えだと打ち払い、立ち上がった。

薬を奪うより、もっと確実な追い詰め方がある。

「……アウレリオ様」

「なんだね」

主人の声音は、部下を痛めつけていた先ほどと寸分変わらない。

「……テオドロが見つけてきたあの女、金髪は染めかもしれません」

「なんでそんなこと知ってる？　眉まで金色だったのに」

「俺が見つけたときは頭髪が赤かったんです」

声の硬くなったルカに、アウレリオはああ、と軽く応じた。

「聞いた。テオドロから。赤毛に染めて、うちの追っ手から逃れようとしていたと」

「逆だと思います。テオドロは赤毛を金髪に染めるために、出発を一日遅らせたと俺は見ています」

ルカは主人の反応を待った。

「ふうん」

待って、――しかし、返答は予想よりずっと早く、短かった。

ルカは数秒待ってようやく、それ以外の応えが得られないことに気が付いた。

「……それだけですか？」

「何が？」

「……ディーナ・フェルレッティ様は金髪では」

「彼女も金髪だろう？　染めていたから赤毛だっただけで」

「信じるのですか、あの二人の言葉を。サンジェナ島からの報告もあるのに。……甘くないですか、テオドロ・ルディーニに」

噴出しそうな感情を意思の力で抑えつけた声に、アウレリオが息だけで笑う。

「なあルカくん。この話、長引かせると自分がさらに殴られるだけだってわからないかな？」

ルカが黙ったのを確認すると、アウレリオは目を祭壇の前、聖母子像の足元に向けた。

拘束されたまま身をよじるしかない、列車の襲撃犯に。

「サンジェナの件は後回し。さて、残業というにも遅すぎるが、本日最後の仕事だ。やるからにはせめてスムーズに終わらせたいものだよ。……そう思わない、青年？」

男は、傍目《はため》にはほとんど怪我をしていないように見えた。しかし、その瞳には色濃い恐怖が浮かんでいる。

手足は拘束され、背後は窓のない壁。逃げ場もないのに、少しでも目の前の男から距離をとらんとするようにその巨体をよじって床の上を這《は》いずろうとしていたが、膝が動かせないのか、何か痛みを感じたようにくぐもった悲鳴を上げた。

その悲痛なさまを見ても、アウレリオの目にはなんの感情も浮かばない。心得たルカが男の猿轡を外し、その顔を二度、強く殴りつける。

「ロビオ家からのおつかいだって？　テオドロ相手にずいぶん吐いてくれたみたいだから、別にもう聞くことはないんだけど、私は仕上げは自分でやる主義でさ。労働は美徳だって、小さい頃に神父様《せんせい》から教わったもんだから」

うめく男にアウレリオが淡々と話しかけていると、礼拝堂の入り口付近からものが床を擦《こす》る音がした。

襲撃犯の胸倉を摑《つか》んだままのルカが視線を送り、アウレリオも手に持ったままの拳銃を肩にとんとんと乗せて、振り返った。

「ああ、そういや、おまえはもう用が済んだんだった。お疲れ様」

聖母子像の見つめる中、二発目の銃声が響き渡った。

時計が夜中の三時を回るころ、礼拝堂は静かになった。ぴくりとも動かなくなった男に「まあこんなものかね」とアウレリオがため息交じりに呟いた。

「片付けは明日、朝一でテオドロにやらせる。そこで最初の一錠も私が手ずから飲ませよう。で、ロビオ家に対する報復は、ルカ。おまえに任せるから。……ラウラもう寝てるかな、寝てるだろうなぁ」

心底残念そうにぼやいたあと。

「……そういえば、明日は慈善コンサートか」

呟き、男は白い手を胸の前で組んだ。

「……『神よ、この男の罪深い行いを許したまえ。肉体から離れたその魂に、安らぎを与えたまえ』」

低い声で祈りを唱え、苦悶《くもん》に見開いた骸《むくろ》の目に手を伸ばし、瞼《まぶた》を下ろした。それからさっさと血にまみれた手袋や上着を脱いでルカの腕に押しつける。

そのとき、突然アウレリオが体を前にかがめた。がぼっ、と口から吐瀉物《としゃぶつ》が溢れ、ルカが声を上げる。

「アウレリオ様!」

慌てたルカを手で制する。

下を向いたまま、しばらくアウレリオは逆の手で胸を押さえていたが、程なくして、ゆっくり上体を起こした。

「何でもない。夕飯でちょっとふざけたせいだ」

とはいえやりすぎたな、と不機嫌そうに呟くと、首のタイを引き抜いて口を拭き、床の汚物の上に無造作に払い捨てた。

「ふざけて？」

「ちょっと試してやろうと思ったんだけど。いや、体張りすぎた」

それから、施錠された扉付近に打ち捨てられていた〝もう一つの遺体〟のことを思い出したように目を向ける。

「……残業ついでにもう一仕事だルカ。そっちの男は、先に片付けておけ」

「こちらだけ先に？」

ルカの目が、先に撃たれて物言わなくなった男に向かう。

「そう。死体二つともテオドロにやらせたら、終わるまで時間がかかって、一秒だって彼から離れたくないディーナがかわいそうじゃないか。ただでさえこちらはぐちゃぐちゃで、片付けが大変なのに」

その気遣いに、ルカは痣《あざ》が浮いた顔をあからさまにしかめて、床の吐瀉物に目を向けた。

「こっちもテオドロに任せていいですか」

「……おまえねぇ」

肩を揺らして笑ったあと、アウレリオは外の見張りに下女を呼ぶよう伝えた。

第十章　神様、どうか

悲鳴をあげて床に座り込んだディーナの周りに、人が集まっている。

どうされました。具合が悪いのですか。

そんな呼びかけに交じって、遠くから名前を呼ぶ声もあった。

けれどそのどれも、ディーナの耳には届いていなかった。

(これがこの家の、フェルレッティ家のやり方)

手で視界を遮ったはずが、指の隙間を閉じ切れなくて、差し込む光に否《いや》が応にも目の前の残酷な光景を見せつけられる。

部屋の中央の異質な見世物と、それには目もくれず、ディーナを気にする人々を。

異常だ。気にするべきは吊《つ》るされていた女と焼かれた首だろうに。

普通なら。

でもこんなこと、フェルレッティでは〝いつものこと〟なのだ。

わかっていたはずだったのに。油断しないでと、警告されていたのに。

それなのに、愚かな自分ときたら、笑顔で歓待されて、優しくされて、受け入れられたと思って、安心して。

それでつい。

——それで、つい？

（……違う）

頬に当たった硬い感触に、我に返る。

右手の中指に嵌《は》めた、エメラルドの指輪。中に隠されているのは、部下を死の恐怖で縛る毒薬。

——嘘《うそ》だ。

〝つい〟忘れていたはずはない。従僕に毒を飲ませる家だということを、忘れられるはずがない。

わかっていたのだ。

『地獄で後悔しても、もう助けてあげられない』

あのときの自分は、彼女が助からないことを予見していた。わかっていて、見捨てた。

彼女がフェルレッティを嘲笑《あざわら》ったから。アウレリオを、かつてのディーナを侮辱したから。

そんな人だったから、罰を与えようとしたのだ。

さながら、女王のように。

ディーナは油断などしていなかった。わかっていた。

そう。

自分は、取り戻してきていたのだ。

——自分のために、誰かが毒見するのは当然と思うほど、この身は〝ディーナ・フェルレッティ〟に戻りかけている。

「っ、ディーナ様！」

立ち上がったディーナは自身を呼ぶ声も無視し、人混みをかき分けて、舞踏室を飛び出した。


どこをどう通ってきたのか。

無我夢中で走って、気が付くと礼拝堂の前にいた。

（ここにいちゃいけない）

明かりのついていない中に入る。相変わらず椅子はない。

空っぽの祈りの家は、綺麗《きれい》で閑散としていて——それがついさっき念入りに掃除されたからのように思えておぞましかった。

ディーナは燭台《しょくだい》に火をつけて手に持ち、祭壇を通り越して、地下室へ続く扉にとびついた。念のために靴下どめに隠していた鍵を引きずり出す。鎖《くさり》が絡まって一緒に出てきてしまったロザリオを首にかけると、扉の鍵を開ける。

（早く逃げなきゃ、戻らなきゃ）

階段を下り、地下室にたどり着く。舞踏室でも嗅いだ甘い匂いがここにも充満していた。

おそらく、これは死体の匂いをかき消す香料なのだ。

その証拠に、周囲には人一人が十分に入れる木箱がいくつもいくつも並べられている。

木箱の中を想像して、ディーナは一瞬目を瞑《つむ》った。それでも先に進む覚悟を決めると、鍵をビーズの輪に引っ掛けて首に通して、地下墓地の中へ一歩踏み出し。

「ディーナ！」

背後から、腕を取られた。

「……テオ」

テオドロは走ってきたのか、肩で息をしていた。振り返ったディーナの唇も震えていて、名を呼んだ拍子に、ぼろりと涙が溢《あふ》れてきた。

「落ち着け、ディーナ」

「テオ、ここから逃げましょう！」

「ディーナ……」

肩に手を置き宥《なだ》めようとするテオドロの腕を払い、逆にディーナは燭台を持たない方の手で、その腕に取り縋《すが》った。右腕の怪我《けが》のことも構っていられなかった。

「早く、一刻も早く！　でないと、わたし、ここにいたら……」

ここにいたら、ディーナ・トスカは死ぬ。

ディーナ・フェルレッティに、殺される。

生まれ変われたと思ったのは気のせいで、ほんの数日あれば、自分は簡単にもとの残酷な女に逆戻りしてしまうだろう。

テオドロの言ったとおりだった。十年間この家から離れていても、生まれ持った悪魔の素質は消えてなんかいなかった。

今ならまだ間に合う。今ならかろうじて。

「お願い」

泣きながら懇願するディーナに、テオドロは瞠目《どうもく》して、それから一度口を引き結んだ。

ディーナの腕を自分のそれから優しく外し、頬を伝う雫《しずく》を撫《な》でて払うと、噛《か》んで含めるようにゆっくりと口を開いた。

「……この奥。行き止まりの壁に、隠し扉がある。蛇の彫り物が目印で、押せば回転扉となって石造りの地下道に出られる」

橙色《だいだいいろ》の灯《ひ》に晒《さら》される男の顔は、青ざめてはいたが、穏やかそのものだった。ディーナは必死に相手の説明を頭の中で描く。

「その道は、途中が落盤で塞がっているように見えるから幹部たちは使わない。でも向かって右手に石を模倣する小さな扉があって、そこから続く階段を上れば外の墓地に出られる。管理人小屋にいる男が待機してる軍の仲間だから、テオドロの協力者だと伝えて」

そこまで聞いて、ディーナはハッと目を見開いた。

「……一緒に来てくれないの？」

問いに答えはなかった。

「あなたのことは話してある。元が赤毛であることも。金髪は水で何度も洗うか、専用の薬液をかければ簡単に落ちるから、それで今夜のうちに以前話した隔離施設へ」

待って、とディーナは悲痛な声でテオドロの説明を遮った。

「テオは？」

「僕は行けない」

「駄目よっ」

言われたことが信じ難くて、ディーナは一歩相手に詰め寄った。

「この状況でわたしだけ逃げたら、あなたは殺される！　バルトロの末路を見たでしょ⁉」

外に聞こえるかもしれないと危惧する余裕もなく、半狂乱で縋る。テオドロは、それを眉一つ動かさず見下ろしていた。

「お願い、わたしと一緒に逃げて、置き去りになんてさせないで。ねえ、何もあなたが残らなきゃいけない理由なんてないんじゃないの？　あなたは帳簿の隠し場所を知ってて、指輪の毒薬も手に入れた。それを軍に報告するだけじゃだめなの？　その情報をもとに、フェルレッティと戦うのは、ほかの人に」

「駄目だ」

「テオ！」

「僕はここを離れない。僕がこれからどうなろうとも、最初から最後までテオドロ・ルディーニは腹心の部下だったことにしないと、次に潜入する人間は今以上に警戒される。家族を人質に出すよう言われるかもしれない。あるいは殺すためだけに招かれて、軍への見せしめにされるかもしれない。もとより途中で任務を放棄することなんて、僕には許されていない」

頑《かたく》なな声に、ディーナがひく、としゃくりあげる。どうして、と声にならない言葉を唇で描く。

一人で行きたくなかった。そばにいて、『大丈夫』と言ってほしかった。

なにより、とどまれば死ぬとわかっていながらその道を選ぶテオドロの決意が、ディーナには理解できなかった。

そんな心の内は、テオドロには筒抜けだったのか。人形のように動かなかったその顔に、困ったような、悲しそうな色がわずかに浮かんだ。

それを見て、ディーナはまた口を開きかけたのだが。

「……僕の父親は、外飼いの一人だった」

もたらされた一言に、すべての動きが止まった。

「……叩《たた》き上げの官僚だったんだ。もともとは芸術に興味がある人で、大学でも絵画関係を学んでいたようだけど、実家の商売が傾いた折に、高給が期待できる経済官僚の道に進むことを選んだ」

返事も、相槌《あいづち》も、瞬きすら忘れたディーナに、テオドロは淡々と聞かせ続ける。

青ざめた顔に表情はなく、どこか他人事のように距離を取った語り口で。

ともすれば、決壊しそうな感情を抑えて、内側に隠し切ろうとするように。

「借金のある父に、フェルレッティが目をつけたのか。それとも、父の方からフェルレッティに近付いたのかはわからない。ただ結果として、父は金銭を受け取る代わりに、奴らの手先となって働くようになった。フェルレッティが債務者から奪った物品を闇ルートで売却したり、逆にフェルレッティの指示で裏から手を回して財宝を横流ししたり。借金を返したあとも、家族に隠して愛人とその息子を養うのにも、フェルレッティからの報酬は都合が良かった。……僕はそういう金で、育てられた」

そこで彼は自嘲するように口の端を上げた。まだ何かを言おうとするように唇が動いたが、途中で力を失ったように閉じてゆく。

「……お父様は、今は」

気が付けば、ディーナはそんなことを聞いていた。テオドロはそれまでと変わらない声で答えた。

「十年前、殺された。愚かだろう。自業自得だ」

「十年前って……」

ディーナはハッと息を呑《の》む。

『むしろ君に手を下した実行犯を罰したくらいだ』

アウレリオの言葉が嫌な予感に拍車をかける。

「……まさか」

憶測に、テオドロは頷《うなず》いた。

「父はディーナ・フェルレッティに手をかけた。その事実を世間から隠すために、アウレリオが考案した薬の、試薬品の実験台にされた。従僕に配られている、あの白い薬だ。あれがアウレリオの初めての殺しだったとは、あとから知ったけど」

凍り付いたディーナの脳裏に、十年前の記憶が蘇《よみがえ》る。

『さようなら、お嬢様』

秋の夜。黒い運河。冷たい水。水面の向こうに遠ざかっていく顔。

あれが、テオドロの父親。ときどき屋敷にやってきていた、外飼い。

大聖堂でのミサに付き従い、ディーナの最後のわがままを聞いた男。

「あなたはディーナの死を疑っていたね。間違いないよ。生かしてたら、父はそのことを口にしたはずなんだ。命乞いか、もしくは早急なとどめを求めて」

『中毒症状を見たことがあったから』

唐突に、昨日のテオドロが口にした言葉の意味に気が付いた。

「テオは、薬を飲まされたお父様を……」

「見た。こんな屋敷でも、子どもの目線なら抜け穴はある。父の様子がおかしくて、後を追って忍び込んで、そしてたどり着いた礼拝堂で、のたうち回って苦しむ父を見つけた」

灰色の目が、真上の、礼拝堂に向かう。

絶句したディーナの反応に困ったように、テオドロが笑った。

「……あなたが想像するほどの悲劇じゃない。父は僕に興味がなかったし、親子の情なんてほとんどなかった。僕がフェルレッティに固執する理由は、仇討《あだう》ちじゃなくて、ただ父のようになりたくないっていうだけ。正義を捨て、欲に駆られて、子どもまで手にかけて」

燭台の炎が揺れる。眩《まぶ》しさに耐えかねたように、――光を避けるように、テオドロが目を伏せる。

「……そんな男の息子だから、生まれながらに醜悪な俗物なんだと、思いたくない」

まつ毛に遮られて、燃え尽きた灰のような目から炎の色が消える。

「ろくな死に方じゃなくていい。でも、最期まで正しい人間でありたい。この家の繁栄に加担したのが父なら、僕の手で幕を引きたい。道半ばで尽きるとしても、できる限り追い詰めたい。あなたのような人が、わけもなく脅かされなくて済むように」

テオドロの手が、ディーナの首にかかったままのロザリオに触れる。

隠そうとは思わなかった。衝撃に動けなかったせいもあるが、そればかりではない。

罪を告解し許しを乞う者から、祈るよすがを奪うことを、シスター見習いは教わっていなかった。

「……なんて言っても、やっぱり説得力に欠けるな。サンジェナの女も、結局逃がせなかった」

長い指は闇の中で十字の表面だけをなぞり、離れ際に地下室の鍵をかすめていった。

「テオ、あなた、あの人を助けに……？」

「ディーナ」

遮る声は、いつも通り、穏やかで優しく聞こえる声だった。

「僕が地上に出たら、内側から鍵をかけて」

「テオ」

「怖い物を見させてごめん。最後まで、送り届けられなくて、ごめん」

この期に及んでまだ、この男はディーナを気遣い続ける。彼が謝るべきことなんてないはずなのに。

なのに。

『そういう人のために、命張るのが僕の仕事で、存在意義だから』

そんなことを自分に課した人間だから、最後に申し訳なさそうに俯《うつむ》いたのだろう。

――背を向け、歩き始めた男の腕を、今度はディーナが摑《つか》んだ。

「……離してくれないか」

怪訝《けげん》そうに振り返って言われた言葉を無視し、ディーナは手に力を込めた。

「約束してくれたでしょう。どんなときも、あの教会に帰りつくまで、わたしのことを絶対に守るって」

テオドロの眉が苦しげに寄せられる。大きな手が、精一杯の力で摑んでいた華奢《きゃしゃ》な手を難なく払い落とす。

ディーナももう一度摑み直した。

「ディーナ、」

「あなたがここに残るなら、わたしも残る。わたしがここを出るときは、あなたが必ず一緒でなきゃ」

ディーナは退《ひ》かなかった。灰色の目に真正面から睨《にら》まれても、睨み返した。

ここにいたくない気持ちは消えていない。

けれどそれ以上に、宿屋のクローゼットから飛び出したときの気持ちが、今度は確固たる決意として胸の内に戻ってきて、自分を突き動かしていた。

「……神様は、すべて見てるの。あなたが誓ったことを、嘘にしないで」

テオドロに約束の履行を強《し》いるそれは、それはディーナ自身にも言えること。彼の言葉を、ディーナが嘘にしてはいけない。彼を、死なせてはいけない。

彼を見捨てたときこそ、本当に自分は十年前の怪物に逆戻りするのだ。

――静かな睨み合いは、灰色の目が先に目を逸《そ》らすことで決着がついた。

「……あなたはこんなことに巻き込まれるはずじゃなかった」

摑んでいた手を今度こそ振り払われる。

次の瞬間、背中に大きな手が回り、ディーナは抱きしめられていた。

燭台を持つ手が驚きにこわばったが、すぐにディーナも空いた手でしっかりと抱きしめ返す。

「約束は守る。絶対に死なせない」

テオドロの頰が冷たかった。きっと背中に食い込んだ手も冷えているだろう。

緊張している。恐れている。彼から何度も聞いた励ましの言葉は、ディーナよりも、自分自身に言い聞かせ続けた誓いの言葉だったのだ。

——そんな人を、騙《だま》し続けてはいけない。

ディーナは、口を閉じ、つばを飲み込み、そして覚悟を決めた。

「……テオ、わたしも、あなたに言ってないことがあるの」

テオドロの顔がわずかに動いて、ディーナの方を見たのがわかった。ディーナは一際相手を強く抱きしめてから、腕を離した。

これから口にすることは、この人をひどく傷つけるだろう。今まで心を砕かれた分だけ、憎まれるかもしれない。

それでもいい。その上で、彼の任務に協力することを、わかってもらいたかった。

最悪の場合には、ディーナを見捨ててもいいのだと、伝えておきたかった。

そう考えると、緊張や恐怖をおして泣きたいような寂しさに襲われるのが、不思議だったが。

「あのね」

ディーナは少しだけ、テオドロから距離を取ろうとした。突き飛ばされるかもしれないからだ。

――だがそのとき、一歩下がったディーナの足が木棺に当たった。

盛大な音を立てて蓋がずれる。

「あっ、やだ……キャアッ！」

つい振り返って、燭台の火に照らされた死体に、ディーナは悲鳴をあげて飛び上がった。

死体は額に黒い穴を開けた中年の男で、見開いたままの目は虚空《こくう》を見つめている。

「ああ、いいよ。僕が閉める」

ディーナが狼狽《うろた》えて後退《あとずさ》るうちに、テオドロが平然とした物腰で木棺のそばにひざまずく。

だが、蓋を手にして棺桶《かんおけ》の中を見下ろすと、テオドロは不可解そうに眉を寄せた。

「……まだ新しい死体だ。昨日か、一昨日くらいか？」

死体をじっと見て、棺桶の中に手まで入れ始めたテオドロから、ディーナは（どうしよう）と思いながらもそろそろと後ろ歩きで離れた。早く言いたいが、話しかけるのは、彼が棺桶の蓋を閉めてからにしたい。

「二の腕に、古い火傷の痕……入れ墨隠しか？　それに、この手からの匂い。……染髪料？」

マッチを擦《す》って明かりにしながら、テオドロは何か呟《つぶや》いている。

長引くなら、先に話をしてしまうべきか。迷ううちに、ディーナのかかとはまたしても固いものに当たった。

すんでのところで悲鳴を飲み込み振り向くと、それも棺桶だった。ただ、素の木材でできたほかのものとは違い、それは石で作られ、表面には植物と天使の浮き彫りが施されていた。

明らかに丁重に作られたそれに、ディーナはある種の予感めいたものを得た。燭台を蓋の上に掲げる。

――蓋の表面には〝ディーナ・フェルレッティ〟と彫られていた。

(これが〝ディーナ〟。……わたしの身代わりになった子ども)

ディーナはロザリオを手に祈りを捧《ささ》げ――そして、何気なく見た蓋のわずかなズレに、違和感を持った。

よく見ると、十年前の石棺にしては、埃《ほこり》も砂も被《かぶ》っていない。

石棺の周りの砂まみれの床を燭台で照らすと、重い物を引きずってできたような線が残っていた。

誰かが蓋を開けて、床に置いたような跡。

「……神様、この罪深い行いをどうか、お許しください」

ディーナは石棺の蓋に手をかけ、精一杯の力で持ち上げた。

そうして中から出てきたのは、小さな白骨と、何枚もの紙だった。黄ばんだものから、新しいものまで。

頭蓋骨にからみつくくすんだ金髪に痛ましげに眉を寄せて、ディーナは紙を手に取った。

それは何人もの人間が宴《うたげ》に興じるさまを描いたスケッチだった。

その構図、人物の古めかしい服装や表情には、見覚えがあった。大階段踊り場の絵だ。もっとも古そうな一枚は全体の構図を描いているが、他の紙は一枚につき一人か二人を選《え》り抜いて詳細を描いている。

（……あれ、でも、これ）

燭台を頼りに、ディーナはじっと絵を注視していたが。

「ディーナ、次から次へと開けないでくれ。しかも、よりによって彼女のを……なんだそれ」

テオドロのやや呆《あき》れた声に、ディーナは慌てて振り返った。

「ごめんなさい、あの、蓋がずれてたから気になって。これは石棺に入ってたの、階段の踊り場の絵ね。あの、それより」

スケッチの束を石棺に戻そうとしたところで、手首をテオドロに掴まれた。

「……作成日は、二十年前。ディーナ・フェルレッティの誕生日に作られ始めたスケッチだ」

テオドロの硬い声に、ディーナもその視線を追う。確かに、黄ばみのひどい紙の端に黒檀《こくたん》でうっすら書かれた日付は、石棺に彫られた生没年の時期と同じだ。

石棺に入れられていたことを考えると、この絵は自分と何か関係があるのだろうか。

「テオ、これ、一番古い絵は今飾ってあるのと少し違うのよ。臣下の人数とか、人相とか……あ、名前が書いてあるわ。絵のモデルになった人物かしら」

テオドロと並んで覗《のぞ》き込みながら、先ほど思ったことを告げるうちに、人物スケッチの脇に走り書きで名前が書いてあることにも気が付いた。

テオドロは受け取った紙束に素早く目を通していき、そしてある一枚で手を止め、呟いた。

「ジュリオ・サルダーリ……」

「え？」

「父の名前だ。ルディーニは母の姓だから。……服の模様も、よく見ればサルダーリ家の紋章だ」

ディーナは驚いてテオドロの持つ紙を見た。細身の男が宮廷文官の格好をして、王に財宝を捧げている。絵の横には、確かにジュリオ・サルダーリと書かれ、大きな古めかしい袖には百合《ゆり》の意匠が細かく描かれていた。

そしてその顔には、大きくバツが上から描かれていた。

「でも今飾られてる絵に、この人物は描かれていないわ。同じポーズで、別の人物が描かれてたと思う」

「……今は描かれてない人物の絵は他にもある。シルヴァーノ・モンタルド……ラウラの父親の名だ。肩にとまっている鷲《わし》は紋章に使われていたし、持っている酒はモンタルド家が裏を牛耳っていた北部の街の特産品。……ニコラの名前もあるが、この部分は今も残ってる」

テオドロが、他の紙を順繰りにめくっていく。バツがある絵もない絵もあったが、すみに書かれた名前を口にしては表情を険しくしていった。

「……絵の中の臣下たちは、みんな外飼いたちを暗示しているんだ。バツのついていない人物が表す人物は、……ほとんどいないが、まだ現役だ」

ディーナは逸《はや》る胸をぎゅっと押さえた。ここまでくれば、テオドロの言わんとしていることには、見当がついていた。

「ねえ、わたしたちがニコラに会った日、あなたたち話してたわよね？　離反した外飼いの制裁がどうって」

「そう。あの日、絵画は外されて、修復師が直していた。……きっと、ニコラが、外飼いが一人減ったと、アウレリオに報告を上げた日に」

絵画は油絵だった。絵具は上から削れるし、別の絵で描き潰《つぶ》すこともできる。

さながら、幹部の入れ替えのように。

顔を見合わせた二人は、確信していた。

屋敷に入ってきた人間たちを王のように見下ろすあの絵画が、外飼いたちの一覧リストそのものだったのだと。

「取って来る」

言うなり立ち上がり、きびすを返したテオドロを、ディーナは慌てて追おうとした。

「待っ……」

一人で行かないで、とも、こちらの話を聞いて、とも言う暇がなかった。

紙束を抱えて階段を上り、地上の礼拝堂に戻る。だがそこで、ディーナが手に持っていた燭台の火が、力尽きたように消えた。もとから使いかけの小さなろうそくだったのだ。

「こ、こんな時に……」

窓のない暗闇の中で、ディーナは手探りで祭壇へと近寄った。用をなさない燭台を置いたつもりが、すぐに床でガシャンと嫌な音がした。

焦《じ》れながら、ディーナは天板の下の物入れから典礼用のろうそくを出した。

床に転がった燭台を拾ってろうそくを立て、マッチに火をつける。立ち上がろうとしたところで、炎に浮かび上がる、祭壇の側面に施されたモザイク画が目に入った。

枠で三枚に区切られたそれは、竜退治の絵だ。竜は悪魔と同一視されるから、宗教画のモチーフとして珍しくはない。

と、二日前に見たときは思っていたのだが。

「……蛇？」

長い体をくねらせた怪物に手足はなく、どちらかといえば這《は》いずる蛇のように見えた。

三連の祭壇装飾画は、たいてい聖書の一場面を、左から右へ時系列順に描くものだ。

だが、そこに描かれた絵は、ディーナの知らない物語のように思えた。

向かって左の絵では、蛇は人間に噛みついており、その周囲には犠牲者と思しき骸骨が並んでいる。

一番大きな真ん中の絵では、聖人らしき人物が大きな両手剣を蛇の体に突き立て、そこから血が流れている。

右の絵になると、血の池の中で絶命する蛇の周りで、人間たちは血で真っ赤になった手を祈りの形に組んでいる。

退治した怪物の血を崇拝するような場面など、聖書にはない。

妙だと思ったが、今は絵解きをしている場合ではなかった。

屋敷の舞踏室では、まだ宴会が続いているようだった。

人気のない階段の踊り場で、ディーナはテオドロにようやく追いついた。

「テオ……あの、聞いてほしいことがあって」

こちらを振り向かないテオドロに、ディーナは肩で息をしながら近付く。

二人の前には、王が臣下に囲まれて宴会を開く絵が壁に掲げられている。テオドロはその表面をなぞるように、右の手のひらをつけて微動だにせずにいた。

ディーナが生まれた日から作られ、屋敷を訪れる人間に見せつけられてきた絵。

おまえはフェルレッティの家来だと、後ろ暗いところのある人間たちを、堂々と脅し続けた協力者のリスト。絵の中には軍人、貴族、裁判官や聖職者らしき人物もいた。

これを手に入れたら、あとは帳簿を取ってきて、ここから逃げるだけ。幸い、持ち運べない大きさではないし、アウレリオも舞踏室だ。

だから、言うなら今だ。罪のないシスター見習いのふりをして黙って逃げるのは、彼への裏切りだ。

息を整えて、ディーナは男の背中に向かって手を伸ばした。

だが、その手が届くより先に、テオドロの体はその場に崩折《くずお》れた。

「……テオ？」

一瞬何が起きたのか、ディーナにはわからなかった。

だが、絵に縋るように右手を残してうずくまった男の尋常でない様子に、心臓がどくんと大きく跳ねた。

急いで隣にしゃがみこむ。周囲にスケッチ用紙が散らばった。

「どうしたの？　なにかあったの？　喋《しゃべ》れないの⁉」

覗き込んだ顔は白く、唇は震えている。瞳孔は開き、呼吸は何かに遮られているかのように切れ切れで汗みずく。左手は心臓を抉《えぐ》り出そうとするように、青筋を浮かべて胸に食い込んでいた。

「嘘でしょ、また演技なんでしょ？　右腕が痛むの？　……ねぇ、なんで、なにがあったの⁉」

ディーナが半狂乱で問い詰めたとき。

「お困りですか、お嬢様」

芝居がかった声と同時に、ディーナの肩を抱くように、長い腕が伸びてきた。絶望と共に、恐る恐る振り向く。

「……アウレリオ」

すぐ横に、出会った夜と変わらない穏やかな笑みを浮かべる男の顔があった。

「ネズミを捕らえろ」

ルカの声がした。屈強な男たちがあっという間にテオドロを拘束する。

ろくに抵抗らしい抵抗もできないまま床に押さえつけられるのを見て、ディーナは「乱暴しないで！」と叫んだ。見渡せば、ルカのほかに厳しい顔のニコラや、いつもと変わらないベルナルド、冷たい目のラウラまでいる。

誰一人として、ディーナに味方する気配はない。アウレリオが肩を揺らした。

「ネズミって、なに、なんのこと⁉　ちょっと驚いて会場から出たわたしを、テオが迎えに来てくれただけよ！」

「地下墓地の鍵を土産に？」

笑いを堪《こら》えながら、アウレリオの指が首から下げたままだった鍵を掬《すく》いとる。凍り付いたディーナの頭を、その手は優しく撫でた。

「……わたしが見たいって言ったの。に、偽物の遺体が気になって、そうしたらこの絵の下絵があったから、だから」

「だからいい証拠を見つけたと思って、喜び勇んで戻ってきちゃったわけかあ」

「しょうこ、なんて」

「まぁ。戻らずに逃げていても、いずれテオドロは薬が切れて死んでいたわけだがね」

どうして、と、口が無意識に動いていた。

「飲ませてないのに、って顔だね」

恐怖を隠せないディーナを、アウレリオは嬉《うれ》しそうに抱き込んだまま、ことさら優しい声を出す。

「でもこの男は飲んだよ。私の目の前で。ルカやニコラたちの前で、確かに。もとから、他の幹部に与えている薬とは別物だったけど、それを錠剤よりずっと早く浸透する液体の形で、摂取させられた」

アウレリオの手が、頭を撫で、頬に下り、顎をくすぐる。

そんなはず、と、ディーナは抗議しかけたが。

「おまえが飲ませたんじゃないか、その口から」

指が、唇をなぞった。

——口から？

「フェルレッティの毒の食事。ちゃんと順番通りに食べていれば、体の中で完全に抹消されていると思っていたよね。まさか食事の毒が、蓄積されて、体液全体を毒に作り替えていってるとは思わないよね」

黙りこくったディーナとは対照的に、アウレリオは上機嫌で、饒舌《じょうぜつ》だ。

この上なく楽しそうに、ディーナに語りかける。

「フェルレッティの〝蛇の毒〟が、文字通り身の内から生じて、キスした相手に中毒を起こさせるとは、思わないだろうね」

蛇の毒。

作り方も使い方も残されていない、当主の牙にだけ蓄えられた毒。

毒の晩餐《ばんさん》を平らげる、当主だけが備えた毒。

（あのときに）

ディーナの口から、舞踏室で倒れたテオドロの口へ。

吐き出した錠剤より、ずっと早く。

「……嘘よ」

「本当。しかしかわいそうに。この時間に症状が現れるということは、先代や私の血から作った錠剤ももらってないうえに、きみたちは昨日以来キスの一つもしていないのか」

寂しいことだね、とアウレリオはラウラに声をかけてから「あ、ごめん。きみ今日喋れないんだった」と白々しく謝り、またディーナに向き直った。

「さてディーナ。テオドロに飲ませた蛇の毒には、ルカたちが飲んでる薬と共通点がある。それが、一定間隔で飲まないと死ぬというところなんだが。二種の薬の決定的な違いは、蛇の毒には、解毒薬がこの世にないということだ。解放してやりたくても、死なせるか、延々と薬を投与し続けるしかない。後者を選んでも数年経《た》てば、毒が回り切って死ぬようだがね。ほら、私たちの母親は短命だったろう?」

アウレリオの指が、ディーナの右手を取る。指に嵌《はま》ったエメラルドの指輪を撫でて、引き抜いた。

「――とはいえ、毒の宿主だって頻繁に毒を体内で調合し続けないと、それはそれで死ぬようだが。跡継ぎも含めて、誰にもこの家を裏切らせないのが、あの食事習慣の本当の目的だから」

低く呟いたあと、男は自分の腕からディーナを解放し、腕を引いて立たせて、その背中を軽く押した。拘束されて、苦痛に顔を歪《ゆが》めるテオドロに向けて。

「というわけだから、ディーナ行ってあげなさい」

「……なにを」

真っ青になって震えるディーナに、アウレリオは楽しそうに告げた。

「言ったろう。死なせたくないなら、与え続けるしかないんだって。キスで済むから楽だね」

つまりアウレリオは、もう一度、毒を流し込めと言っているのだ。

そうしなければ、テオドロはここで死ぬ。

でも、ここでアウレリオの言うとおりにして、そのあとはどうなるのか。

「それで死ぬまで縛り付ければいい。もともと、きみはそれを望んでいたはずだろ」

動けないでいたディーナは、急《せ》かすような言葉に戸惑った。

嫌な予感とともに。

「なに言って……」

「まだ思い出さないのか。……ああ、目の色が違うから？」

言って、アウレリオは押さえつけられたテオドロの元に寄ってしゃがみこんだ。その灰色の目に手が伸ばされたのを見て、ディーナが悲鳴をあげる。

しかし、恐れたような惨劇は起きなかった。

「取れた。これでわかりやすくなった」

立ち上がったアウレリオの指先には、薄い、ガラスの膜のようなものが乗っていた。ちょうど瞳を覆うような大きさの、灰色のもの。

そうして現れたテオドロの目を見て、ディーナは息が止まった。

「もとの目だと、すぐに十年前の子どもと結びつけられる。だからこんな小細工をしていたんだろう。実に涙ぐましい悪あがきだ」

浅く早い息を繰り返し、汗だくの顔でアウレリオを睨みつけるテオドロの両目は、青かった。

ディーナの記憶が蘇る。レベルタの教会。閉じ込められた地下室に差し込む朝日に、一瞬変わった目の色。目の錯覚だと思った。彼の目は灰色だから。

それが今、蓋をした記憶と、結びつく。

「……あ」

『あれが欲しい』

讃美歌《さんびか》の響く大聖堂。眼下に見下ろした民衆。

ディーナが指さした、青い宝石。

「……いや……まさか」

『あの男の子が欲しい、持って来て。ジュリオ』

背後に立っていた男の、従順な返事。

「そんな……」

『ディーナ・フェルレッティは死ぬ直前にも、外出先で見かけた青い目の子どもを、犬猫のように欲しがっていたとされている』

最後のわがままの標的となった、青い宝石のような目を持った少年は、テオドロその人だった。

自分はその父親に、子を連れてこいと命じていたのだ。

わななくディーナに、アウレリオは歌うように、軽やかに続ける。

「サンジェナ島の女はこれで緑目のふりをしてたけど、ディーナも逃げている間、逆に青目とか茶目とかにしておけばよかったのに。せっかく屋敷にいた頃は金髪だって信じ込ませられたんだから」

ディーナは驚愕《きょうがく》の表情で振り返った。細められた緑の目は愉悦に満ちていた。ディーナの背筋がぞわりと冷える。

「何、言ってるの」

「聞いてない？　フェルレッティの手先はどこにでもいるって。サンジェナ島にも。レベルタにも」

頭の奥で警鐘が鳴り響く。

正体のわからない、けれど最悪な事実が、目の前にやってこようとしている。そんな予感に、警告されている。

「――運河に落ちて、髪染めが落ちるほど流されて、たどり着いた街で記憶喪失になったふりをして」

「……やめて」

自分のことのように語り始めた男の上着の襟を摑もうとして、片手でやすやす阻まれる。空いた手が、ディーナの首にさがったロザリオに触れた。

「何も知らない修道院に引き取られて、トスカ、なんて姓を名乗って、年を一つ誤魔化して」

「やめて」

「地毛が赤毛だから〝金髪のディーナ・フェルレッティ〟がここにいるだなんて、誰にもわからない。何も知らない無垢《むく》なふりをして、この家と血の呪縛からまんまと逃げおおせた」

アウレリオの口を塞ごうとしたディーナを、背後からルカが羽交い絞めにした。

引き離される直前、アウレリオの手が十字架を引きちぎった。礼拝堂の鍵と、ビーズの輪が、床に悲痛な音を立てて落ちる。

「やめて！」

「フェルレッティの迎えとして現れたのが軍の手先で、運が自分に味方したと思った？　か弱いシスター見習いのふりを続ければ、正義の味方の〝テオ〟は身を盾にして逃げ道を確保してくれるんだから、煩《わずら》わしい過去を精算するのにこんないい機会はない。何より、いざとなれば生家か〝テオ〟

か都合の悪い方を切り捨てれば自分だけは助かるんだもの、上手く立ち回ったものだよなぁ女王様は！」

「違うやめてテオ違うの！　わたしはっ」

──違わない。

騙そうとした。ばれないようにしようとした。世間に対しても、テオドロに対しても。

フェルレッティに苦しめられている人間がまだいるとわかっていて、わが身かわいさに過去を忘れようとした。テオドロに本当のことを言わなかったのは、言えば見逃してもらえないと思ったからだ。

今さら、さっき正直に話そうとしただなんて、どの口で言えようか。

後ろを振り返れなかった。声を出せないテオドロの表情を、確認することができなかった。

「……ジュリオ・サルダーリも浮かばれないね。身を挺《てい》してフェルレッティから守った息子が、自分からフェルレッティに飛び込んで、しかも結局ディーナのお気に入りになってるなんて」

背後で物音がした。その音に、ルカに拘束されたままのディーナは肩をびくりと震わせたが、アウレリオは音の出所に向かってやれやれと首を振った。

「そんな顔しても、私の言っていることは間違っていないよ。ジュリオは、主人が自分の子に目をつけたから、焦ってあんな愚行に走った。おまえを遠ざけようとして、そのせいで死んだ。死ぬ前の苦しみようは、それはそれはすごかったよ。それら全部、無駄になったわけだ」

ディーナはもう暴れなかった。

悪夢のような真相を、ただ浴びせられるに身を任せるしかなかった。

十年前、ディーナが欲した少年はテオドロだった。

ジュリオ・サルダーリは、テオドロを守るためにディーナを運河に落とした。

それが原因で、殺された。

テオドロが潜入者であることも、ディーナが本物のフェルレッティの娘であり、そのことをテオドロに隠していたことも、アウレリオは全部知っていた。

そして、今。テオドロは、他の誰でもないディーナによって含まされた毒で、死に瀕《ひん》している。

『フェルレッティが生んだ罪深い蛇』

『どうか生まれ変わって、今度は善良な人間に』

ジュリオから手向けられた言葉が、また脳裏に蘇る。

彼はどうして、あのときとどめを刺してくれなかったのか。ディーナがいなければ、少なくとも今、テオドロは毒に侵されていなかったかもしれないのに。

どうして、自分は生き延びてしまったのか。どうして――。

(……どうして?)

――後悔と悲嘆にくれる脳内で、疑問がつながる音がした。

導き出された可能性に、ディーナは束《つか》の間、固まってから、乾いた唇を小さく動かす。

「……アウレリオ、あなた、どうしてわたしを捜し出したの?」

「家族だからだよ」

俯いたままのディーナに、最初の晩餐と同じ答えが返される。

ためらいのないそれに、しかし今度は続きがあった。

「本来なら、この家で、正統な当主として生きるはずだったきみが、外で生きていると気が付いたからだよ」

微笑んだ口から、じっとりと毒を孕《はら》んだ憎悪が顔を出す。

「一人だけ、逃がすわけないだろ」

ディーナはその毒を、静かに受け止める。そうするほかない。

ようやく腑《ふ》に落ちた。

この男が自分を捜した、本当の理由。

『フェルレッティの当主がどんなことを教えられて、どんなふうに生活していくかわかるだろう。まあ、楽しくはないよね』

復讐《ふくしゅう》だったのだ。

自分一人、フェルレッティという沼に沈められたことに対する、恨みだったのだ。

「でも、一度は、あなたもわたしの死を信じたんでしょう。なんで、生きてると気が付いたの」

「理髪師を見つけた。ついこの間のことだ」

テオドロが動いたのか、後ろで男たちが「大人しくしろ」と吐き捨てる声がした。

「十年前、きみの専属だった男だよ。なんてことはない、こっちとしては挨拶もなしに逃げた三下に、ただ落とし前をつけさせてやるだけのつもりだった。なのにそいつは『あのことは誰にも言ってない』って喚《わめ》くんだ。話を聞いたら、なんとまあ妹は地が赤毛だった、毎週のように自分が金色に染めていたと言うじゃないか。まさかと思ってきみを捜し始めた。ただ十年前、水死体の顔すら判別できなかったニコラに、今さら面通しができるとは思えない。仕方ないからその理髪師を生かしておいて、晩餐のときのきみの顔を隠し穴から見させて確かめさせた」

フェルレッティの理髪師。ならきっと、蛇の入れ墨もあっただろうし、逃げたならそれを焼き消しもしただろう。地下墓地でテオドロが不審がっていた男の正体は、これだ。

そうか。またここにも、自分のせいで死んだ人間がいた。

——くじけてはいけない。

ディーナはゆるゆると顔を上げて、アウレリオと視線を合わせた。

「満足した？　この家をあなたに押し付けたわたしを、連れ戻して、油断させて、そのお気に入りの従僕をわたしの手で死に追いやらせて」

「……そうだね」

ディーナの力ない詰《なじ》りに、アウレリオは軽く頷いて。

「ちょっと溜飲《りゅういん》が下がった」

残酷に歪んだ笑みを見せた。

『ちょっと』

つまり、まだ足りないのだ。

その証拠に、近付いてきたアウレリオはディーナのかりそめの金髪を掴み、顔をさらに上げさせて、冷たい笑みを深めた。

「で、どうする？　十年越しに手に入れたお気に入りは、今まさしく命の灯火が尽きかけてるわけだが。飼い続けたいなら、さっさとキスしてやればいいし」

アウレリオが、手の中のロザリオをくるくると弄《もてあそ》びながら、ディーナに選択を迫る。

「もういらないなら、こっちで片付けておくけど」

短い沈黙の間、テオドロの荒い息と、宴会場の喧騒《けんそう》が場をつないだ。

「……十字架を返して」

「なんで？」

「祈るためよ。死出の道に旅立つ魂のために」

アウレリオの顔から、初めて笑みが消えた。

冴《さ》え冴《ざ》えとした目で顎をしゃくると、ルカの腕がディーナから離れていく。

ディーナは眼の前に差し出された十字架を握りしめて、テオドロの方へと歩いた。

何も言わずとも、男たちはテオドロの拘束を解いた。死角でアウレリオが合図したのか、すでにテオドロが自力で動けないとわかっていたからなのか。

テオドロは、混乱していた。青い目がありありとそう語っていた。

死に瀕して、憔悴《しょうすい》して、それでも美しい顔を、しゃがんだディーナは右手でそっと撫でる。撫で下ろした先にあった冷たい左手を取って、握りしめていた十字架を一緒に包み込ませる。強く。

「結局、こうなっちゃうなら、さっき逃げておけばよかった。……帰るまで必ず守るなんて、口だけ立派なところ、あなた自分で思ってる以上に父親似なのね」

冷たいディーナの言葉に、テオドロの目が見開かれ、揺れる。何も言えなくなった口の動きを見届けず、ディーナは立ち上がった。

「今すぐ運河に捨ててきて。この男の父親が、かつてわたしを捨てた、あの運河に」

女王然としたその言いぐさに、周囲にいた何人かが従いかけて、ハッと思い出したように固まって現当主の顔を見た。

腕を組んでその様子を見ていたアウレリオは、「だってさ」と部下たちを促す。そのうちの一人がテオドロを乱暴に担ぎ上げ、階段を下りていった。

「今後はルカがディーナのそばにつくように。レディはちょっとわがままで飽きっぽいみたいだけど、前任者の分まで大事に守ってあげてね」

主人の命令に、ルカはなにも言わなかった。

その目には少なくない動揺が走っているようだったが、ディーナはすぐに目を逸らした。

それにしても、とアウレリオがため息を吐《つ》く。

「〝テオ〟はあんなに頑張ってたのに。女の子って本当に怖いねぇ」

首を戒められたままのラウラが、呆れたように男を睨んだ。


ディーナはロザリオを強く握りしめ、赤いドレスに押しつけた。

震える手から血が滴り、十字架を濡《ぬ》らしていることが、誰にも見つからないように。

――神様。

もうわたしのことを許してほしいとは祈りません。

無知で、愚かだった過去を隠し、人を騙し、己の罪から逃げ続けたこの身を、どうぞお許しにならないでください。

その代わり。

あの人だけはどうか、お守りください。

この家から、逃げおおせるまで。

いわれのない贖罪《しょくざい》のためにしか生きられないあの人が、過去から自由になるまで。

どうか、この嘘だけは、見逃してください。

第十一章　逃がされた者

時々家にやって来る、そっけない男が父親だと、少年はそこそこの年齢になるまでわかっていなかった。

ディアランテの片すみで、少年は母と何不自由ない暮らしをしていた。

飢えを知らず、衣服は事足りていて、学校にも通う。大通りを一本入ったところにいる浮浪児やなにがしかの中毒者たちなどとは、まるで縁のない生活だった。

その暮らしが、例の〝たまにやって来る男〟の金で成り立っていること、そして男が絶対に自分や母と外出しないことの意味を世間の目とともに理解したあたりで、少年は男を疎むようになった。

だから、十三歳の秋。

『来てはいけない』と言われていた、大聖堂の定例ミサに行った。きっと本妻と一緒にいるのだろうと思えば、それは男に対するささやかな嫌がらせになると思った。

ほとんどの人間が前を向いて敬虔《けいけん》に説教を聞く中、少年は辺りを見回して男を探した。二階を見上げるように上を向いたりもした。ミサは退屈で、結局男も見つけられなかった。

大聖堂からの帰宅後、家に来た男は初めて少年を殴った。驚く母の前で、どうして来たんだと怒鳴った。カッとなった少年が『偉そうなことを言える身か、卑怯者《ひきょうもの》』と言い返すと、男は青白い顔で黙り込んだ。

それから数日間、男は現れなかった。

その間に、母は見知らぬ客人の対応をした。そして、母は厳しい顔で荷物をまとめるよう少年に告げた。

男か、本妻が手を回したのだとぴんときた。追い出される前に一言言ってやると家を出た。

少年はすぐに男を街で見つけた。礼拝の時には見つけられなかった姿が、その日はやけに目についた。

体格のいい数人の男とともに歩いていく男を、少年は追った。

そして、忍び込んだ屋敷の、礼拝堂の祭壇の裏から、見届けた。

最期まで。

——家に帰ると、泣きじゃくる母に『どこに行っていたの』と抱きしめられて、そして知らされた。

フェルレッティに目をつけられた自分たちは、これから軍の保護施設に身を隠すのだと。


「起きたか、テオドロ」

暗闇に、ぼんやりと浮かんできた顔に、テオドロは絶望した。

「……ファビオ、きみまで殺されたのか」

軍の同僚は呆《あき》れたように顔を歪《ゆが》めた。その表情で、彼の死が自分のミスによるものだと察して、テオドロは申し訳なさと深い後悔の念に襲われた。せめて墓地管理人小屋にいる仲間だけでも助かっていればいいのだが。

「あほか。ちょっと泳いだ程度で何を弱気になってる」

「え」

「一通り調べたが、脈も呼吸も正常、昨日縫った右腕も問題なし。目のガラス取られたのと手のひらのちーっさい傷以外、元気そのものに見えるぞ。それとも、気分が悪いか？」

よどみない言葉に、いや、とつられて答えると、ファビオは安堵《あんど》するように鼻を鳴らした。

「奴ら、珍しく仕損じたようだな。とどめをささずにおまえを運河に投げ入れた。下流まで流される前に、引き上げられてよかったぜ」

そこまで言われて、ようやく自分が、フェルレッティ潜入時の隠れ拠点として使っているカフェのソファに寝かされていることに気が付いた。閉店後の店内は、内側からは明かりも付けていないから、外からは人がいるとはわからないだろう。

――生きている。

（バカな）

意識を失ったのは、運河に投げ捨てられる直前だった。全身濡《ぬ》れていることから、水の中に落ちたのは間違いない。あのときにはもう、毒が回っていたはずなのに。

（毒が致死量じゃなかったのか？）

とにかく、自分が落とされる場面を、運河沿いに待機するファビオが見ていたのだろう。体を起こすと、昼間はカフェ店員に扮《ふん》している同僚が水を差し出してきたので、ぐっと飲み干した。

「まあ不幸中の幸いだな。テオドロ、屋敷で何があった？」

「何が……」

聞かれて、テオドロは目を伏せたが、すぐに落ち着いた声で話し始めた。

「ばれていた。アウレリオに、僕が潜入者であることが」

「ていた、ってことはまさか以前からってことか？　まずいな」

「ああ。リッツィア家に入ってる人間を撤退させた方がいい。一昨日の宴会で宿泊するよう手を回したことも、見抜かれている可能性がある」

それから、バルトロとサンジェナ島のディーナの粛清や、外飼いリストの正体も含めて、テオドロは、起きたことを無駄なく、よどみなく話した。

真剣に相槌《あいづち》を打っていたファビオが、問いかけてくるまで。

「で、協力者のディーナ・トスカ嬢はどうした？」

「……彼女は」

本物のディーナ・フェルレッティだった。

「……屋敷内だ。おそらく、生きてる」

手のひらを見つめながら、テオドロは簡潔な事実を口にした。けれど、伝えるべきもっとも重要な情報については、自分でも不思議なことに、言葉が出てこなかった。

「なら、すぐに保護した方がいいな。誰か、人員を送り込めればいいんだが」

テオドロの内心など知る由もないファビオが腕を組む。

難しいのだろう。潜入が筒抜けだったとなると、時間を置かずに次に送り込む人員も疑われやすい。

やってしまった。考えうる限り最悪の展開だ。

だが自己嫌悪をおくびにも出さず、テオドロは「その件についてだが」と話を続けた。

「昼に渡した毒薬で追加情報だ。まだ解析は済んでないだろうけど、あれは幹部向けとは違った。

ずいぶん特殊な対象にしか、使われないらしい。解毒薬のない古い毒だから……」

――アウレリオは、毒の宿主も食事の毒を取り続けないと死ぬと言っていた。

(ということは、彼女はあそこにいた方が長生きできるのか)

どこか投げやりな気持ちでそう思い――そこで妙なことに気が付いた。

いいいいいいいいいいいいいい
じゃあなんで、彼女は十年身を隠し続けられたんだ？　と。

言葉を切ったテオドロを、ファビオは気に留めなかった。何か思い出したように、窓辺に移り、
小脇に抱えていた書類をめくる。

「ああ、あの錠剤については本部からも情報が寄越された。夜更けの報告の際にでも、おまえに知らせようと思ってたんだ」

「なに、もう？」

予想外の言葉に、テオドロは顔を上げた。

「ああ。……おまえの言うとおり、アウレリオが幹部を縛るために考案した毒薬とは別物だった。

すごく古い、特殊な毒薬が現役で使われてるって情報が軍に上がってきてたんだよ。十年前、アウレリオの体制が本格始動する直前の話だ。現物を持ってきたのはおまえが初めてだけど」

「……なんであの錠剤が、その情報の毒薬だとわかったんだ。現物はなかったんだろう」

「当時、毒の現物はなかったが、それに対する解毒薬の一部が提出されて、保管されてたんだ」

その言葉に、テオドロは目を見開いた。

「嘘《うそ》だ、解毒薬はないと、アウレリオ本人が」

「そうなのか？　でも保管されてた解毒薬は、おまえが持ち込んだ錠剤の毒性の一部を確かに消したみたいだぞ。完全な解毒に足りない成分は、本部が総力を挙げて調べてる」

テオドロは言葉を失った。ファビオは構わず書類をめくる。

「解毒薬もな、手に入れてたとはいえ、複雑な上に製法が古くて、解析に時間がかかったらしい。おそらくフェルレッティの先祖がディアランテに入る前に完成されて伝えられてきた、古い毒と解毒薬なんだろう。もっとも、毒薬そのものが手に入ったからじきに完全な解毒薬が」

「ファビオ。十年前の情報の、報告者は誰だ？」

話を遮ったテオドロに、本部との仲介役は露骨に嫌な顔をした。

しかし、テオドロが退《ひ》かないのを見てとると、渋い顔のまま書類を数枚めくった。

「……極秘だから言うなよ。敵方からの内通者だ。十年前、例のお家騒動の一環で粛清された可能性が高い外飼い、ジュリオ・サルダーリって男だ」

テオドロは呼吸を忘れた。

あり得ない。なぜ彼が、ないはずの解毒薬を持ち出して、軍に渡しているのだ。

だってあの男は、金のために――。

動揺するテオドロに気付かず、ファビオはさらに続けた。

「経済省の官僚だったから情報が秘匿されてんのかもしれないが、サルダーリについての詳細は不明だ。当時の軍部が保護を申し出たらしいが、ジュリオは断ったみたいだな。内通の見返りが、保護以外にあったのかもしれないけど、そのせいで粛清されたんだと思うとやり切れないな」

「……内通の見返り」

来なくなった男。母のもとに来た客人。

男が死んだ夜に、保護された自分たち。

『ジュリオ・サルダーリも浮かばれないね』

「足りない成分について、……サルダーリは、なんて」

問いかけた声がかすれていたせいか、ファビオはテーブルに置いていた水差しをテオドロに差し出した。テオドロは、受け取ったそれを脇に置いて、答えを待った。

「妙なことを言い残してる。何かの隠語かもしれないが、――」

その回答に、テオドロはしばし呆然《ぼうぜん》として、動けなかった。

そうか。

――あのとき、彼女は、きっと全部わかっていたのだ。わかっていて、それで。

だから自分は生きているのか。

頭の中で辻褄《つじつま》が合うと、テオドロはまた深い自己嫌悪に襲われかけた。その理由は先ほどのものとは全く異なり、その深さも先ほどの比ではなかった。

けれど、俯《うつむ》いている場合ではない。

「……ファビオ。もう一つ、聞きたい」

追加の質問を聞くと、ファビオは当然だろうと言わんばかりに「それはもちろん」とうなずいた。その一言がどれほどテオドロの心に希望をもたらしたかも知らず。

「そうか」

硬い声に、ファビオは痛ましいものを見る眼差しをテオドロに向けた。

「テオドロはよくやったよ。生きて帰ってこられたのを、上もねぎらうだろう。俺は本部から次の指示を仰ぐが、それと並行しておまえは一旦身を隠して」

「いや」

同僚の慰めを切り捨てると、視線を左の手のひらに再び移す。

ちり、と小さな痛みを訴える傷は、もう一滴の血も流していない。運河の水が洗ったのだろう。

すべて。

テオドロは青い目を閉じ、深く息を吸って吐くと、立ち上がった。

「僕は、すぐフェルレッティに戻る」

第十二章　覚悟はできている

「そうだディーナ。きみに見てほしいものがあるんだ」

いまだ宴会のざわめきが聞こえる舞踏室からはますます離れて、ディーナはアウレリオに引きずられるように自室へと戻された。

「これ。きみの落とし物がね、ようやく見つかったんだけど」

アウレリオは、そう言って部下の一人が差し出したかばんを手に取った。教会を抜け出した夜に抱えていたが、誘拐のどさくさで紛失したものだ。

それを、アウレリオは躊躇《ちゅうちょ》なくさかさまにして、中身を床へぞんざいにばらまいた。

「無くなっているものはある？」

「……ないわ」

短く答えたディーナの頭に鋭い痛みが走る。

髪を引っ張られながら、ディーナはアウレリオと共にその場にしゃがみこんだ。

「よく見て、よく考えて、答えるんだ。――それともレベルタの神父殿に、お礼がてら確認してもらおうか」

続いた脅迫に、ディーナは歯を食いしばってアウレリオの腕を払い除《の》けた。

「っ、ないったら！　これで全部よ、田舎のシスター見習いの私物なんて、こんなところがせいぜいだってわかるでしょ！」

粗末な財布や手縫いのハンカチ、古い手鏡に、少しの焼き菓子が入った缶。それらをつまらない物のように見下ろしたアウレリオは、今度はその目をルカに向けた。

「初日や今日の着替えについたメイドも、身に着けているものはロザリオだけだと」

「そう」

わかってはいたが、初日の晩餐《ばんさん》や今日の着替えを手伝ったメイドを通して、ディーナに関する情報は筒抜けだったのだ。

そっけなく答えたアウレリオが立ち上がる。ディーナは覚悟するように身を硬くしたが、そのそばを足音が通りすぎていっただけだった。

「……どこに行くの」

「幹部会に戻る。けど、その前にちょっと模様替え」

帳簿の隠し場所を変える気だと、直感が訴える。もしかするとリストの絵も隠してしまうのかもしれない。

思わず立ち上がったディーナに、アウレリオがくっと笑った。

「そんなにがっつかなくても、話す機会はたくさんあるよ。これから先、ずっと一緒に暮らすんだから。……次のミサ、帰りは一緒に山羊のマークの孤児院に立ち寄ろう。身寄りのない子どもは、フェルレッティのいい商品になるってことを教えてあげる」

部屋の扉が閉まる音が、重く響く。内側にはディーナとルカだけが残されていた。

「……軽食を持ってきますので、それまでにお召し替えを」

これまでより、一層丁寧な言葉遣い。ディーナが本物だという確証を、ようやく得たからだろう。

「いらないわ、食事も、着替えも」

「アウレリオ様のご判断です」

ディーナは拳をぐっと握りしめた。

「ルカ。あの人は、わたしがこの家から、薬を持ち出したと思ってるのね」

確認しつつ、ディーナはほとんど答えを自分の中に得ていた。であるからこそ、昼間、彼はディーナに『容器だけでも残してないか』と聞いてきたのだろうから。

扉に向かいかけていたルカが、足を止めて振り向く。

「心当たりがあるなら、すぐに出した方がいいですよ」

沈黙したディーナのもとに、足音が近付いてくる。

「お嬢様」

至近距離での、催促のような呼びかけを拒絶するように、ディーナは口を噤《つぐ》んだままだった。

しかし、ルカはいつものような苛立《いらだ》ちをみせることはなく、代わりに声を低くして問いかけてきた。

「……あなたは、もう一度、この家での権力を取り戻す気はないんですか」

ディーナは目を丸くして、顔を上げた。ルカの、テオドロより少し色の薄い目がこちらを見下ろしてくる。

「なに言ってるの？」

「アウレリオ様の今の立場は、あなたが消えたことに起因してます。愛人の子が当主になることに、当初は反対派もいました。もちろん一人残らず粛清されましたが、正統な血筋の当主が戻ってきたという話が広まれば、大人しく従っていただけな幹部の中にはあなたにつく者も現れるでしょう」

ディーナはしばし固まり、そしてじわじわと、小さくない衝撃とともに理解した。

ルカは、アウレリオへの反逆を唆《そそのか》してきている。あんな残虐な粛清を、二回も見た直後に。

「あなたに、その気があるなら、」

「やめて」

叩《たた》き返すように言ってから、ディーナは俯《うつむ》いた。

「……滅多なことを言わないで。どこで、誰に聞かれてるかもわからないのよ」

その言葉に、ルカは少しの間黙り、そしていつも通りの声のトーンで話を変えた。

「俺に対する薬は、後でベルナルドか、その部下が持ってくるでしょう。なるべく、俺に在《あ》り処《か》がわからないように持ち歩いてください。力づくで奪われないように」

「奪っても、解毒薬がなければ一日で死ぬんでしょう」

「……一日あれば、あらゆることができますよ」

どういう意味かと思ったとき、ルカの手がディーナの二の腕を強く摑《つか》んだ。食い込む指の力にディーナが顔を歪《ゆが》めて相手を見上げると、ぐっと目の前に迫る男の顔があった。

「死ぬ覚悟くらい、とっくにできてる」

鼻先が触れそうな距離の近さでもたらされた囁《ささや》きに、ディーナは思わず叫んだ。

「出ていって！」

あっさり手を離したルカが一歩退《ひ》く。その顔にうっすらと浮かんだ、小馬鹿にするような笑いを、ディーナはきつく睨《にら》み上げた。

「逃げようと思わない方がいいですよ。窓のある部屋で寝たいなら」

「逃げないわ！」

ディーナが大声を恥じる間もなく、部屋から男が出ていく。すると、廊下からかすかに話し声が聞こえた。見張りがいるのだろう。

先ほどの唆すような言葉は、ディーナを試すためのものだったのかもしれない。――部屋を出る直前の伏せた目が、昼間見た目とよく似た影を帯びていたのは、いささか不可解ではあったが。

「……逃げないわ」

同じ言葉を繰り返し、ディーナは握りしめていた右手を見下ろした。窓辺に近寄ると、見覚えのない鍵が取り付けられているのに気が付く。鍵がないと開けられない錠前は、逃走防止用か。

こんなものがあろうとなかろうと、この屋敷から逃げる気はなかった。でもどうにかして、この部屋からは出ないといけない。

こっちこそ、覚悟はできているのだから。

着替えのメイドはすぐに来た。彼女が宴会用のドレスを抱えて去るのを見届けてから、一人、どうすべきかを考える。

時間は少ない。味方はいない。でもこれからすることに、失敗は、絶対に許されない。ディーナは震えを抑えるように、拳を握りしめ思考に没頭した。

――屋敷の庭で、爆発音がしたそのときまで。

「何ごとだ‼」

二階から吹き抜けの下に向かって怒鳴りつけたルカに、屋敷内を走り回っていた部下たちが答えにまごつく中、青い顔をしたニコラが人をかき分けて階段を上ってきた。

「やばいぞ、ガゼボが爆発したって話だ！」

「ガゼボ……保管してた火薬か！」

舌打ちして窓の外に目を向ける。植え込みの向こうでは、ごうごうと燃え盛る炎が黒い煙を立ち上らせながら辺りを焼き尽くしていた。

このままでは、じきに屋敷にも火がつく。動揺するばかりの使用人たちを、片端から捕まえては怒鳴りつけ、ルカは消火の指示を飛ばす。ニコラも同様だった。

「……ニコラ、これあいつの仕業だと思うか」

「あいつ？　……まさか！　テオドロが、あの毒で生きてるはずはない」

あまりのタイミングに、頭に過《よぎ》った懸念を漏らしたルカを、ニコラが一蹴する。

だよな、と自分を納得させたルカの耳に、それを裏打ちするような声が飛び込んできた。

「ロビオ家の残党だ!!」

直後、邸内に銃声が鳴り響いた。

ニコラとルカの顔色が変わる。ロビオ家とは、裏での覇権をフェルレッティと争っていた悪徳一家の一つである。つい先日、ディーナたちの乗る列車を襲い、フェルレッティの報復を受けて半壊にまで追い込まれたはずだった。

「くそ、詰めが甘かったか!」

窓の外を見て悪態を吐《つ》くルカに、ニコラが切羽詰まった声で叫ぶ。

「俺がお嬢を保護していったん外に出る！　悪いがロビオ家は若いので頼むよ！」

「バカ言え、あの女の護衛は俺だ！　あんたはアウレリオ様のもとに……」

怒鳴り返していたルカが、そこで黙った。

視線を窓に向けたまま硬直した相手を不審に思ったニコラが、口を開こうとしたが。

「……いや、急用ができた。ディーナを頼む」

そう言うと、ルカはニコラや使用人を押しのけるように階段を駆け下りた。不機嫌ながらも常に冷静冷徹なその目に、いつになく強い怒りを宿して。

——あのネズミ、生きてやがった！

その怒りは、窓の外で見つけた黒い髪の男への、煮えたぎるような殺意でもあった。

第十三章　怪物退治

お許しください、ロレーナ様。

『本当に』

ロレーナ様。美しい人。嫁いできて、子どもを産んで、日に日に弱っていった人。

『役立たずな男』

理性ではわかっていた。これは当主以外の人間、例えばその伴侶などが実権を握らないようにするための仕組み。当主本人が望まなかろうと、蛇の毒がそうさせる。

自分にできることなど何もなかった。女神を救うことはできないと、理性ではわかっていた。

だから、理性を捨てた。

「ロレーナ様、今夜はたいそう暑うございますね」

廊下も、庭も、騒がしかった。窓の割れる音、銃声、物の焼ける匂い、火薬の匂い、血の匂い。

それらすべてを無視して、男は貴婦人を見上げ続ける。

「今日の宴会では、僕の作った〝聖ロタリオのトルタ〟が披露されたのですよ。あなたにも見ていただきとうございましたが……いや、きっとあなたはお気に召さない」

貴婦人はつんとすましていた。不機嫌そうなその口からは、いつもの声が聞こえてくる。

役立たず。役立たず。役立たず。

「蛇の毒の、解毒。それだけが、あなたからのご用命だったのですから」

まさか、その〝蛇の毒〟が、当主の食事から作られていくものだったなんて。

医師として迎えられた当初は、何もわかっていなかった。ただ言われるがままに調合して厨房《ちゅうぼう》に運んでいた、あの毒が、女神を殺す毒に変じていただなんて。

「なんて残酷な。僕はあなたをお助けしたかったのに。……いや、知っていても無駄なこと。人間の体を通して完成する毒なんて……。そう、こんな言い訳をするから、僕はいつまでも、」

ロレーナ様。せめてあなたの心をお慰めするものを。

そうだ、ジュリオ・サルダーリが来るそうです。美しいもの、珍しいもの、彼ならなんでも用意することができます。なんなりとご用命を。

ほら、ロレーナ様――。

「ベルナルド・バッジオ」

呼ばれて、ベルナルドは壁に飾られた先代夫人の肖像画からゆるゆると視線を動かした。

部屋に林立する薬品棚。奥にいるベルナルドに声をかけた男は、出入り口をふさぐように立っていた。

「……ジュリオ殿？　まさか、死んだはず」

テオドロは、忌々しげに顔を歪《ゆが》めた。

「その名で呼ぶな」

「なぜ生きている。蛇の毒を飲んで、なぜ」

「……おまえ、取引する気はあるか」

ベルナルドの目は話す相手に向いているが、いつも意識はそこにない。

それが、今ははっきりとテオドロに向いていた。――かつて、彼の女神を死なせた毒と、同じ毒を含んで、死んだはずの男に。

「じきにフェルレッティは制圧される。おまえも捕縛される。本来なら絞首刑は避けられないが、おまえが軍に協力し、ここで扱った毒の情報を渡すなら」

「まさか、あれは蛇の毒ではなかった？」

ふらふらと立ち上がったベルナルドの言葉に、テオドロはあっさり説得を諦めて、銃を手にした。

「動くな」

「そう、そうだ、ジュリオ殿には……ロレーナ様の娘を殺したおまえには、悪魔のようなあの薬を……伯爵が考案した、あの薬を試したんだった。とても興味深い実験結果だった」

引き金にかかる指に力がこもるが、ベルナルドは、銃口など見えていないかのように近付いてくる。

「そうだ、蛇の毒を食らって生きていられる人間なんていない。ロレーナ様は、死んだのに」

「プライドを打ち砕くようなら悪いが、先生。解毒薬はあったよ」

引き金にかかる指は、まだ動いていない。

しかし、ベルナルドはまるで心臓を撃ち抜かれたかのように、その場で、目を見開いて硬直していた。

「……嘘《うそ》だ」

やがて、虚空《こくう》を見つめながら「嘘だ」と繰り返し始めた。

「そんなはずない、そんなはずないんだ。だってロレーナ様は助からなかった、僕があんなに、誠心誠意、あんなに手を尽くしたのに」

「ベルナルド」

「ああ、ロレーナ様、ベルナルドは役立たずでしたが、最期は安らかにと、だからあの薬を。寂しくないようにと旦那様をも。だから、解毒薬なんてあるはずない、そうでしょうロレーナ様」

焦点の定まらない目で、ベルナルドは薬品棚に手を伸ばした。おぼつかない手付きで、いくつかの瓶を床に落としながら、透明な薬液の瓶を一つ、握り込む。

「ロレーナ様、ロレーナ様」

テオドロは動かなかった。ただその様子をじっと見据えていた。

一方で、別の棚の影から現れたもう一人の男は、銃を同じように構えて鋭く叫んだ。

「大人しくしろ！」

その声とほぼ同時に、ベルナルドは瓶の蓋を開け、中身を大きく開いた口の中へ流し込み。

「……お許しください、役立たずなベルナルドめを」

呟《つぶや》いた口から、どっと泡が吹き出した。床に倒れ込み、全身を痙攣《けいれん》させる。後から現れた男が慌てて駆け寄るが、「ベルナルド・バッジオ！」と叫ぶ声もむなしく、ほんの数秒視線をさ迷わせた後、ベルナルドはぴくりとも動かなくなった。

「くそ、まるで聞いちゃいなかった」

ベルナルドの首に手を当てて悔しそうに吐き捨てるファビオの傍らで、テオドロは銃を下ろして薬品棚の中に目を走らせた。

「薬品を押収しようにも、量がな……テオドロ？」

自分の手のひらほどの瓶を手に取ったテオドロは、同僚に向かって軽く振って見せる。

「すまないファビオ。僕の用事はこの先にある」

そう言ってきびすを返す。その背中に、ファビオの「おい手伝えよ！」と焦った声がかけられる。

テオドロはほんの一瞬振り返った。ファビオの足元で空虚に目を見開く男に、一瞥《いちべつ》をくれた。

「……憎たらしい男だった。ある意味で、アウレリオ以上に」

――いつも、他人のことを、ロレーナが生きていたころの幹部たちの名前で呼んでいて、それには統一性も脈絡もなかった。

なのに、テオドロのことだけは、なぜか常に〝ジュリオ〟と呼び続けた。理由はわからない。ただもしかしたら、アウレリオがテオドロの正体に気付いたのは、誰も気に留めなかったこの男の言動がきっかけだったのかもしれない。だがこうなった以上、もうどうでもよかった。

フェルレッティを怪物たらしめた立役者の一人は、死んだのだ。テオドロは薬品庫を後にした。

煙が充満し始めた邸内のあちこちで、乱闘が起きている。数で勝るのはフェルレッティの方だが、予想外の侵入者には完全に意表を突かれたのだろう。

――数十分前。

フェルレッティに戻ると宣言したテオドロは、『応援が間に合わない、時間を置け』と説得してくるファビオに首を振った。

『見つけた証拠は今夜のうちに隠されるだろう。動くなら今しかないし、応援は待っていられない』

『それでも、貴族であるフェルレッティに裁判所の命令も王命もなしに踏み込めないだろうが！』

『そんなもの必要ないやつらにやらせる』

テオドロは、戸惑うファビオにディアランテ内のいくつかの建物の名前を告げた。

『そこにひそむやつらに、こう伝えてくれ』

フェルレッティに報復したくないか、と。

――列車襲撃犯がロビオ家の者だとわかったとき、一人尋問に徹していたテオドロは、その隠れ家をあますことなく聞き出して、そしてそれをアウレリオには報告しないでいた。

ルカ主導の報復がロビオ家になされると、わざと何人か見逃した。予想通り残党がその隠れ家に身をひそめたので、軍の関係者に見張らせていたのだ。

そのときのテオドロは、無関係な一般人を巻き込んだ以上、一刻も早く決着をつけないといけないと思っていた。いざというときには、暴れるロビオ家を捕まえる名目で壊滅状態のフェルレッティ家に応援を踏み込ませ、混乱の中ですべて押収するというなりふり構わない手段も考えていたからこその準備だった。

だが、今、このまま応援を待ってはいられない。

テオドロは迷いない足どりで先を急いだ。すれ違う人間は誰であっても容赦なく昏倒《こんとう》させていく。

そうして、二階に続く階段を目指し、角を直進したとき。

テオドロは険しい顔ですばやく一歩後ろに退《ひ》いた。

一瞬前まで自分の頭があった場所を貫く軌道で、壁に真新しい弾痕ができている。曲がり角の向こうに、こちらへ銃を向ける敵がいる。

「……出て来い、死にぞこないが」

――執念深い。

怒りに満ちた声に応えるべく、テオドロは冷ややかな気持ちで上着を手にかけた。


何が起きているのかはわからないが、助かった。

庭で起きた爆発の混乱で、ディーナは見張りの目をかいくぐって部屋を出ることに成功していた。

しかし、悠長に歩いていられる状況でもない。廊下は煙に満たされつつあり、壁には銃弾の跡と血、そしてだらりと手足を投げ出したいくつもの亡骸《なきがら》が、床のいたるところに見られる。

めまいがするような光景だったが、止まってはいられない。ディーナは歯を食いしばって足を進めていた。

しかし。

「ディーナ！」

声と同時に腕を摑《つか》まれる。ディーナは振り返って目を瞠《みは》り、そして声を張り上げた。

「ニコラ、離して！」

「駄目だ、すぐに逃げるんだ！　ロビオ家の……列車を襲った奴らが入り込んでる、殺されるぞ！」

「わたしにはやることがあるの、離しなさ――」

そこで、ニコラがディーナの腕を摑む手に力を込めたので、とっさに声が出なくなった。

「勝手はさせないっ、俺はあんたの叔父だぞ！　姉さんどころかあんたまで……、あの男の隠し子なんかと、みすみす心中なんてさせるものか!!」

引き寄せられたディーナは目を見開いた。それまでの飄々《ひょうひょう》としたニコラからはかけ離れた必死な形相に、すぐには言葉が出てこない。

けれど、迷った時間は短かった。ディーナはためらいなく、強くニコラを突き飛ばした。

「……さよなら、叔父様」

そう言って背を向けると、ディーナは振り返らず、一目散に駆け出した。

母の顔は知らない。叔父の顔を見ても、感慨はなかった。

でも向こうは、そうではなかったのかもしれない。

「ディー……っ！」

後を追おうとしたニコラの体は、複数の銃声ののちにその場で床に倒れた。


十年前のことだ。

王国の南端、乾燥した温暖な街に、寂れた教会が建っていたのは。

もう、十年前のことになるのだ。


「おばあさんは中で座っていてください。ここは片付けておきますから」

少年はそう言って、仏頂面の老婦人から箒《ほうき》を取り上げると、礼拝堂を指し示した。

「なんだい、偉そうに。あんたよりよっぽどこの教会に詳しいあたしを邪魔者扱いかい」

「そんなこと言ってないじゃないですか……。じきに寒くなるから屋内にって言ってるんです。別に何もしなくていいんですよ、雨漏りが直るまで教会に泊まればいいって言ったのは僕たちなんですから」

言いながら、年季の入った箒で手早く落ち葉をかき集める。緑色の薄くなった芝生の地面に、椅子やテーブルの長い影が伸びている。間もなく日が落ちて、気温は一気に下がるだろう。

旅人に温暖だと言われたこの街も、灼《や》けつくような夏は過ぎ、秋はすっかり深まっていた。秋の収穫に感謝するミサと、それに伴うバザーは二日前の日曜日に終わったばかりだ。

「いやだね。生意気な上に、無礼な小僧になったもんだ。男所帯に女を軽々しく引き込むんじゃないよ」

「えっ、おばあさんそんな身の危険を感じてたんですか⁉」

ぎょっとして振り返った瞬間、ごつっと額に固い物がぶつかる。思いがけない重い痛みに少年が悶絶《もんぜつ》して見ると、老婦人の手には、ほんのり赤いジャムが詰まった瓶が掲げられていた。

日曜日に、バザーで出された軽食や菓子に混ざって無造作に皿に盛られたイチジクのジャム。子どもの頃からそれを愛する少年には一目でわかった。

老婦人は首を傾《かし》げる少年のズボンのポケットに、無断で瓶をぐいぐい押し込み始めた。

「おばあさん?」

「いいかいアウレリオ、都会の寄宿学校に行くんなら覚えておくといい。女は怖いんだよ、恨みを買ったり結託されたりしないよう、丁重に扱いな」

「だから丁重に扱ったじゃないですか。そもそも、ぼくが入学するのは男しかいない神学校だし、……あの、嬉《うれ》しいんですけど、ポケット伸びちゃう」


結局、休んでいるよう言い含めたはずの老婦人は『座ってたってろくな食事出てこないだろう』と言って神父館に向かってしまった。きっと夕食を作ってくれるのだろう。いつもそう。偏屈なくせに、世話焼きなのだ。

「まぁ、あの人はそういう人だから」

「神父様《せんせい》」

礼拝堂のベンチでジャム瓶を手の中で転がしていたアウレリオは、隣に座る男性に顔を向けた。

丸い腹を祭服で包み、丸い眼鏡をかけた初老の男は、この教会の神父で、アウレリオの養父だ。

「ディアランテにはきっと、もっといろんな人がいるよ。こんな田舎の、ちょっと変わったおばあさんなんて目じゃないくらい。……もう荷造りは終わったかい？　向こうはここよりうんと寒いから、一番温かい外套《がいとう》を忘れずに持っていきなさい」

「はい。いろいろありがとうございます」

神学校に進むための推薦状と資金を用意してくれた養父に、アウレリオは笑って礼を言った。街の少女たちが見ていたらきゃあきゃあと騒ぐその笑みに、神父はおっとり笑い返してから、思い出したように眉を寄せた。

「しかし、本当に聖職者の道を志すのかい？　せっかく適性があると言われたんだ。大学へ進んで、医師や薬師を目指す道だってある。私が養父だからって、気を遣ったりは」

「気遣いじゃありません。ぼくの希望です。ぼくは神父様みたいになりたい。ここまで育ててくださって、ありがたく思っています」

少年が微笑む。しかし養父である神父の表情は晴れない。

「アウレリオ、何か隠しているね」

「えっ」

「わかるよ、育ててきたんだから。なんだい、ジャムのつまみ食いではなさそうだね」

アウレリオは逡巡《しゅんじゅん》していたが、養父の視線に促され、ぽつりぽつりと話し始めた。

「……ぼくが神父様に感謝しているのは嘘偽りない事実です。あなたのように、人のために働きたいのも本当。けれど少しだけ、ほんの少しだけ、実の家族のことも気になってて、……おかしいでしょう。その人たちは、ぼくをここに捨て置いた人たちなのに」

「血を分けた家族がどんな人なのか、気になるのは普通だよ。ディアランテに行けば、彼らに会えるかもしれないね」

罪悪感とともに吐露した本音に、養父は優しい声をかけた。そのことに、アウレリオの気持ちは軽くなる。

自分の出生をアウレリオは知らなかった。赤ん坊の頃に、先代の神父がディアランテでの用事を済ませたとき一緒に連れてこられたらしいが、その神父はすぐに事故で亡くなったという。その後派遣されてきた今の神父が、育ての親だ。

「ディアランテはとても人が多いんでしょう、ここと違って。簡単には会えなさそうですよね」

「それは……そうだねぇ」

困ったように眉を下げた養父が、まるで自分事のように悩み始める。お人好しなその様子もいつものことだ。手の中のジャム瓶を、アウレリオはベンチの上に置いた。

「そもそも捨てるくらいだから、会っても喜ばれないでしょう。ああ、なんだかそんな気がしてきた。むしろ、生きていることを残念がられるかも」

「そんなことは決めつけちゃいけない。会ったことのない人の心を推し量って勝手に失望するのは意味のないことだよ。もしかしたら捨てたんじゃなくて、きみのためを思って、聖職者に預けたのかもしれない」

養父の言うことも否定し切れない。けれど、赤ん坊を親から引き離すことが赤ん坊自身のためになるというのは、一体どんな場合だろう。

「アウレリオ、きみは優しい子だから、神父にとても向いていると思う。けれど、この街の外に出て、広い世界を知って、それから私とは違う道を進んでもいいんだよ。ただ、辛《つら》くなったときは祈りなさい、周囲のために」

アウレリオが顔を向けると、養父と目が合った。丸い眼鏡の向こうからこちらを見る小さな目には、祭壇のろうそくに灯《とも》された暖かな火が映り込んでいる。

「周囲のために、だよ。結局、それがいつだって、祈る本人を救うことになるのだから」

アウレリオは頷《うなず》いた。

幸せな家族への羨望を見透かされた気がした。養父はそれを咎《とが》めず、大きく頷くと、明るい表情で立ち上がった。

「さぁ、ここはもう冷えてきたし、神父館へ戻ろう！　今日は〝見習い〟のきみがいる最後の晩餐《ばんさん》だからね、おばあさんにも泊まってもらって、とっておきのワインを開けようか！」

――真夜中に身を起こしたのは、ジャム瓶を礼拝堂に置き忘れたことに気が付いたからだ。いけない。誰かに持っていかれる前に回収して、神学校へ持っていく荷物に詰め込まないと。アウレリオは寝巻きにガウンを羽織って、真っ暗闇の中、神父館から礼拝堂へと小走りで向かった。

通用口から中に入り、ベンチに置き去りになっていた瓶を手にして安堵《あんど》し、きびすを返そうとする。

その足を、正面玄関からの、ガチャ、という物音が止めた。

アウレリオは窓の外に一瞬視線をくれてから、また手元に意識を戻した。

「ロビオ家の後始末、ルカにやらせたけど、やっぱりバルトロにも付いていかせた方がよかったな。皆殺しに関してはきっちりやり切る男だったし」

目の前にいる相手からの返事はない。構わず、小さな鍵をカチャカチャと言わせながら、伏せ気味の目で、アウレリオはなおも話を続けた。

「バルトロ、私の育った教会の関係者を自分が殺したことで、私にトラウマを植え付けたと思っていたらしい。あいつの中の私って、だいぶまともでかわいい男だったんだなぁ」

語尾が揺れる。

アウレリオは小さく笑っていた。浅はかな部下を嘲笑《あざわら》ったわけではなく、勘違いを苦笑するような眉の寄せ方だった。

だがそんな表情はすぐに消えて、今度は少し苦々しそうに呟いた。

「……人のこと言えないか。私もディーナのことを、全然わかっていなかった。もっと必死になってテオドロを生かそうとするかと思ったのに。十歳までに培った人格って、思っている以上に変わらないものなんだね」

そこでようやく、鍵穴をいじる手元からカチ、と音がした。長い吐息が部屋に落ちる。

「緊急事態だから外すけど、もう勝手なことをしたらいけないよ」

それにも、さして反応を返さない相手に、さすがにアウレリオの目に咎めるような険しさが宿る。

が、庭からまた爆発音がしたので、男は不満そうに部屋の出口を指し示した。

扉が閉まったあと、アウレリオは鍵と本体を執務机に無造作に置き、代わりに真新しい鍵のついた黒い文箱に手を伸ばしたが。

「……どうした？　礼拝堂の抜け道の説明、わからなかっ――」

再び開いた扉の音に振り返ると、そこに立つ人物の姿に、わずかに目を丸くした。


ディーナからすれば予想通り、部屋の主はたいして驚きはしていないように見えた。

「変わった子だね。混乱に乗じて外に逃げようとは思わなかったんだ。もしかして、レベルタの神父たちの身を案じた？　まさかね。あんなにべったりだったテオのこともあっさり切り捨てられるのに、今さらまともぶったりしないか」

ディーナが口を引き結んだままでいると、執務机の前にいたアウレリオは文箱を手放し、「ちょっとお湯沸かしてる暇ないから、酒でいい？」とボトルの並んだ棚へと近付いていった。

「……なんて。正直なところ、ちょっとがっかりした。好きな男を延命させる方法があるのに、それを選ばないなんて」

酒瓶とグラスを手に机に戻ったアウレリオは、本当に残念そうな苦笑を浮かべていた。

残念。それがディーナがテオドロを見捨てたことについての、アウレリオの所感。

おぞましいと思った。テオドロの立場はルカでも、ニコラでもあり得た。そもそも迎えは、当初この二人のうちのどちらかになるはずだったから。

誰でも良かったのだ。ディーナが心を許した最初の人間を苦しめることで、ディーナに自分の運命を思い出させることができれば。

アウレリオは、歓迎すると言ったのと同じ顔で、声で、恨む相手を奈落に突き落とすことができる。そのための、無関係な人の死をなんとも思わない。そういう化け物を作るのが、この家の毒。

——ともすればそんなふうに、得体のしれないもののように見ることもできるが、それに惑わされてはいけない。

彼は確かに人間だ。

いや、人間に戻りたがっているのだ。でなければ、ディーナを恨まない。でなければ、ディーナを生かして連れ戻さない。

「伯爵、あなたが本当にわたしを見つけたかった理由は、もうわかってる」

「へぇ」

小さなグラスにあざやかな黄色い液体を注いでいたアウレリオは、ディーナの方を見もしない。ディーナも構わず、話し続けた。

「復讐《ふくしゅう》もたしかに理由の一つだった。でもそれ以上に、わたしが必要だった。わたしが生きているなら、どうしても連れ戻したかった」

ボトルを置く音が部屋に響く。騒がしいはずの邸内で、それはいやに耳についた。

「十年前、わたしはこの屋敷から出た時点で、死ぬはずだった。溺死しなくても、毒の食事なしじゃ生きられない体に、もうなっていた。それなのに、生きているなら？　あなたは生き延びたわたしを痛めつけることだけを理由に捜したんじゃない。もっと切実な、替えの利かない希望の手がかりとして、わたしを捜していた。そうよね」

ゆっくりと顔を上げたアウレリオは、もう笑っていなかった。

ディーナがテオドロの死のために祈ると言ったときと同じ、恨みと失望が混ざった表情をしていた。

「蛇の毒の、解毒薬を持っている。あなたよりも先にこの屋敷にいて、同じ毒に侵されていた妹。わざわざ身代わりを立ててこの家から逃げたなら、生き延びる手段を持っていたのかもしれない。あなたはそう考えた。そして実際に、わたしは十年間を平穏とともに生きていた」

庭でも廊下でも、争う声が続いている。

ひっきりなしの怒号には、断末魔が混ざっている。

部屋の外に広がる地獄は、血の沼を抱えるフェルレッティの真の姿だ。これまで沼底に沈めてきた醜悪な実態が、もはや隠しようもなく、現実まで浮かび上がってきている。

だがそれに、二人は関心を示さない。

部屋の中は、そこだけ異様なほど、静かだった。

「生きていた以上、解毒薬を持ち出したのは確実。尋問しなかったのはさっきの悪趣味な種明かしまでわたしを油断させたかったからだとしても、本当は薬を早く手に入れたかったでしょうね。メイドに持ち物をあらためさせたんだから」

「でも、きみは何も持っていなかった。十年間で完全に失われたか、もしくは、最初から十歳のきみは毒の食卓についていなかったか、だ。もう痛めつける方の目的しか残ってないよ」

アウレリオの声は、眼差しと同じくらい冷えていた。

ディーナはその声と視線に、そっと答えを示した。

握りしめていた、蛇のからみつく、血まみれのロザリオを。

「……テオが、庭の礼拝堂は祈りに向かないって言ってたけど、でもやっぱり、あそこは助けを求める人へ手を差し伸べる場所だったの。わからないの？　神父見習いだったのに」

祭壇画に描かれた怪物は聖書とは何の関係もない。フェルレッティそのものだ。

怪物は周囲の人間を嚙《か》み殺す。しかし怪物が剣で貫かれたあとに流れた血は、それに触れる人々の脅威ではなくなる。人々は血まみれの手を祈るように組んでいた。

つまり、そういうことだ。

「交差する十字、縦横の杭《くい》はそれぞれ中に細い管が通されてるの。そこに薬が塗られてる。でもおそらく、中の薬だけじゃ解毒薬にならない。『怪物を剣で貫く』。わたしたち毒の宿主の皮膚を刺し、血を中に通して、初めて〝蛇の毒〟への解毒薬が完成する」

アウレリオの顔色が変わる。

ディーナも静かに息を呑《の》む。言ってしまった。この男にこのことを教えたら、もう後戻りはできない、、、、、、、。

おそらく、ジュリオ・サルダーリはこの家に関わる過程で、先のとがった古いロザリオを見つけた。そして、もとは大学で美術を学んでいた彼は、奇妙な祭壇画の意味に気が付き、ロザリオがそこに描かれた剣そのものである真相にもたどり着いていたのだ。

「十字架一つに、解毒のチャンスは縦と横で二回だけ。つまり、もう使い切ってしまったの」

一度目は、ジュリオが、ディーナに。

そして二度目は、ディーナが、つい先ほど、テオドロに使った。

だから、解毒薬はもうない。どれだけ求めても、脅しても、他の誰の分も残されていない。

ディーナの分も。

アウレリオは、しばらく言葉もなくディーナの掲げる十字を見ていたが、やがて喉の奥で短く笑った。あからさまな嘲笑だった。

「やられたね。本当に、神父様に言われた通りだったのか。……救われたいなら、祈れって」

俯《うつむ》き、脱力した体を、机に手をついて支える。もう片方の手のひらで目元を覆って自嘲する男に対し、ディーナは目元と口元に力を込めた。

憐《あわ》れまない。

自分は、この男が救われることを祈らないと、決めたのだから。

「それで。そんなこと言うために、わざわざこの取り込み中のところに足を伸ばしてくれたわけだ。私も、そしてきみ自身も、一生ここに囚《とら》われるしかないと、宣言しに。……テオドロは生きていると、わざわざ教えに来てくれたのか」

笑いを収めたアウレリオが手を下ろす。憎悪に満ちた眼差しが、狙いすました蛇のようにディーナに絡みつく。

押し返すように、ディーナは一歩、アウレリオに近付いた。

「十年前、ジュリオ・サルダーリがなぜ、わたしにこの貴重な解毒薬を使ったか、考えてみた。なぜわざわざ解毒したあとに、運河に沈めたのか」

一歩一歩、近付く先にあるのは執務机。その上に置かれた黄色い酒は、ディーナをしたたかに酔わせたものと、同じもの。

「たぶん、一度死んで、戻ってくることに賭けたから」

『さようなら、お嬢様。フェルレッティが生んだ罪深い蛇』

助ける人もいない、冷たい川。解毒が成功する保証もなくて、死ぬ可能性の方がよほど高かった。保護するつもりなら、軍に引き渡せばよかったのに、そうしなかった。もとより元凶である少女。

殺すつもりなら、とどめを刺してから落とせばよかったのに、それもしなかった。

彼は賭けたのだ。運河に流した少女が生き延びることに。自分の命と引き換えに、神に願った。

その状況で、もし、生き延びることができたなら。

それこそきっと、運命の采配。

死ぬような思いをして、この屋敷を出たからには。

『どうか、生まれ変わって、今度は善良な人間に』

「だから、彼は拷問されても、わたしが生きている可能性をあなたに教えなかった」

――ジュリオ・サルダーリの願いを、神様は聞き入れた。

ならどうか、今度は、彼が命がけで守ったあの人が、運河沿いに待機している仲間に見つけてもらえますように。すべての脅威を逃れて、安全なところまでたどり着けますように。

この家の人間が、誰もあの人の生存に気付きませんように。運河に捨てろと言った、わたしの嘘に、気付きませんように。

「わたしが生き延び、生まれ変わり、そしてこの呪われた家の歴史に終止符を打つことを信じたから。罪のない人が、自分の家族が、謂《いわ》れのない脅威にこれ以上晒《さら》されなくて済むように。……アウレリオ、わたしがここに来た理由はね、フェルレッティを潰《つぶ》すため。完膚なきまで」

ディーナが十字架をアウレリオに向かって差し出すと、冷たい視線はそちらに向いて、右手でそれを受け取った。

――そうして空いた自分の手を、ディーナはすばやく机の上に伸ばした。

フェルレッティの蛇は、自らの尾を食らう形をしている。

「テオは追わせない。知ったあなたを、わたしが絶対ここから出さない」

この怪物を殺せるのは、怪物自身だけ。

アウレリオの手が伸びるより先にボトルを掴んだ。振り上げて、机の上に叩《たた》きつける。辺り一帯に強いハーブの香りとともに、瓶の中身が撒《ま》かれて、二人にかかった。燃料みたいに強い酒精が。

そのまま机の上のランプに手を伸ばしたが、今度は届く前に手首をアウレリオが掴んだ。チョーカーを模した、鉄の首輪が床に落ちる。

揉《も》み合いになれば勝てない。ディーナは無我夢中で相手の襟を掴んだ。その手もまた強く払われるがその際、手に当たった固いものを握り込んだので、それが布地から引きちぎれた。

大聖堂の前で買った、エメラルドのラペルピン。

ディーナは剝《む》き出しの針を、自分の手首を掴むアウレリオの手に深く刺した。

「っ！」

ほんの一瞬、アウレリオの顔が歪む。

いまだ。

ディーナはすかさず、炎が揺れるランプに手を伸ばし――。

空気を震わせた大きな音に、動きが止まった。

銃声だった。床に、酒と、血が垂れて、染みが広がる。

アウレリオが肩を揺らした。

「……なに、礼拝堂の抜け道、わからなかった？」

撃たれた自分の肩を見て呆然《ぼうぜん》とするディーナを、濡《ぬ》れた前髪をかきあげたアウレリオが自分から引き剝《は》がす。

その視線の先で銃を構える、少し前に部屋を出たはずのラウラに、苦笑を漏らして。


邸内の至るところに、火が回り始め、煙が視界を覆い始めていた。

そんな中でも、ルカは弾切れになった銃を捨てた敵が二階に消えるのを見過ごせず、追いかけていた。階段を上ると足を止め、獣のような息遣いを徐々に落ち着かせる。

見失った。銃に弾を装塡しながら、もはや動ける人間がほとんどいない廊下を、ガラス片を踏みしめて進む。

目は周囲を油断なく睨《にら》み、行き当たった部屋の扉を慎重に開ける。眼前に飛び込んできた、折り重なる部下とロビオ家の男たちの遺体に顔を歪めた。

「元からいけすかねぇ奴だったが。……死にぞこなったうえ、よりにもよってロビオ家と組みやがって、っ！」

吐き捨てたその喉に、開け放たれた扉の影から静かに出てきていたテオドロの右前腕が食い込んだ。

とっさのことで銃を落とし、のけぞる形になったルカは相手がバルトロに怪我《けが》を負わされた箇所を意識して指を食い込ませた。が、もとよりそこは固く補強されて、対策済みだった。テオドロは動じず、左腕でがっしりとルカの首を固定する。さらに足を払って後ろに引き倒そうとした。――が、そこでルカの肘が脇腹に入った。

腕が緩む。衝撃に震えた腕を、ルカは逆にしっかり摑んで背負い込み、テオドロを床に叩きつけた。苦痛に顔を歪めながら銃に伸びた右腕を、容赦なく踏みつける。

「……だが、戻ってきてくれて助かるぜ」

これで殺せる。

嗤《わら》い、落とした銃を拾おうとかがんだルカの手ごと、今度はテオドロの足が蹴りつける。銃が床の上を転がって遠ざかる音を背景に、その足は今度はルカの顎にしたたかに打ち付けられた。ふらつくルカが、壁際まで下がる。

「こっちこそ助かってますよ、先輩。すぐ自分の役目を忘れてくれる、おかげでやりやすい」

彼女の前じゃ、殺しづらい。

反動をつけて起き上がるなり、テオドロはそこから大きく退いた。元居た場所に、ルカが投げた戦斧《せんぷ》が深く突き刺さる。鑑賞のために壁に飾られていたものだ。

「守った女に見捨てられた分際で、健気なもんだ」

ルカの皮肉に、テオドロは手にしたナイフを投げつけて吐き捨てる。

「健気なのはおまえの方だよ。ご主人はそばにいないのに、見捨てて逃げることができない」

ルカが椅子の背で受け止めた刃は深々と刺さっていた。抜くのを即座に諦めたルカが投げた椅子は、テオドロが自身の前に倒した机の天板にぶつかり、ひしゃげた。

「逃げる必要がねぇ。相手は壊滅間際のごろつきと手を組んだ、だらしねぇ軍人崩れだってのに」

「違うな。僕と彼女が合流するのが、屋敷に火が付くことより許せないんだろう。放っておけば死ぬ可能性の方が高いのに、わざわざ手ずから殺さないと落ち着かないほど」

机を盾にするテオドロに、ルカは迷いなく突進した。机のへりに手をかけて飛び蹴りしたところで、テオドロが予想通りと受け流して距離を取る。

言葉の応酬で冷静さを欠いたのはルカの方だった。テオドロは自分と出入り口の間の障害がなくなったのを見ると、すぐに廊下へと走った。後を追ったルカと廊下で取っ組み合い、互いに相手を壁に打ち付け合う。

だが、階段そばまで来たとき、ルカがテオドロを手すりに押しつけて首に手をかけた。テオドロの背後は火の回り始めた一階へ続く吹き抜けだった。

「……あの女、連れ出したところで長く生きられない」

手に力を込めたまま、唸《うな》るようにルカが吐き出す。窒息に顔を歪めながらも、テオドロは相手の手首を摑んで、口を開いた。

「ああ、おまえのそばじゃな」

目を見開いたルカの耳に、足音が響く。階下を見れば、階段に向かってくるロビオ家の残党がいた。

——しまった、挟まれた。

意識が下に逸《そ》れたのが隙だった。ルカの腹部に重い衝撃が走る。反射的にかがんだ体は襟首を掴まれて引き上げられる。

「それから。僕は別に誰とも組んじゃいない」

体は一瞬で手すりを乗り越えた。階下に向かって背中から落下していく男に、テオドロは言い捨てる。

下から聞こえていた足音に、ドサッと重い音が重なって、止《や》んだ。

束《つか》の間、テオドロは壁にもたれて、深く息を吐いた。

それから額から垂れてきた血を拭い、すぐさま待ち伏せに使った部屋に戻ると、棚に隠しておいた薬品を手にその場を後にした。


「なんで……」

ディーナはその場で膝を折った。血の流れる右肩が灼《や》けるように熱かった。

「なんでじゃないわ。わたしの立場なら、当然じゃない」

ラウラは肩を竦《すく》め、コツコツと靴音をさせて近付いてきた。割れた酒瓶が転がる水たまりの前で足を止めると、汚いものを見るように眉をひそめてディーナを見下ろした。

「愚かな人ね」

ぐい、と髪を引っ張られたディーナの口から声にならない悲鳴が漏れる。

「思えば、歴代当主が金髪なのって、毒のせいなのかしら。わたしももう少し今の生活を続けていたら、同じように綺麗《きれい》な金髪や銀髪になれたのかしら」

どうでもよさそうに言って、ラウラはディーナを背後に放り出した。たいして体格の変わらないラウラの仕打ちに、ディーナの体は面白いほど振り回されて、執務机から遠い床に手をついた。

どうしよう。どうすれば。

焦るディーナの耳に、アウレリオの声が響く。

「言っただろうラウラ、この子に勝手なことをするなと」

二度目の銃声が鳴った。驚き、固まるディーナの見つめる床に、新たな血が滴る。

「黙ってアウレリオ。もうあなたの言うことは聞かない。何せお互い、時間がないもの」

血は、アウレリオの肩から流れていた。

「二人ともなぁに、その顔。前から言ってたじゃない、わたしの獲物だと」

言葉を失ったディーナが仰ぎ見る先で、アウレリオも目を丸くして自分の左肩にぴったりとつけられた銃口と、服を濡らす鮮血を見つめていた。

「……待ってラウラっ、！」

三発目の銃弾は、立ち上がろうとしたディーナの足のすぐ横に沈んだ。

「邪魔するなら、次は頭よ」

ディーナは青ざめてラウラを見上げた。それを受けて、ラウラの目元が少しだけ和らぐ。

「ディーナ様。あなたは人の命が心臓にしか宿らないと思ってる？　尊厳はいつ死ぬと思う？　ねぇ、わたしはもうとっくに死んでるの。それでも三年、死体のつもりで生きながらえたのは、この日のため。わたしの生きざま、無駄なものにしないで」

言い聞かせるようなラウラの声には、迷いも情けもなかった。剝き出しになった喉には、鉄の首輪の痕が赤く残っている。

ディーナが動かなくなったのを確認して、銃口はアウレリオの胸へと向けられた。

「さて伯爵。言い遺したいことはおありかしら」

「死にたくない」

あっさりと引き出された生存意欲に、ラウラは不愉快そうに眉をひそめた。

「ずいぶんかわいげのあるお言葉。パパの命乞いを文字通り蹴ったときのあなたに聞かせてやりた――」

「解毒薬がない」

嫌味を遮ったその言葉に、静寂が続いた。

アウレリオは肩を落としていた。いつもの笑みもなく、怒るでもなく。

途方に暮れた幼子のように、ラウラを見つめていた。

「今私が死んだら、明日には君が死ぬ」

遠くで、また窓が割れる音がした。

ディーナはぽかんと固まり、それから自分の思い違いに、愕然《がくぜん》とした。

彼女だった。

解毒薬を欲した、本当の理由は。

――数秒固まっていた、ラウラの唇から、ため息が漏れた。

「わたしの体をこんなにしておきながら、腹立たしいことを言うのね。そんなことで手を休める女だと思うの？　……残りは、一発ね」

苦笑しながら言うと、ラウラは目を伏せた。

それまでの刺すような鋭さは、なりをひそめていた。

「ラウラ」

「もう指図は受けない。心はとっくに死んだの。自分で殺したの。あなたごときにじゃないわ」

アウレリオの胸から銃が離れる。手元の銃を見て、それを背後にぽいと投げる。さきほどディーナを放り出したように。

そして、ラウラはアウレリオの背中にゆっくりと腕を回した。酒と血が付くのも構わないとばかりに、そっと、ぴったり、寄り添う。

ディーナは、アウレリオの目が当惑に揺れるのを見た。その瞬間。

「……バカな人。あなたの立場で、弱みをひとに握らせたらだめよ」

ラウラの手は、大きなガラスの破片を摑んでいた。

それを見たアウレリオが悲しげに口を開く。聞かない子を諭すように、ラウラ、と名を呼んだ瞬間。

「妹を招く。そう聞いた時は嬉しかったの。これが弱みかと期待したのに、半分は憎しみのためだった。腹心の部下なんていない、あなたはこの世のすべてを憎んでいると思っていたわ。でも違ったのね。あなたはずっと正直だった。恋人。そういうことね」

ガラス片は、戒めの痕も濃いラウラ自身の首に添えられた。

アウレリオが目を見開く。動きかけた手を阻むように、ラウラの空いた手は彼の肩の傷を掴んだ。

ディーナは叫んだ。

「ラウラ……！」

ラウラは笑った。歓喜に。

「絶望して、アウレリオ」

ガラス片が肉を裂く。溢《あふ》れる血が、ラウラの体とアウレリオを濡らす。

ラウラはふらついてガラス片を落とした。けれど倒れることはせず、力を振り絞るようにして、立ち尽くすアウレリオにしがみつく。抱き留めた男を見上げる顔は、満足げに微笑んでいた。

「祈って、神父様。……地獄までの道、わたしが、迷わないように」


ディーナは唇を噛みしめた。拳を握って、崩れそうになる自分を奮い立たせた。

目の前には、ラウラが投げ捨てた銃。

ディーナが手を伸ばせば、届く位置。

『残りは一発ね』

伸ばした腕が痛んだ。構わなかった。冷たい感触を握りしめ、立ち上がる。

その一連の動きを、アウレリオは力を失ったラウラを抱えたまま、指先一つ動かさず、見ていた。

視線が交差する。無抵抗の相手だ。放っておけば、毒に侵されて死ぬだろう相手だ。

それでも、ディーナは銃口を向けた。

「……爆発はガゼボからだ。ロビオ家の残党に、気を付けて」

アウレリオは、聞こえるか聞こえないかの声でそう言って、そして唇の動きだけで付け加えた。

あえてよかった。

引き金の指に力を込める。ディーナは目を細めた。

けれど、瞑《つむ》らなかった。


短い静寂を、吐いた息の音が破る。折り重なる二人から目を逸らし、ディーナは机の上に銃を置いた。代わりに文箱を手に取る。右肩を庇《かば》いながら、部屋の出口へと向かう。

つま先に、エメラルドのラペルピンが当たった。立ち止まりかけたが、拾わなかった。

しゃくりあげて、こぼれる涙を何度も拭いながら、ディーナは部屋を後にした。

第十四章　悪徳の滅亡

少年の住み家は王都の路地裏だった。

酒浸りの人間たちの間で寝起きし、入れ墨の大人が怪しげな薬を売るのを手伝って食い扶持《ぶち》を稼ぐ。それが少年にとっての日常だった。

学校などには縁がなかったが、同年代の中では頭が回ったし、見た目の幼さに反して腕も立った。何より、仕事の足枷《あしかせ》になるような倫理観を持ち合わせていなかったおかげで、少年はなかなか死ななかった。

とはいえ、運には恵まれていなかった。

十五歳の秋、子分の一部が売上を持って逃げたのだ。少年は売人たちの本拠地である豪邸に連れていかれた。庭につくられた、窓のない建物の、立像の足元。どれだけ殴られても、逃げた子分の行方など答えようがなかった。

床に倒れ、声も出せなくなった頃に、見せしめだと首に斧《おの》を当てられた。いよいよかと、少年が目を閉じたとき。

扉が開いて、待て、と声がかかった。

——そいつは殺さないでおけ。

——はぁ？　なんで。

話し声に、少年はうっすら目を開けた。

——……だろう。

ぼやける視界に、大人たちの足、胴、顔の輪郭が映り込む。その背後に立って自分たちを見下ろす立像に、ピントが合う。

微笑む女性の像だった。

——サルダーリがしくじったときの保険に、とっておくんだ。

『おい、起きなガキ』

襟首を摑《つか》まれたときには、喉にあてられていた斧は退《ど》けられていた。

『金の髪の女王がご所望だと。面見せる前に、顔洗ってこい』

ぞんざいにかけられる言葉を、少年は口の動きだけで繰り返した。

『手に負えない暴君だ。死んだ方がマシな目に遭うことだろうが、下僕として、せいぜいがんばんな』


煙が二階の天井付近にまで充満し、熱の気配が近付いてきている。

被《かぶ》った酒の度数の高さは、飲んだ身としてよく知っていた。急がないと、大事な帳簿まで燃えてしまう。荒い息で壁に寄りかかったディーナは、左腕で抱えた文箱を見下ろした。

だが、まだ外に出るわけにはいかない。

（絵を、あの絵を持っていかなきゃ）

ディーナは血を流す右肩の痛みをぐっと堪《こら》えて、一階の玄関広間につながる階段を目指した。

幸いなことに、足は無事で、周囲には追っ手の姿もない。ほどなくして、ディーナは目指した場所を視界に収め、――血の気が引くのを感じた。

目的の場所付近で、オレンジ色の炎が躍っているのが見えたからだ。

出来る限り急いで階段を下りる。燃えていたら大変だ。

煙と火の粉をかいくぐり、手すりに助けられながら、ようやく踊り場へとたどり着き。

「……ない」

その目に映る踊り場の壁は、ぽっかりと壁紙だけを晒《さら》していた。

「そんな……」

動かされていたのだ。もう捨てられたのかもしれない。どちらにしろ、ここにはない。

絶望が全身を支配し、目の前が真っ暗になった。膝が崩れかけると同時に、痛みで肩が焼け落ちそうな気がした。

それでも、背後からの足音に、ディーナはすぐに階下へと続く階段を振り返った。

「……ルカ」

相手を認めて、そしてぎくりと身をこわばらせた。

踊り場と一階の間に立つ男は、満身創痍《まんしんそうい》だった。口の端からも額からも血を流し、服は乱れ、破れ、左腕はだらりと不自然に下がっていた。

そして右腕には、まさしく外飼いのリストである、大きな絵画が抱えられていた。

文箱を持つディーナの左手に、力がこもる。血を失った体の中で、心臓がどくどくと早鐘を打っていた。

奪わなければ。

あの絵がなければ、意味がない。今日ここまでの、すべての努力と犠牲が、無駄になる。

はりさけそうな緊張を押し隠し、ディーナが二度目の覚悟を決めかけたとき。

「……え」

差し出されたキャンバスに、ディーナは固まった。

「いるんだろう、これが」

かすれた声。喉に何かが詰まっているのか、喋《しゃべ》りづらそうな響きをしていた。

それでも、ルカは確かにディーナを見つめて、絵を差し出していた。

火の粉の爆《は》ぜる音がする。

「早く行け。火が回る前に」

「ルカ……？」

罠《わな》かもしれない。

手を伸ばすことをためらうディーナに、ルカは口元を歪《ゆが》めて小馬鹿にするように笑った。

「俺の方が、役に立つでしょう？」

ディーナは目を瞠《みは》った。なぜそこまで、と疑問に思った。

けれどもう、無駄口を叩《たた》く時間がなかった。

ディーナは唇を引き結び、痛みに耐えて右腕を伸ばした。受け取ったキャンバスを、脇に挟むように抱え込む。

「……外は正面玄関まで延焼し始めてる。南側のテラスから出るか、裏の通用口へ向かえ」

ディーナは相手の青い目を見つめた。窺《うかが》うような、心配するようなその視線の意味するところを、ルカも正確に掬《すく》い上げた。

「明日死ぬ女に構う暇あるわけねぇだろ。こっちは自分の解毒薬さえ手に入れたら、さっさと逃げさせてもらう」

薬品庫は南側のテラスとも、使用人の通用口とも方向を異にしていた。

「……ありがとう、ルカ」

男は何も言わず、いつも通りの不機嫌そうな表情で、階段を下りていくディーナを見送った。

十年前。

今にも振り下ろされようとしていた斧を止めた、不可解な言葉。

『目が青いだろう』

それが、その日の死体を一つ減らした。

もしかしたら、青い目の奴隷を所望した人間は、保険で連れてこられた自分を気に入らず、むごく殺したかもしれない。逆に気に入って、おもちゃのようにいたぶったのかもしれない。眼球だけを望まれて、くりぬいたかもしれない。

結局、〝女王〟と引き合わされることはなく、自分が彼女にどう思われるのかは、わからなかった。

そのあとも、成り行きで生き延びた自分の境遇は、好転したわけではなかった。監禁状態がしばらく続いたと思えば、新当主による粛清のあとの補充人員として働かされた。生き延びることだけ考えているうちに、当主に顔を覚えられた。そして気が付いたら、幹部なんて呼ばれるようになっていた。

その頃から日に一回薬を飲むようになって、殺したり殺されかけたりしながら日々を越えて。

やっぱり運はない方だった。自分が行くはずだった迎えの仕事が、突然入ってきた大きな仕事のせいで後輩に奪われた。

あのとき、もし自分が向かえていたら、何か違っていただろうか。

十年前、主人と下僕が引き合わされていたら、今の自分はどうなっていたのだろうか。

いっそあの日、まともな人間のようにミサに行っていたら、目に留められた子どもは、自分だったのだろうか。

ぽっかりと空いた壁に背中を凭《もた》れさせて、ルカはずるずると座り込んだ。朦朧《もうろう》とする意識が、火の爆ぜる音と、こちらに向かってくる足音を拾う。

だが、折れた足ではもう立ち上がれそうもなかった。銃もどこかに落としたし、あっても手の感覚はもうない。肋骨《ろっこつ》もいくつか折れている。テオドロ・ルディーニ。本当にいけ好かない奴だった。

十年前からずっと。

でも、もう関係ない。

「……どうせなら、無理にでも唾つけとけばよかったな」

できもしないのがわかっているから、ルカは鼻で笑って目を閉じた。


――金の髪の、女王様。

ずっとお会いしたかった。

あのとき、あなたに助けられたこの身だと、ずっとお伝えしたかったのです。


炎を避けながらだと、見知った屋敷でも進むのに時間がかかる。

そのうえ、抱える物の重みもある。怪我《けが》のせいか、重さが増している気すらする。

絵だけでも木枠から外せればと思うが、キャンバスは釘《くぎ》で木枠に端をしっかり打ち付けられている。釘抜《くぎぬ》きなど持っているわけもない。

とにかく、安全な場所にこれらを持っていくのが最優先だ。

運河につながるガゼボの抜け道は使えない。なら礼拝堂の地下から墓地に出るのがいいだろうか。

考えながら、ディーナは頭の中が霞《かすみ》がかってくるのを感じた。南側の庭に面したテラスを目指す足も、ふらついている。

ディーナは感じ取っていた。明らかに体の調子がおかしくなってきていると。

――まさか、食事を、必要な毒を摂っていないから？

頭を過《よぎ》った可能性を振り払う。

きっと強い酒を被って少し酔いが回っているうえに、肩の傷にろくな手当てができていないせいだ。それでも急所に弾は当たっていないし、どうあれ、時間がないなら進むしかない。

そう思うのに、足は思ったようには動かなかった。気を取り直すように、絵画と文箱を抱え込む。

だが、曲がった角の先、廊下の向こうに、見覚えのない男たちがいるのに出くわした。そのうちの一人と目が合う。

見つかった。

「いたぞ、金髪！　ディーナ・フェルレッティだ！」

曲がったばかりの角を引き返したディーナの耳に、銃声が響く。

だめだ、まだ死ねない。

ディーナはすぐそばの扉の先に飛び込んだ。使われていない客間では、じりじりと炎が壁を這《は》っていた。

構わず、窓を開けて髪飾りを外し、庭の先で躍る炎のそばへ狙って投げる。先にあるのは温室とガゼボだ。さらに髪を乱暴に数本引き抜き、窓枠に引っ掛ける。

そうしてから、大事な証拠を抱えると、部屋に備えられていた空っぽのクローゼットに飛び込んだ。

両開きの扉を閉じた一拍後、部屋の扉を開けて、男たちが入って来る足音がした。

「髪、……髪飾りがある！　窓から出たか！」

「追うぞ！　フェルレッティの生き残りだ、逃がすんじゃねぇ！」

――良かった。偽装工作が功を奏しそうだ。

部屋の中でなされる会話に、息をひそめるディーナは安堵《あんど》した。

男の一人が言った「怪しい」という一言を聞くまでは。

「逃げるのに、火元にまっすぐ向かうか？　罠の可能性もある。先に部屋の中をさがせ」

凍り付いたディーナの前髪から、ハーブの香りの酒が一滴、したたり落ちた。クローゼットの床に吸いこまれていった雫《しずく》の音を拾ったかのように、足音の一つが近付いてくる。

ああ。神様、どうか。

わたしだけならいい。でもどうか、この絵と帳簿を、安全な場所に。

神様、神様。

――……誰か来て。

ディーナはぎゅっと目を閉じた。

カチャ、と音がして、クローゼットの中に光が差し込む。

そのタイミングは、ディーナの予想よりも少しだけ遅かった。

「……狭いとこ、癖になっちゃった？」

鼓膜を震わせる、優しい声。

ディーナはきつく閉じていた瞼《まぶた》を上げた。

まさかと思って見上げた視線の先に、いるはずのない人がそこにいた。

「迎えに来たよ」

迎え。

ああ、そうか。ディーナは静かに確信した。

これは死者のための迎えだと。自分は、もう死んだのだと。

「……地獄は意地悪ね。迎えの使者があなたの姿をしているなんて。あなたが、死んでるはずがないのに。神様が、あなたを救わなかったはずはないのに。……ジュリオの見つけた薬が、あなたを助けなかったはずがないのに」

絵画と箱を抱きしめたまま、うわごとのように呟《つぶや》く。クローゼットを開けた男はディーナを見下ろしたまま、少し困ったように笑った。

よく見るとその呼吸は荒く、顔も血と汗に汚れていた。服も乱れ、煤《すす》にまみれ、タイのなくなった襟元から覗《のぞ》く蛇の入れ墨はなにか痣《あざ》のようなもので上書きされている。

初めて会ったときは、月明かりが。今は背後で煌々《こうこう》と揺れる炎が、その姿を浮かび上がらせていた。

本当に、恐ろしいほど美しいひと。

「だいたい、あなたが戻って来るなんて、生きてたってもうあり得ない。わたしが、何のためにあんなひどいこと言ったと思ってるの。……そうでしょ、テオ」

残念ながら、と、青い目の男は笑った。パチパチ、と背後で物が焼ける音がする。

「僕は父親似なんだそうだ。あなたの意図には従えない」

瞼の裏で願った幻覚が、肩の怪我を痛ましげに見て、手を伸ばしてくる。

血を触らせてはいけないと反射的に引いた身を抱きしめられて、少し速い鼓動が耳を打つ。

触れられた所からぬくもりを感じる。これは現実だ。気付くとまた涙が溢《あふ》れてきていた。

確証はなかった。古い解毒薬が効くことも、運河から仲間によって救出されることも。どうなるかわからない結果は、考えないようにしていた。

でもテオドロは生きている。運命は彼を。ディーナの願いを見放さなかった。

嬉《うれ》しい。涙が出るほどに。

だがディーナは、抱きしめ返したい衝動を振り切らなければならなかった。

「……テオ、これ！　絵画と帳簿！」

腕を突っ張って押しつけるように渡す。二人の間に距離ができる。テオドロはわずかに目を見開いてそれらを見下ろした。

「これを持って、早く外へ。ガゼボは火元らしいし、邸内にはまだロビオ家の人が」

「知ってる。僕が仕組んだ」

「そうあなたが、……え？」

「色々あるんだ。ごめんね」

燃え盛る部屋を背景に、男は悪びれることもなく謝罪を口にして、絵画と文箱を丁寧に床に置いた。

今になって、ディーナはテオドロの足元に男が一人倒れていることに気が付いた。部屋にはさらに二人の男が倒れてピクリとも動かないでいる。

「悪いね。生家、物理的に潰《つぶ》しちゃった。嫌だった？」

「……い、いいわ。未練なんてないもの」

「諦めが良くて助かる。……とはいえ、金髪は目立つ。ここで髪色は戻しておこう」

そう言うと、テオは燃えずに残っていた薄手のシーツをベッドからはぎ取り、引き裂いて戻ってきた。それに床へ置いていた瓶の中身を逆さにして染み込ませると、乱れ、もつれたディーナの髪を覆う。

「少ししたら赤毛に戻るはず」

薬液を浸透させるように、わしゃわしゃとシーツ越しに髪を揉《も》まれたあとで、テオドロはシーツを床に放った。

――もう、この髪の色なんて気にしなくていいのに。

そう思ったが、長い指で濡《ぬ》れた髪を整えながら「……酒、飲んだ？」と訝《いぶか》しげに聞かれると、「色々あったの」とつい、相手と同じ言葉でごまかしてしまった。

そのとき、バキバキと大きな倒壊音がした。どこかの天井が焼け落ちたのかもしれない。

「早く行くよ。ここも危ない」

テオドロが、ディーナの手を取ってクローゼットの中から引っぱり出した。絵と箱を片手で抱え、空いた手で当然のように脱出を促される。

だが、ディーナはぐっと堪えて踏みとどまった。

振り返ったテオドロの目が、わずかに見開かれている。

「……テオ、来てくれてありがとう」

あらわになった青い目をまっすぐ見つめて、ディーナは静かに呼吸を整えた。

来てくれて良かった。来ないでと思っていたけれど、今となっては、素直にそう思う。

「どうにかして、リストと帳簿を外に出さなきゃって思ってたの。あなたが来てくれて良かった」

おかげで自分は、屋敷から出ずに済む。

ディーナは笑って、テオドロの手から自分のそれを引き抜いた。

いたるところで火花の弾《はじ》ける音がする。オレンジ色の影が、天井付近までたどり着こうとしている。

部屋は炎に包まれ始めていた。

覚悟はできている。

残す仕事は、あと一つだけ。

「……先に行ってて。わたしはまだ、」

「ここに残していったりはしない」

遮られても、ディーナは微笑んだまま、動じなかった。自分ごときの口先で本当にごまかせる相手とは思っていなかったからだ。

だが、折れるつもりも毛頭なかった。その顔を見たテオドロが眼差しを険しくする。

「……あなたは、僕が、そんなつもりで戻ってきたと思うのか」

「わたしはそういうつもりだったわ」

眉を寄せて睨《にら》むテオドロの顔を見つめる。以前はこんなふうに責められる瞬間を想像しては、ことのほか恐れた。

実際には、想定していたのとはまるで逆の感情を向けられているのがわかる。

それを幸せだと思う。それで十分だった。

「アウレリオを殺したの。今度は外さなかったわよ」

「……そう。よく、やり切った」

褒められて思わず笑ってしまう。帳簿の場所を見つけた夜、本当は先にそう言って欲しかった。

「ありがとう。そんな顔しないで。たくさんしてきた〝悪いこと〟が、一つ増えただけよ」

テオドロは硬い表情だ。自分の痛みを堪えるような顔をされるのが申し訳ないのに、正直に言うと嬉しかった。

「テオ。罪深いはずのわたしが十年生きながらえたことに、意味はあった。役目は果たせた。残っているのは後始末だけなの」

幸い、それは難しくない。家の在り方を存続させるための毒は、そのまま家を滅ぼす毒になる。

悪徳のフェルレッティ家。毒のしたたる牙を抜いては生きていけないのだ。

「あなたと一緒にここを出ても、わたしの体に未来はない。結果が同じなら、明日苦しんで死ぬより、今日ここで一人にしてもらいたいの。屋敷に未練なんてないけれど、家とともに滅ぶのは、当主の務めでしょう」

言いながら、それでもディーナは自分の胸の内に積み上がる苦しさを感じずにはいられなかった。

自分の後始末は、難しくはないけれど。

優しいこの人には、それが傷になってしまうだろうか。

見捨ててしまったと思わないでほしい。自分を責めたりしないでほしい。最初から〝罪のないシスター見習い〟なんて、いなかったのだから。

最後に、顔が見られて、こちらは本当にうれしいのだから。

「……だからテオ、」

「解毒薬はある」

少しの間、ディーナは言葉を忘れた。

嘘《うそ》よ、という反論が形になる前に、テオドロが続ける。

「ジュリオは殺される前に、蛇の毒に対する解毒薬の一部を手に入れて、軍に渡していた。〝フェルレッティの血で完成する切り札だ〟と言い遺して。あまりにも突拍子もない言葉で、何かの比喩かと思われていたらしい」

――ばかな、と言おうとしてためらう。

そうだ。彼は誰よりも早く、ロザリオのからくりに気が付いていた。できたかもしれない。

でも、だから何だというのか。

だから。

「それから十年も経《た》った。軍はそれを慎重に解析してきた。足りない成分を補って完成させることはできなかったけど、複製には成功したんだ」

どこかで、またガラスが破裂した音がする。

——こんな話をしている場合ではない。薬品庫には何があるかわからない。延焼したら何が起こるかわからない。

そうわかっているのに、かつて見惚《みと》れた青い瞳から、目を逸《そ》らせなかった。

「解毒薬はある。あなたは助かるんだ」

聞いてはいけないとわかっている続きを、望んでしまう。

「死ぬ理由なんて、どこにもないよ」

唇が震えた。

言い返そうとして、喉が詰まって、何も言えなくなった。

——悲しくなかった。怖くなかった。初めから、こうなることが決まっていたんだと受け入れてしまえば。

そう言い聞かせた。

今日死ぬためにあの日生き延びたのだと、自分に言い聞かせて、アウレリオを道連れにすれば退路もなくなると鼓舞した。

家が滅びれば生きられない、毒漬けの体を、この運命の証しだと信じて覚悟を決めた。

なのに、それはもうなんの理由にもならないなんて、言われてしまったら。

「……それでも、フェルレッティ家の人間が生き残ってるだけで、災いのもとになる」

でたらめではない。本物かどうかわからないのに、レベルタには自分を捜していくつもの組織が追っ手を放った。

そうわかっているのに、伸びてくる手を拒む力が出てこない。

「これは、あなたには関係ない話だけど」

内緒話のような、少し低い声。

血と灰に汚れた手が、乱れて、濡れた髪を撫《な》でて、ひと房掬う。

「……フェルレッティ家の人間はみんな、それは見事な金髪の持ち主だったそうだよ」

微笑む彼の手の中の髪は、メッキが剝《は》がれるようにうっすらと赤く戻り始めていた。

今さら、髪色なんて、意味がないのに。

「あなたはやたらにディーナ・フェルレッティの生存を恐れてるけど、そんな人間はもういない。十年前、ジュリオ・サルダーリが殺したんだから、間違いない」

それが事実でないことを、さっき知ったはずなのに。

「僕はディーナ・トスカを、なにがなんでもここから連れ帰ると約束した。あの教会へ、無事送り届けなくちゃいけない。それでそのあとも、あなたが誰かに脅かされるかもしれないというのなら、」

その誓いは、最初から、嘘の上に成り立っていたものなのに。

「それなら、この先も、僕がずっと守り続けるだけだよ」

そんな資格がこの身にあるわけないのに、溢れた雫が頰を伝い落ちていく。

髪から離れた手が頭を抱えて抱きしめてくるのを、今度こそ振り払えなかった。

「……毒が、つくから」

しゃくりあげながら、それでもディーナは肩を抱き寄せようとする腕をすんでのところで押しとどめて、距離を開ける。何か言い返したそうにしていたテオドロだったが、結局ディーナの望みを汲《く》み、手を握って部屋を出た。

立ち止まっていた時間は長くなかったはずなのに、廊下はすでにあらゆるところが煙と炎に覆われていた。

度数の高い酒を被ったディーナの頭に自分の上着をかけて、テオドロは早足で先を急いだ。途中、生きた人間に行き合わなかったのは幸運のようでいて、その現実が示す光景は地獄のようだった。

足の踏み場もない殺し合いの現場を、抱きかかえようとする男を制してまたぎ、通り越す。

「応援が到着してもおかしくない頃合いだ。生存者はみんな捕まって外に出されたんだろう」

全員死んでいるわけではないと言外に伝えてくる気遣いに、「そうなの」と動じないように応じる。だがそこで、ディーナは足をもつれさせて膝をついた。流血か、毒か、光景か、なにが理由かわからない吐き気を耐える。

「……ごめんなさい。煙がすごくて」

足を止めたテオドロに心配をかけたくなくて、口元を手で覆って立ち上がる。焦らなくても、テラスにつながるサロンまであと少しだ。

「……これらはあなたが持っていてくれ。あなたごと運ぶ」

「えっ、やめて！　血が流れてるのよ、いくら解毒薬があるって言っても」

「服に染みるくらいどうってことないし、この方が早い」

有無を言わせない口調とともに、帳簿の入った文箱を押しつけられる。

慌てるディーナをよそに、テオドロは床に転がる遺体の懐を探ってナイフを取り出すと、大事なキャンバスの端、本来なら額に隠れる部分に容赦なく刃を突き立て始めた。

「……」

「この方が運びやすい」

「る、ルカが」

「は、なんて？」

家財が燃える音で聞き取れなかったのかもしれないが、ディーナはなんとなく『ルカがせっかく綺麗《きれい》に保護していてくれたのに』と言えなくなった。

絵はディーナが恐れるようなひび割れや破損もきたさず、綺麗に木枠と切り離されていく。

「……前に話してた、バザーでつくるお菓子あったじゃない？」

器用なナイフさばきに呆気《あっけ》に取られていたディーナは、脈絡のない話に目を瞬かせる。

テオドロの方は、目を絵画とナイフから動かさないままだったが。

「ここ出たら、僕にも作ってくれる？」

ディーナは固まった。布地を裂く音の合間を縫って、この非常時に出てきた言葉に、きょとんと男の横顔を見つめてしまう。

お菓子。

――大聖堂で話していたクロスタータのことだと気が付いて、ディーナの顔にじわじわと笑みが広がった。

『ここから、早く帰らないとね』

あのとき、彼が言おうとして、やめた言葉の正体がようやくわかったからだ。

「ええ、早く帰りましょうね」

一緒に。

ディーナの言葉に、テオドロも顔を上げた。自身の血と、返り血にまみれながら、少し照れたような笑みを浮かべていた。

役目を終えたナイフがキャンバスから離れる。

それがちょうど、ディーナの真上から梁《はり》が焼け落ちてくるタイミングだった。

第十五章　戻らない人

聖母子像の奥で、扉が開く音がした。

独特の香りに満ちた礼拝堂に、足音が反響する。

「お待たせしました、旅の方」

奥から進み出てきた若いシスターは、並ぶ固いベンチの一つに座っていた来客に微笑んで近寄った。

「エヴァと言います。ちょうど神父様もシスター長も不在なのですが、あたしだけで構いませんか？」

中央の通路側からやってきて、シスターは客人と同じベンチに腰掛ける。男は表情を動かさないまま、「お忙しいところすみません」と抑揚のない声で謝罪した。

「どうしても、ディーナ・トスカと親しい人に、伝えたいことがあって参りました」

「ディアランテだなんて、遠いところからお疲れでしょう。……あたしがここへ来てから半年もの間、ディーナは同じ部屋で過ごした仲間でした。十日前、急に消えてしまった彼女のこと、みんな心配してる。なんでもいいんです。教えてください」

エヴァは真剣な、ともすれば思い詰めたような顔で男の横顔を見つめる。

一方で、男は手を膝の上で組み、前を向いたままだった。視線の先には白い煙を立てる振り香炉の乗った、祭壇がある。

「彼女が消える前、この街で殺人事件が起きたでしょう」

「ええ。男の人が三人も、運河で」

前髪ごと隠したベールの下で、細い眉が痛ましげに寄せられる。

「彼らはここに入る鍵を持っていました」

エヴァがハッと顔を上げる。

「まさか、ディーナは彼らのトラブルに巻き込まれて……」

「鍵は教会の奥の、司祭館と女子修道院で保管されていた」

遮られたエヴァが目を瞬かせる。

静かな聖堂に、今度は低い、抑揚のない声が這《は》うように響く。もう丁寧な旅人の言葉づかいではなくなっていた。

「鍵を盗み、紹介された男たちに渡し、忍び込む時間を指定する。タイミングを合わせてここにディーナが来るよう誘導すれば、誰にも邪魔されずに彼女を連れ去ることができるはずだった」

「ル、ルディーニさん、あなたは何の話を？」

「だけど計画は失敗した。鍵を盗んだ手引き者は、男たちを口封じのために素早く処分して、次の指示を待つしかなかった」

エヴァは絶句していた。男は一瞥《いちべつ》もくれない。

なんの行事もない平日の昼間、人の寄り付かない教会。外界の暑さから遮断された薄暗い空間は、不気味な冷たさを孕《はら》み始めていた。

「地下墓地の鍵を閉めたのもわざとだな。僕とディーナがいるのを知っていて、次の指示が来るまでそこに監禁しておきたかったってところか。残念だったな、雨漏りも直せない教会じゃ、鍵も蝶番《ちょうつがい》も新調できてなかった」

エヴァの相槌《あいづち》を、男は期待していなかった。

「女の身で、と偏見を持ってはいないつもりだったけど、正直舌を巻いた。僕に殴られた後だったとはいえ、男三人を相手にほとんど無駄な傷をつけず、ナイフで急所を切って運河に捨てた。朝の仕事の間、ほんの数分の間にだ。その手腕には恐れ入る。……蛇の入れ墨を瀕死《ひんし》の男に見られていたということは、手首付近か、そのベールで覆われた首筋にでも彫ってあるのかな、〝同志〟エヴァ」

テオドロは、自分の首に向かってきたナイフを相手の手首ごと摑《つか》んでひねり、床に落とさせた。

ようやく顔を見て、ベールの下から向けられる冴《さ》え冴《ざ》えとした殺意を受け止める。

「おまえはこの半年、ディーナのことを探り、上司に報告していた。だからアウレリオは妹がどこでどういう生活を送っていたのかを知っていたし、レベルタのいちシスター見習いがディーナ・フェルレッティ本人だとかなりの確信を持って招くこともできた」

「ネズミふぜいが、伯爵のことを知ったふうに話すな」

それまでの、陽気でちゃっかり者のシスターは消えていた。フェルレッティの暗殺者は落ちたナイフに目もくれず、空いた片手をテオドロの首に伸ばす。

その手を押さえ、男は薄い唇をうっすらと上げた。

「一つ、面白いことを教えてやるよ。おまえの仕事のほとんどはアウレリオの意図したものじゃなかった」

エヴァの目が見開かれる。

「……何？」

「アウレリオが命じたのはあくまでディーナの身辺情報の報告だけで、迎えは別に寄こすつもりでいた。なのに、おまえに直接指示を出した人間は、拉致までさせようとした。フェルレッティと敵対するペッツェラーニ一家の下っ端まで抱き込んで。いや、そもそも、報告の業務自体、アウレリオが指示したのはここ数週間のことだ。つまり半年もの間、おまえはアウレリオの命令だと思い込んで、そいつの個人的な手駒になって動いていたにすぎないんだよ」

二人が睨《にら》み合う聖堂の扉が開き、新たな靴音が響く。

重い足音だった。

「その人間は、独断で見張っていたディーナの存在がアウレリオに知られたとわかって焦った。奴の意向に沿ってさも最近外飼いを忍び込ませたように装いながら、その陰で今度こそディーナを先に手に入れようとした」

震え始めた女の手首を押さえたまま、テオドロは後ろのベンチに腰かけた男へ目を向けた。

「そうだろう、ニコラ」

屋敷の外で活動する構成員を束ねる幹部、ニコラ・テスターナは何も言わなかった。テオドロは続けた。

「十年前は、追い詰められていたジュリオ・サルダーリを唆《そそのか》し、幼い姪《めい》を攫《さら》おうとした。フェルレッティは外戚も含めて、当主以外の人間に権力を渡さない構造になっている。叔父であるおまえは、当主本人を拉致し、自分の傀儡《かいらい》に仕立て上げようとした。そういう薬物に事欠かない家だったし、ベルナルドはおまえのこともロレーナの弟として崇拝していたから、やってできないこともないはずだった」

テオドロは、エヴァの腕を掴んでひねり上げた。呻《うめ》く相手の腹部に拳を沈めようとすれば、エヴァが己を捕らえる手を蹴り外し、テオドロからすばやく距離を取った。

「誤算は、サルダーリが攫ったディーナを渡さず、運河に沈めてしまったこと。計画は狂った。おまえはその後もフェルレッティに出入りするサルダーリが余計なことを言わないか気が気じゃなかったはずで、奴の愛人とその息子の顚末《てんまつ》なんて構っていられなかった」

獣じみた息遣いで体勢を整えるエヴァとは対照的に、涼しい顔のニコラは座ったまま、懐に手を入れた。

「……テオドロ、きみはいつから私が動いていると？」

「ディーナがアウレリオに渡した〝贈り物〟を探して、執務室に忍び込んだだろう。おまえより先に部屋にいたディーナは〝嗅いだことのある香りがした〟と言っていたが、それはおそらく煙草と乳香の混ざった匂いだ。あの日、おまえはアウレリオの代わりに大聖堂の外飼いへ挨拶に行ったから、いつもの煙草の匂いに教会特有の匂いが混ざり込んだ」

髭《ひげ》の下で、シガレットケースから取り出した煙草を一本くわえ、ニコラはマッチを擦《す》った。

「この教会にはほとんど人が来ないが、礼拝のときだけは、街の人間がやって来る。日常的に煙草を吸う人間も」

吐き出した煙が溶けるように消える。祭壇の香炉から上がるそれとよく似た動きだった。

「ディーナが渡した〝贈り物〟。アウレリオが求めた蛇の毒の解毒薬かと思ったか?」

「……私が姪だと断定しない以上、ディーナは身を明かす決定的な証拠をさっさと渡すと思っていたんだがなぁ」

肯定の代わりにぼやいたニコラが、小さな教会の古びた天井を見上げた。

「半年前、教会庁の外飼いから回された聖職者候補のリストで、何気なく目に留めたディーナ・トスカの名前。養父がこの街の神父で、誕生日がディーナ・フェルレッティが消えた日の翌日だっていうのが妙に気になってね。それは今年の秋冬に修道の誓いを立てる見込みの者のリストだった。……彼女が、年齢をごまかさないでいてくれたら、伯爵より一年早く動けたのに」

もう一度咥《くわ》え、ふーっと煙を上に向かって吐き出すと、ニコラはひねられた腕を押さえているエヴァを見遣《みや》った。

「なにぼさっとしてるんだ。早くやれ」

命じられたエヴァは明らかに混乱していた。当惑の瞳でニコラを見つめ、「あ、アウレリオ様は、なんと……?」と半信半疑で問いかける。答えはテオドロからもたらされた。

「アウレリオは先日の火事で死んでる。仕える主人はもういない」

「騙《だま》されるなよエヴァ。アウレリオ様は生きているし、妹君に家を裏切るよう唆したこの若造に大層お怒りだ。ここで始末をつければ、きっとおまえを褒めてくださる」

迷うエヴァに、テオドロはすばやく距離を詰めた。反射のように顔へ向けて蹴りを繰り出したエヴァの足を避《よ》けてその背中に回り、うなじに手刀を下す。それだけで、シスター服に包まれた体は静かに床に崩れ落ちた。

ニコラはそれを、不愉快そうに見下ろした。

「ニコラ。屋敷から手負いで脱出してここにひそみ、ディーナを待ち伏せたのだろうが、無駄だ。この教会はもう軍の仲間が包囲してるし、そもそも彼女は来ない。けして」

エヴァの手首を、裂いたベールの端切れで拘束しているテオドロの視界の端に、ニコラがぴくりと手を震わせるのが映った。

「投降するか?」

深く、長いため息が、吐き出した煙とともに消えていく。

「……なるほど、ここまでなのか。フェルレッティも、私も」

カチャ、という音に、テオドロが顔を上げる。

ニコラの掲げる銃口は、まっすぐテオドロに向いていた。

「ならせめて、昔の部下に息子との再会をお膳立てして、償いとしようかね」

引き金にかかった指に力がこもる。

――その瞬間、木製の床にジュッと音を立てて、煙草が落ちた。

次いでガンと不快な音とともに、銃が床へと落ちて滑った。

「……薬が、もう切れる頃だろう」

胸を押さえて青い顔でかがんだニコラをよそに、テオドロは立ち上がる。

外飼いを束ねる幹部は普段屋敷に寄りつかないため、一日で死ぬ毒を飲まされていない。もっと長い時間をかけて蝕《むしば》む薬を使われていた。

「幸い仲間はフェルレッティから押収した解毒薬も、延命のための毒薬も持ってきている。おまえが飲まされたものがサルダーリばりに長く苦しむものなら、命だけは助かるかもな」

テオドロは銃を拾うと、もがき、ベンチの間の床に伏したニコラには目もくれず、教会の出口へ向かった。


「一人で話すなんて言ったときは驚いたが、大丈夫だったのか」

突入する同僚たちと入れ違いに教会の外へ出てきたテオドロは、気遣うファビオに軽く頷《うなず》いた。

「問題ない、相手は銃創も負ってた。それより、前にも言った通り、」

「わかってる。奴はディーナ・トスカ嬢を本物のディーナ・フェルレッティだとまだ信じ込んでるんだろ？　よっぽど姪の存在に執着してたんだな」

呆《あき》れ交じりの言葉の後を、沈黙が引き継いだ。家々の間を縫った潮の匂いが、二人の間を通り抜ける。

ファビオは、苦しげに眉根を寄せた。

「テオドロ。彼女を助けられなかったのは、残念だったが」

「ファビオ」

励ます言葉を遮られても、同僚は気を悪くすることはなかった。

「……少し、休暇が欲しい」

終章　嘘吐きへの迎え

よく晴れた秋の朝。

山間の村に建てられた女子修道院は、厳格ながらもどこか浮足立った空気が流れていた。

「ねぇ、オーブンは空いた？　アマレッティを焼くわよ」

「待って待って、先にビスコッティを焼かせて」

「誰かイチジクのジャムを知らない？　昨日ここに置いておいたのだけど」

「えっ！　それって朝アリーチェがお菓子に使ってしまいましたが」

「アリーチェが？　まあ、今日の主役が何してるんだか！」

エプロンをまとったシスターたちのかしましい声が飛び交う中を、一際通る声で一喝したのは老シスターだった。

「なんて騒々しさ！　収穫祭は毎年やってるのに、今年は数十年ぶりに修道誓願もあるからってみんな落ち着きがなさすぎですよ」

その声とともに、若いシスターの半分を厨房《ちゅうぼう》から追い出して「庭のテーブルセットの準備に回りなさい」と指示を飛ばす。

「テーブルのろうそくにはむやみに早く点火しないでちょうだい。お酒も出るし、それでなくてもだんだん空気も乾いてきたのだから……」

老シスターは、そこでハッと口を押さえ。

「……そういえば、朝の礼拝のろうそく、消してない気がする」

そう呟《つぶや》くと、黒いシスター服の裾をからげて早足で厨房を出ていった。

急に現れたと思うと、すぐに立ち去ったその背中を見送って、シスターたちがため息を吐《つ》く。

「シスター・ディーナって何かにつけて口うるさいけど、とくに火の気に敏感よね」

「なんか、若い頃に大きな火事を経験したからだそうよ」


人のいない礼拝堂で一人、アリーチェは最前列のベンチに腰かけて、聖母子像を見上げていた。

その頭に被《かぶ》ったレースのベールは、今日の日のためにあらかじめ用意されていた特別なものだ。

今日は秋の実りを神に感謝する、収穫感謝祭だ。特別なミサのあと、教会の中庭で村民やシスターたちが持ち寄った軽食や焼き菓子が互いに振る舞われ、ちょっとしたお祭り気分を味わう。

例年ならそれで終了だが、年によっては、そのあとさらに新人シスターの修道誓願の儀式が行われる。二十歳以上の女子が、専用の白い衣装に身を包んでレースのベールで髪を覆い、神と教会に生涯を捧《ささ》げると誓う日。

誕生日を迎えたばかりの自分もまた、今日をもって、正式なシスターになる。

「……神様、わたしは貞淑、清貧、従順を尊び、生涯あなたと世の平和に仕えることを誓うものであり」

そこまで口にして、アリーチェは首をひねった。

誓願の文言は、各修道院によって微妙に違う。主旨は同じだが、これから生涯過ごす修道院で大切に伝えられてきた聖句を間違えていいわけがない。

本番前の独り言とはいえ、無意識に前の修道院で習った文言を口にしてしまった。頭をリセットしようと首を振ると、ベンチの横に置いていた焼き菓子が目に入る。

丸いタルト生地から、赤いジャムが覗《のぞ》く焼き菓子は、本来なら神に捧げるもの。

いまどき祭壇に捧げる習慣はないが、ほかに届ける方法がわからなくて、厨房からここに持ってきていた。

けれど、そろそろ庭に出されたテーブルに移してこようか。そう思ったアリーチェが腰を上げかけた。

その動きを、小さな物音が止めた。

（……今、扉がガチャって言った？）

神聖な場所に菓子を持ち込んでいると勘違いされるのが恥ずかしくて、アリーチェはさっとベンチの陰にしゃがみこんだ。

扉が開く音がする。人が中に入ってくる気配に、このまま身廊《しんろう》を歩かれては見つかると直感した。

アリーチェは音を立てないよう靴を脱ぎ、四つん這《ば》いで身を隠しながら、壁際の側廊を通って祭壇の方へと移動した。幸い、来訪者はコツコツと規則的な音を立てて、ゆっくりと歩いていたので、死角を経由して祭壇の後ろに回るのはそう難しくなかった。

金の彫刻で飾られた樫《かし》の祭壇の裏で、ひっそりと息を吐く。いったい誰だろうと、様子を窺《うかが》おうとして。

「お取り込み中のところ、すみません」

聞こえてきたその声に、アリーチェは身をこわばらせた。若い男の声だった。

村の人間ではない。アリーチェは迷った。しかし相手はここに自分がいると確信して声をかけてきている。

黙っているわけにもいかず、か細い声で答えた。

「……ミサはまだ始まりません。どうぞ、外でお待ちを」

「この教会に、人を捜しにきました」

こちらの声が聞こえていないはずはないのに、男は優しく、有無を言わせず遮った。

「ディーナという名の女性を」

礼拝堂に、少しの間、沈黙がもたらされた。

「……シスター長ですね。呼んで参りますから、外へ」

「いえ。この国にはよくある名前なので、詳細を伝えさせてください。人違いで、忙しい人を煩《わずら》わせたくはありませんから」

「この教会に、ディーナと名乗るシスターは一人だけです」

説明を断ったアリーチェに構わず、男が話し始める。

「彼女は、赤毛に、緑の目で、ここからずっと遠い海沿いの街でシスター見習いをしていた人です」

「だから」

「彼女は」

アリーチェは靴をぎゅっと握りしめて『早く出ていって』と願った。

「警戒心が強いのにお人好《ひとよ》しで、臆病なのに誇り高い人でした」

早く。

「過去の罪を濯《すす》いだつもりで、ずっと苛《さいな》まれていた人で」

教会の外で、村の人間か、シスターか、誰かの忙《せわ》しない声がするのに、ミサの会場となるここに、入ってくる気配はない。まるで、邪魔されないように、誰かの配慮が働いているかのよう。

「静かな修道生活を望んでいたのに、不運にも、王都の大きな屋敷の火事に巻き込まれてしまいました」

しゃがんだままのアリーチェは、靴を握る手が震えてきたのを感じた。

右肩の怪我《けが》の後遺症で、力を強く入れ続けられなかった。

「そのとき、場に居合わせた男からは、焼けた梁《はり》の真下に立っていた彼女の姿は見えなくなりました」

――薔薇窓《ばらまど》から、秋の日差しが差し込んでいる。中央の身廊に立つ男に、降り注いでいることだろう。

あの夏の夜の、月の光のように。

「……炎の壁の向こうで意識を失いつつも奇跡的に生存しながら、保護した軍の判断で、そのまま世間から身を隠すことになりました。巻き込まれた一協力者への、手厚い保護でした。当初はまだ、彼女の敵の手先をすべて逮捕し切れていなかったこともあり、軍の内部にもその生死は偽られて」

今、男の顔を見てはいけない。

十年前と同じことを、繰り返してはいけない。

「彼女は、世間に対して年齢を一つ偽っていました。意識を取り戻した後も、彼女は正しい年齢を伝えられませんでした。保身じゃない。すべてを明るみにして、自分を助けた軍人の立場が脅かされるのを恐れていたからです。結果、二十歳の女性が行える修道誓願を、一年遅れで行うことになったのでしょう」

大聖堂の光が差し込む青い目に魅了されて、それですべてが始まった。終わりの始まりだった。

でも今、ここにいるのは、もうそれとはなんの関係もない、ただのシスター見習い――。

「多分、今は名前を変えている。……例えば、アリーチェだとか」

息ができない。

喉の奥から競《せ》り上がる何かに突き動かされるように、声が漏れそうになる。それを耐えようとして、息が詰まった。

「……彼女は、今年もクロスタータを焼くつもりでいたそうなんです」

ああ、しまった。ベンチに菓子を置き去りにした迂闊《うかつ》さに、シスター見習いがぎゅっと目を閉じたとき。

「すみませんが、人違いだと思います」

祭壇の裏でアリーチェは息を呑《の》んだ。

老成し、きっぱりとした物言いの声の主は、礼拝堂の奥から、靴音とともに現れた。

「シスター・ディーナはわたくしです。ここには生涯を祈りに捧げると誓った女性しかいません。救済をお求めの方でないのなら、お引き取りを、旅の方」

男は、しばらく無言でそこに立っていたようだった。

だが、やがてきびすを返して、礼拝堂の正面出入り口へ戻っていったのが、靴音でわかった。

老シスターの毅然《きぜん》とした態度に観念したのか。それとも別の理由から、諦めたのか。

「アリーチェ。これで良いのですよ。あなたはここで安寧とともに生きるべきです」

シスター長の言葉に、ベールを揺らして頷《うなず》く。

「ありがとうございます、シスター・ディーナ。わたしの祈りを、守ってくださって」

かつて軍に所属していたという老シスターは、常とは違う穏やかな笑みで、しゃがんだままの女の背を撫《な》でた。

これでいい。自分はこのまま、この静かな教会で死ぬまでの時を過ごすと決めたのだ。

もう生まれ変われないのはわかっている。毒が体から抜けても関係ない。引いた引き金は戻らない。犠牲者はかえらない。イチジクのジャムをこんなところに持ってきたって、誰の口にも届かない。

全部自覚したうえで、死んでいった者たちのために祈り、この手で犯した罪を思い、いつか審判の下る日を思いながら生きていく。祈れるだけ幸いだ。それすらできないと思っていたのだから。

あの日、人を殺せないと言った嘘吐《うそつ》きを、優しく撫でてくれたぬくもりも、もう必要ない。

——だから。

「……アリーチェ？」

だから、望んでいるはずがない。

一回だけ。

生涯、あと一回だけ、あの人に会いたいだなんて。

「……ごめんなさい、神様」

シスター長が目を見開く。靴が床を転がった。

「アリーチェ、どこに行くのです、……やめなさい、アリーチェ！」

足が動いた。走り出していた。裸足のまま、花の飾られた身廊を駆け抜ける。

振り返らなかった。一度閉まった扉を、力の入らない腕に全身の力を込めて開け放ち。

「テオ……！」

秋の光が溢《あふ》れる、外に。

そこに、叫んだ名前の男はいなかった。

——呆然《ぼうぜん》と立ち尽くしたディーナの体が、扉の横にいた誰かに引き寄せられる。

逃げることも、心の準備をすることもできないまま、ディーナは抱きしめられていた。勢いでかかとが浮き上がるのも構わない、初めて会ったときから変わらない、強引な腕だった。

白いベールが地面に落ちる。赤い髪が秋風に煽《あお》られかけて、腕に押さえ込まれる。

「ごめん、少し、遅くなった」

耳元で囁《ささや》く声。

まただ。

いつもいつも、謝らなくていいことで自分を責めているのだ。苦しまないでほしかったのに。忘れてしまうべきだったのに。こちらの言うことは、いつも聞いてくれないくせに。

――よりによって、迎えに来てほしいという、何より愚かな願望だけ、叶《かな》えるなんて。

目を瞬かせた拍子に流れた涙が、男の肩に吸い込まれていく。あの日できなかった分強く抱きしめ返して、埋《うず》めた首筋に、小さな火傷の痕が見えた。都合が良くも、それが、なにかの終わりを示しているように思えてしまう。

気を付けているのに、やっぱりまだ、利己的で、傲慢な自分が浮かび上がってくる。

きっとこれからも、ディーナは自分を恐れ続ける。罪を抱えて、罰に怯《おび》えて、過去に苛まれて。

でも。

「これから、どんなときでも。どこであっても、ディーナのことは、僕が絶対に守るから」

でもこの人が、そう望んでくれるなら。

「……離れないでね、テオ」

テオドロが少しだけ、頭を離した。手が髪を梳《す》いて、濡《ぬ》れた頬へと下りる。

触れられても、もう怖くなかった。

神様、ごめんなさい。

あの誓いは、わたしの最後の嘘となってしまいます。

(どうか、この裏切りを、お許しください)

この人と一緒にいることを、どうか。


数十年ぶりに、山間の教会で行われる予定だった修道誓願の儀式は中止となった。

呆《あき》れかえってため息を吐いたのは、シスター長だったのか、ミサに集まり始めていた村人たちだったのか。

それとも、別の誰かだったのか。

深く口づける二人には、わからないことだった。

番外編　もしものときは

線路脇によけられた雪の間を、王都に向かう列車が走っていく。

個室に一人きりの男は、車内販売員から受け取った新聞に挟み込まれた封筒を見て、小さく口元をほころばせた。

『都市の冬は海辺より緩やかかと思っておりましたが、固い地面から冷気が上ってくるようです。あなたも、体調などはお変わりないでしょうか』

宛名も、名乗りもない手紙には、そんな書き出しの後もこちらの体調をおもんぱかりつつ、書き手自身の近況が軽く記してあった。

そして最後には、『わたし一人での雪かきはとても大変ですから、早く帰ってきてくださるようお祈りしています』と締めくくってある。

書き手が本当に伝えたかったのは最後の一文の、しかも後半なのだろう。甘えることを躊躇《ちゅうちょ》するようなインクのたまりからそれが窺《うかが》えるから、テオドロは丁寧に切った封筒で口元を隠して少し笑った。

仕事中、彼の所在地は軍の仲間以外には知らされない。それは相手が誰であっても。

妻であっても。

不安にさせたのだろうか。一緒に住み始めてから初めての長期出張だったから。

長期、とはいえ、例の家への潜入に比べればずっと短いし、任務自体もそう難しくなかった。家に残していくにあたって、ディーナにも事前に伝えていたのに。

けれど、こうして心配して、具体的なことは何も書けないなりに軍に手紙を託してくれた彼女の心配は、申し訳ない以上に嬉《うれ》しくもある。

帰りを待ってくれている人がいるということが、こんなにも心を満たすものだったと、男は母親の死後初めて知った。

ディーナを山間部の修道院から連れ出したのは秋の終わりだった。そのことで休暇が終わる前に上司が渋い顔で家にやってきたのも、もはや懐かしい。

結局、匿《かくま》った協力者を引っ張り出して王都のすみで生活を始めたテオドロに下された処分は、ひと月ほどの裏方業務――命の危険の比較的薄いサポート業務だった。

それは上層部なりの、フェルレッティ潰《つぶ》しのために奔走したテオドロへの実質的な労《ねぎら》いだったのだろう。

ただそれも、冬を本格的に迎える前に切り上げられた。表に存在を伏せられた特殊部隊はいつだって人手不足だ。

――人手不足なのは、陰で殉職する隊員が後を絶たないからでもある。

テオドロは隠すのをやめた青い目で、便箋《びんせん》の文面をもう一度さらった。

名前や場所を書けないのは、軍からの指導によるものだろう。すなわち、この手紙が敵対者の手に落ちたときを想定してのこと。

この手紙に、テオドロからは『今日帰途につく』と返事を出すこともかなわない。

ディーナの心労を思えば、所属部署を変えるべきなのだろう。

けれど、テオドロはどうしてもそれができなかった。国内の憂いはフェルレッティだけではなく、突然日常を壊される罪のない人間は、あの日の自分たち母子だけではないのだ。

ただ。

（……僕にもしものことがあったら、彼女は？）

そんなことを思っては、罪悪感に息苦しくなる。

早く顔が見たい。今夜は一緒にいられることに、誰より安心しているのはきっと自分自身の方だった。


「ルディーニ君、ちょっと」

ディアランテの一角、特殊情報部の拠点の一つから今まさに出ようとしていたテオドロは、背後から呼び止める声に振り返り、眉をひそめた。

「報告書に、何か不備でも？」

来い来いと手招きしてくるのは、小太りに口ひげの、見るからに人畜無害そうな中年男性である。が、彼こそが王の密命を帯びて暗躍する工作隊員たちをまとめる部隊長で、テオドロの直属の上司だ。

その彼が、一見して穏やかに微笑んでいながら、目の奥を鋭く光らせているのに、テオドロはすぐに気が付いた。

「いやなに。出張から帰ってきた部下を、カフェモカで労おうと思っただけさ」

何か、仕事の話で込み入ったことがあるらしい。

そう受け取った以上、妻の喜ぶ顔がしばし遠ざかるのも多少は堪《こら》えなければならない。


「フェルレッティの残党が、妙な動きをしている」

職場の奥の、面談室。テオドロは扉を背にして椅子に座った。すすめられるカフェモカを遠慮して話に臨めば、正面に座る部隊長は神妙な顔で言った。テオドロも顔を険しくする。

「外飼い一覧に、漏れがありましたか」

「いや。そんな大層な奴らじゃあない。入れ墨を彫っているだけのチンピラどもだが、末端ながらにフェルレッティの薬物やその精製、密売ルートを持ってる奴らもちらほらいる。そいつらがどうも、本家壊滅後はかつての敵対組織に情報や現物を売りこもうとしているらしくてな」

そこまで聞いて、テオドロは上司が自分を呼び止めた理由に合点がいった。

フェルレッティの薬物は、その中毒性の高さゆえに、数々の裏事業の中でも群を抜いて高利益を弾《はじ》き出していた。裏の敵対組織たちはその情報が喉から手が出るほど欲しいはず。販路も抱き合わせで押さえられるとなったら、ポスト・フェルレッティに一歩近付くというわけだ。

「なるほど。ネズミの噛《か》み穴が大きくなる前に潰しておこうってことですか」

「そう」

砂糖たっぷりのカフェモカをすする上司が、テーブルの向こうで頷《うなず》く。

部隊に所属する以上、テオドロの答えは決まっていた。

「わかりました。……ただ、」

一度、家に寄らせてもらえますか。

今、夫がディアランテに帰っていることすら知らないディーナのことが頭に過《よぎ》ったテオドロがそう言おうとしたのを、部隊長は厚みのある手を振って「違う違う」と遮った。

「早合点するな。君一人に全部やってもらおうってわけじゃないんだ」

「……ファビオは工作や潜入の前線には向いてませんよ」

フェルレッティ潜入時のサポート要員だった同僚のことを思い浮かべて意見すると、また首を振られる。

「今回は新人を使いたいんだ」

「新人？」

思わぬ言葉に声が上ずった部下に、部隊長はしてやったりとばかりに口角を上げた。テオドロは顔をしかめた。

「……いくら敵の本隊が壊滅状態だからって、侮りすぎでは。何かあっては無駄死ににになりますし、時間がかかれば片付くものも取り逃がします」

「いやいや、これが適任なんだ」

テオドロの遠慮のない物言いに気を悪くすることもなく、部隊長はもったいぶって身を乗り出し、口元に手を当てて声をひそめた。

「なにせ、彼は元あっち側なのだよ」

「……初耳ですね、それ」

テオドロは目を眇《すが》めた。

特殊情報部が表に出られない理由は、潜入している隊員の命を守るためであると同時に、その手段の問わなさのせいでもある。

要は、減刑を餌に元フェルレッティ構成員から協力者を引き抜いたということだ。——薬物管理と開発を任されていたベルナルド・バッジオは、もとからこの引き抜き提案の対象だった。

それは結局、実現しなかったが、そのあとで他の人間に働きかけがされていたらしい。潜入の当事者だったテオドロは寝耳に水だった。面白くはない。

「いやすまない。しかしこの手のことは内密、かつ一刻を争う。きみは休暇中だったし、……私も、使えるなら使わない手はないと思ってな」

「信用置けません」

「だが、この件に関して有力な情報を持ち、生存意欲があり、古巣への未練がない」

なるほど。経歴に目を瞑《つむ》れば、とても都合が良い。

——都合が良すぎて、怪しい。

（薬物の販路……軍が減刑取引を持ちかけるほどの情報の持ち主……）

嫌な予感がする。

「……夏に捕まえて取引きしたなら、もういくつか任務につかせてるんですよね？」

「それが、逮捕時の怪我《けが》が酷《ひど》くてなぁ。リハビリが終わって、これからようやくってところなんだ」

「……幹部、のはずがありませんね。毒のせいで二日保《も》たない」

「幸いにも、ファビオが確保した薬瓶の中に解毒薬があったんだよ」

すごく。

すごく嫌な予感がする。

上司に呼び止められたときの比ではないほど。

「……この話を、なぜ自分にしたんですか？」

「それはもちろん……あ」

ノックの音とともに、部隊長の視線がテオドロの背後へと向かう。テオドロも、その目の動きを追って扉を振り返り――。

「紹介するまでもないな、彼は、おっとこらこらこらこらこら」

銃を隠した懐に手を伸ばしたテオドロを、上司がカップ片手に宥《なだ》める。

それを、部屋に入ってきた男は呆《あき》れ顔で見下ろした。その後ろには、案内人と監督役を兼ねているらしい軍人が気まずそうに立っていて、テオドロと自分が連れてきた男の様子を窺いながら扉を閉めた。

「……生きてたのか」

地を這《は》うようなテオドロの低い声に、男も剣呑《けんのん》な声を返す。

「おかげさまで？」

そっちがとどめをささなかったおかげで。

秘密保持のために閉め切られているはずの部屋に、外気も凌《しの》ぐような凍《い》てついた空気が流れた。

限りなく、殺意に近い気配が、双方向から。

殺すつもりだった。

けれど確かに、階段から落とした男の死亡確認を自分はしていない。それより、ディーナを見つけることを優先したからだ。

後からリストの絵のことをそのディーナから聞いたので、微妙な気持ちでいたのだが、どちらにしろ絞首刑の男。もとより、毒で助かっていないと思っていた。

思っていた、のに。

「こちらルカ・ベラッツィオ君。紹介するまでもなかったかな」

そこには確かに、薬物取引を取りまとめていた若い幹部の姿があった。

白々しくのんきな声を出した上司を一瞥《いちべつ》もせず、テオドロは「人選ミスです」と切って捨てた。

「この男はアウレリオに近すぎたし、ベルナルドほどの専門性を持っていたわけでもない。そりゃニコラよりは扱いやすいでしょう、自分の立場へのプライドなんてないでしょうから」

「ネズミにネズミの素質がないと言われんのも妙な気分だな」

ガタ、と音を立てて立ち上がったテオドロの前に素早く部隊長が回り込む。

「いやはや詳しい。さすが元同僚、というのもなんだがハハハ」

「釈放するリスクが大きすぎるから、すぐに監獄に戻すべきだと言っているんです」

「落ち着きたまえルディーニ君。わしとて全面的に信用する気はない。だからこそ、君に話を持ってきたんだ」

「……つまり？」

「彼が任務を完遂するまで、きみがそばで監視してくれ。きみなら彼のやり口もわかっているし、裏をかかれることもないと見込んでのことだ」

テオドロはしばし、二の句が継げなかった。

確かに、元犯罪者を協力させる場合、そばに監視者を置くのは当然の処置だが。

「……そこまでしてこの男を使う必要はありません。残党狩りは自分一人でできます」

「人手は多い方がいい」

「かえって足を引っ張られます」

「そうかな？　情報持ってるし、自棄にならないだけの生存意欲あるし、古巣に忠誠心ないらしいし、それに」

部隊長はルカに背を向けるようにしてテオドロの肩を抱き込み、またもったいぶるように耳打ちしてきた。テオドロは聞きたくもなかったのだが、応じないわけにもいかない。軍は上下関係が絶対だ。

「きみの一番の懸念事項もクリアしてる。――ここ数ヶ月の精神科医の見立てでは、彼女のこと、まったく恨んでないらしい」

ああそうだろうな。三日で見抜ける下心だからな。

吐き捨てそうになった言葉をすんでのところで堪える。軍は上下関係が絶対だ。

「もちろん、わしも心から安心したまえとは言わない。なにせ過去が過去だ。けれど人は、思わぬきっかけで、行動や心がけを入れ替えるものだし」

テオドロは、反論を飲み込んだ。かつてディーナが『十年あれば人は変わる』と言っていたのを思い出したからだ。あの必死さの意味がわかれば、『んなわけないでしょう』と一蹴するのも気が引ける。

いやでも、彼女とルカでは状況も人間性も違いすぎるというのに。

「それに彼女も、彼の釈放に同意してくれた。喜びこそしなかったが、あまり危険視もしていないようだったし、仲良かったのかね?」

「……!」

顔色をなくした部下に、部隊長は「もちろん会わせていないし、今彼女が王都に住んでることも漏らしておらんぞ」と耳打ちして、ぽんぽんと肩を叩《たた》いた。

「そんなわけで、彼女の身の安全は気にしなくていい。……わしが直接話した感じだと、ベラッツィオ君はむしろ彼女の身の安全を守る任務なら進んで従事しそうなくらいで」

「そうだろうなクソ野郎が」「ん、今なんて?」

黙り込んだテオドロに、背後からそっと近寄る影があった。

「まあ、そういうわけなので、よろしくお願いしますね。先輩」

わざとらしい言葉と同時に、上司とは逆の肩をがっちり摑《つか》まれる。

テオドロが嫌悪と苛立《いらだ》ちを糸一本ほどの理性で抑え込み、冷たく突き放そうとしたとき。

「――もしものときは、後のこと、任せてくれていいんで？」

「こーらこらこらこらこら、二人ともモカでも飲んで落ち着きなさい」

机が倒れ、脚が折れた椅子が転がる面談室に、それぞれ上司と案内役によって床に押さえ込まれるテオドロとルカの姿があった。


雪を踏みしめる音に、窓の外を見遣《みや》る。

ここ数日ずっとそんな調子で、音につられていそいそと窓から覗《のぞ》いても、自分とはなんの関係もない通行人だったりするのがほとんどだ。ディーナはいつも肩を落としてカーテンを閉めるのだが、この日は違った。

二人で選んだ小さな家の前で、足音が止まったのだ。ディーナは外套《がいとう》も、窓からの確認も忘れて扉に飛びついた。

「おかえりなさ……テオ、怪我してるっ！　大丈……え？」

溢《あふ》れんばかりの笑顔で飛び出したディーナだったが、そんな妻をテオドロは家の中へ押し込むように戻して、素早く扉を閉めた。

まるで敵から身を隠すような動きの早さに、ディーナは目を白黒させた。口元の痣《あざ》の理由とどちらを先に問うべきか迷っていると、外套も脱いでいない夫に強く抱きすくめられる。

驚き、固まり、そして照れと同時に安堵《あんど》と喜びをじわじわと実感し始めたディーナが、その冷たい背中にそっと腕を伸ばそうとしたとき。

「……死にぞこないが……！」

「えっ、ご、ごめんなさい⁉」

あまりにも身に覚えのある罵倒は、誤解だということ以外詳しく教えてもらえなかった。


「……ディーナ」

――僕にもしものことがあったら？

「はいっ？　何っ？」

「僕の仕事は危険だし、忙しいし、また不安にさせることもあるだろうけど」

食後のお茶を淹《い》れたテオドロが、ひどくまじめな顔で話し始めたものだから、居間で待っていたディーナは今度こそ一体何を言われるのかと戦々恐々としていたが。

「絶対、何があっても、あなたのところに帰って来るから」

いつかのような、ディーナへの約束であり、彼自身に向けた強い決意のような言い方だった。

「……そ」

一方でディーナは、出てきた言葉の意外性に、目を丸くした。急になんだろう、と思わないでもない。それこそ、何か危ないことでもあったのだろうか、これから危ないことでもあるのだろうかと、様々なことが頭を過《よぎ》ったのだが。

「そう、……ありがとう」

言葉の意図を噛《か》み締めるにつれて、頬にはほんのりと朱が広がっていく。戸惑いを浮かべていた表情は、まるでカップの中の砂糖のように、甘くゆっくり解けていき。

「……信じてるからね、テオ」

やがてやわらかな笑顔になる。

この言葉を、彼はきっと嘘《うそ》にはしないでいてくれる。帰宅前に何があったのか、それは怪我と関係があるのか。語ってくれなさそうだが、不思議と不安は訪れない。

「明日、何か焼こうかしら。ねぇ、テオはなにがいい？」

照れたように笑うディーナにつられて、テオドロも、ようやく肩の力を抜いて微笑んだのだった。

あとがき

はじめまして、あだちと申します。この度は『偽装死した元マフィア令嬢、二度目の人生は絶対に生き延びます　～神様、どうかこの嘘だけは見逃してください～』をお手に取ってくださり、誠にありがとうございます。

主人公・ディーナのハラハラドキドキの里帰りとその顚末《てんまつ》、楽しんでいただけましたでしょうか。

このお話は、もともと小説投稿サイトにて公開していたものです。ネタ自体は２０２２年には考えついていましたが、書きだしてもしっくりこず、一年くらい他の作品を書いたり、小説を書くこと自体を休んだりして、２０２３年の春に「なんか書けそうな気がするな」と思い立ち、書き始めてそのまま投稿スタートした次第です。いずれの投稿サイトでも特別目立ったりすることもなく、読んでくださった方から温かい感想やレビューをいただいたりしてほっこり嬉しい気持ちになりながら完結し、そしてせっかくだからと第二回ドリコムメディア大賞に応募したのでした。

それがまさか、今こうして立派な本にして、読者様にお届けできるようになるとは、執筆当時には夢にも思っていませんでした。本当に人生って何が起こるかわからないです。

この作品は冒険物のようなワクワク感は多分あまり得られないですし、恋愛小説として胸がキュンとときめくシーンもそんなに多くない（これでもWeb版より加筆しております！）と思います。

この作品を読みながら味わう感情って、おそらく「二人とも早く安全なところに行って!」という、無事を祈る感情なんじゃないでしょうか。全然違ったらすみません。

実を言うと書き手の目標は、読んでいる人に「メインの二人には一緒に幸せになって欲しい」と強く思ってもらえるような二人を書くことでした。この試みはどこまで成功したのでしょうか。目標とは全然違うところに着地したのかもしれません。意外とワクワクキュンキュンしていただけたりしたのでしょうか。『もっと違う結末にしてほしかった』と思わせてしまったりしたでしょうか。

どんな感情を抱きながらであっても、最後まで読んでくださった方に何かしらご満足していただけるところがあったなら、あだちにとってそれ以上嬉しいことはありません。

最後にはなりますが、Web投稿中の支えになってくださったすべての読者様、賞の選考に関わってくださった皆様、何もわからない書籍化作業を一から導いてくださったご担当者様、美麗なカバーイラスト・挿絵等を描いてくださった狂zip先生、本書の宣伝・出版等に関わってくださったすべての関係者の皆様へ、心からの感謝を申し上げます。

そしてもちろん、この本をお手元にお迎えくださった読者様へ、深く深く感謝申し上げます。本当にありがとうございました。

どうかまた、次の巻でもお会いできますように。

あだち

DRE NOVELS

偽装死した元マフィア令嬢、二度目の人生は絶対に生き延びます

～神様、どうかこの嘘だけは見逃してください～

2024年10月10日　初版第一刷発行

著者　あだち

発行者　宮崎誠司

発行所　株式会社ドリコム
〒141-6019　東京都品川区大崎2-1-1
TEL　050-3101-9968

発売元　株式会社星雲社（共同出版社・流通責任出版社）
〒112-0005　東京都文京区水道1-3-30
TEL　03-3868-3275

担当編集　阿部桜子

装丁　AFTERGLOW

印刷所　TOPPANクロレ株式会社

Illustration by Kyozip
Printed in Japan
ISBN978-4-434-34598-2

ファンレター、作品のご感想をお待ちしております。
右の二次元コードから専用フォームにアクセスし、作品と宛先を入力の上、
コメントをお寄せ下さい。
※アクセスの際に発生する通信費等はご負担ください。